罴 | FJB

Gabrielle Zevin **Extradunkel**

Aus dem Amerikanischen
von Andrea Fischer

✼ | F J B

Erschienen bei FISCHER FJB

Die Originalausgabe erschien 2013 unter dem Titel
›In the age of love and chocolate‹
bei Farrar Straus Giroux Books for Young Readers, New York
© 2013 by Gabrielle Zevin

Für die deutschsprachige Ausgabe:
© S. Fischer Verlag GmbH, Frankfurt am Main 2015
Satz: Dörlemann Satz, Lemförde
Druck und Bindung: CPI books GmbH, Leck
ISBN 978-3-8414-2132-6

*Für diejenigen mit dem Herzen eines
Stachelschweins, die an die Liebe glauben,
aber auch andere Dinge haben wollen*

Oft kommt etwas Süßes daher
wie eine Leihgabe, bleibt gerade lang genug

Um zu zeigen, was es heißt zu leben,
    kehrt dann zurück an seinen dunklen
Ursprung. Mir persönlich ist egal

wo es gewesen ist und welch bitteren Weg
    es genommen hat,
um so weit zu kommen, so gut zu schmecken.
                    Stephen Dunn, »Sweetness«

Inhalt

Das Zeitalter der Schokolade

Lange hatte ich mich gewehrt, Taufpatin zu werden, aber meine beste Freundin bestand darauf. Ich hielt ihr entgegen: »Das ist wirklich eine Ehre, aber ein Pate sollte ein Katholik mit gutem Ruf sein.« In der Schule hatten wir gelernt, dass ein Pate für die religiöse Erziehung des Kindes verantwortlich ist, und ich hatte seit Ostern keinen Gottesdienst besucht und seit über einem Jahr nicht mehr gebeichtet.

Scarlet sah mich so betrübt an, wie sie es häufig tat, seit sie vor einem Monat ihren Sohn zur Welt gebracht hatte. Der Kleine wurde unruhig, Scarlet nahm ihn auf den Arm. »Na, klar«, sagte sie mit aufgesetzt hoher Babystimme, »Felix und ich wären über einen vorbildlichen Katholiken als Taufpaten geradezu aus dem Häuschen, aber leider Gottes kennen wir niemanden außer Anya, von der die ganze Welt weiß, was für eine abgrundtief schlechte Katholikin sie ist.« Das Baby krähte. »Ach, Felix, was hat sich deine arme, alleinstehende Teenager-Mutter nur dabei gedacht? Bei der

Idee muss sie so erschöpft und müde gewesen sein, dass sie nicht mehr bei klarem Verstand war. Denn auf der ganzen weiten Welt gibt es niemanden, der schlimmer ist als Anya Balanchine. Frag sie nur selbst!« Scarlet hielt mir den Kleinen entgegen. Er lächelte – der fröhliche, pausbäckige, blauäugige, blonde Engel – und schwieg weise. Ich lächelte zurück, obwohl ich, ehrlich gesagt, nicht so viel mit Babys anfangen kann. »Ach, stimmt ja, du kannst noch gar nicht sprechen, kleiner Mann. Aber irgendwann, wenn du größer bist, dann bitte deine Patentante mal, ob sie dir erzählt, was für eine schlechte Katholikin, nein: was für ein schlechter Mensch sie ist. Sie hat jemandem die Hand abgehackt! Sie hat mit einem schlimmen Mann Geschäfte gemacht und darüber den nettesten Jungen der Welt verloren. Sie saß im Gefängnis. Zwar wollte sie damit ihrem Bruder und ihrer Schwester helfen, aber trotzdem … Wer will schon eine jugendliche Straftäterin als Taufpatin, wenn es andere Kandidaten gibt? Sie hat deinem Vater ein Tablett mit heißer Lasagne über den Kopf gekippt, und manche waren sogar der Ansicht, sie hätte versucht, ihn zu vergiften. Wenn ihr das gelungen wäre, wärst du überhaupt nicht hier …«

»Scarlet, du kannst doch mit dem Kind nicht so reden.«

Sie ignorierte mich und plauderte weiter. »Kannst du dir das vorstellen, mein Kleiner? Aus dir wird bestimmt nichts werden, weil deine Mutter so dumm war, Anya Balanchine als deine Taufpatin zu wählen.« Scarlet sah mich an. »Merkst du, was ich gerade mache? Ich tue so, als wäre es längst beschlossene Sache, dass du seine Taufpatin wirst, denn genau so ist es.« Dann wandte sie sich wieder an Felix: »Mit so einer Patin bleibt dir wohl nur eine Zukunft als Verbrecher, kleiner Mann.« Sie küsste ihn auf seine dicken Bäckchen und rieb ihre Nase an seiner. »Willst du ihn mal riechen?«

Ich schüttelte den Kopf.

»Deine Entscheidung, aber du verpasst wirklich was total Leckeres«, sagte Scarlet.

»Du bist echt sarkastisch geworden, seit du Mutter bist, weißt du das?«

»Tatsächlich? Dann ist es wohl am besten, wenn du einfach tust, was ich sage.«

»Ich weiß nicht mal, ob ich überhaupt noch katholisch bin«, sagte ich.

»OMG, sind wir immer noch nicht durch mit dem Thema? *Du wirst seine Taufpatin.* Meine Mutter verlangt, dass ich den Kleinen taufen lasse, also bist du die Patin.«

»Scarlet, ich habe wirklich schlimme Sachen getan.«

»Das ist mir bekannt, und Felix jetzt auch. Ist doch gut, dass wir alle wissen, womit wir es zu tun haben. Ich habe auch schlimme Sachen getan. Wie jeder sehen kann.« Sie tätschelte den Kopf des Babys und machte dann eine Handbewegung, die das winzige Kinderzimmer einschloss, das Gables Eltern in ihrer Wohnung eingerichtet hatten. Früher war hier die Abstellkammer gewesen, es war reichlich eng mit uns dreien und den vielen Sachen, die zum Leben eines Babys gehörten. Dennoch hatte Scarlet sich große Mühe mit der Gestaltung gegeben, hatte einen blassblauen Himmel mit weißen Wolken an die Wände gemalt. »Was macht das schon? Du bist meine beste Freundin. Wer sonst sollte die Taufpatin sein? Willst du mir das ehrlich abschlagen?« Scarlets Stimme bekam einen schrillen Ton, Felix begann sich zu regen. »Wo es mir völlig egal ist, wann du das letzte Mal in der Kirche warst?« Ihre hübsche Stirn legte sich in Falten, als würde sie jeden Moment weinen. »Wenn du es nicht machst, habe ich niemanden. Also steigere dich bitte nicht so hinein. Steh einfach in der Kirche neben mir, und wenn dich der Priester, meine Mutter oder sonst jemand fragt, ob du eine gute Katholikin bist, dann lüg sie halt an.«

ꝏ

18

In der zweiten Juliwoche, am heißesten Tag des Jahres, stand ich neben Scarlet in der Kathedrale St. Patrick. Sie hatte Felix auf dem Arm, und wir drei schwitzten so sehr, dass von Wasserknappheit keine Rede mehr sein konnte. Gable, der Vater des Kleinen, stand an der anderen Seite meiner Freundin, neben ihm sein älterer Bruder Maddox, der Patenonkel. Maddox hatte große Ähnlichkeit mit seinem jüngeren Bruder, er hatte nur einen dickeren Nacken, kleinere Augen und bessere Manieren. Der Priester verzichtete auf eine lange Predigt und moralische Ermahnungen; vielleicht merkte er, dass wir vor Hitze jeden Moment ohnmächtig wurden. Er verkniff sich sogar die Bemerkung, die Eltern des Täuflings seien unverheiratete Jugendliche. Es war wirklich eine absolut schlichte, durchschnittliche Tauffeier. Der Priester fragte Maddox und mich: »Sind Sie bereit, diese Eltern in ihrer Pflicht als Christen zu unterstützen?«

Wir bejahten.

Die nächsten Fragen wurden an uns vier gerichtet: »Widersagt ihr dem Satan?«

Wir bejahten.

»Ist es euer Wille, dass Felix im Glauben der katholischen Kirche getauft wird?«

»Ja«, antworteten wir, obwohl wir in dem Moment

allem zugestimmt hätten, nur damit diese Zeremonie endlich vorbei war.

Dann goss der Priester Weihwasser über Felix' Kopf, und der Kleine kicherte. Das Wasser war bestimmt sehr erfrischend. Auch ich hätte nichts gegen eine kleine Weihwasserdusche einzuwenden gehabt.

Nach dem Gottesdienst ging es zur Wohnung von Gables Eltern, wo die Feier stattfand. Scarlet hatte einige ehemalige Mitschüler von der Highschool eingeladen, unter anderem Win, meinen bisherigen Freund und jetzt Exfreund, den ich seit ungefähr vier Wochen nicht gesehen hatte.

Die Feier glich einer Beerdigung. Scarlet war die Erste von uns, die ein Kind bekommen hatte, und niemand schien so recht zu wissen, wie er damit umgehen sollte. Gable veranstalte mit seinem Bruder in der Küche Trinkspiele. Die anderen ehemaligen Schüler von Holy Trinity unterhielten sich in höflichem, unterdrückten Ton miteinander. In einer Ecke standen die Eltern von Scarlet und Gable und spielten die Aufpasser. Win gesellte sich zu Scarlet und dem Kind. Ich hätte mich zu ihnen stellen können, aber ich wollte, dass Win es war, der den Raum durchqueren musste, um zu mir zu kommen.

»Wie läuft die Planung des Clubs, Anya?«, sprach

Chai Pinter mich an. Sie war eine furchtbare Tratschtante, aber letztendlich harmlos. Sie wusste von meinem Vorhaben, einen Club zu eröffnen, in dem Kakaogetränke auf Rezept ausgeschenkt wurden.

»Wir eröffnen Ende September. Wenn du in der Stadt bist, komm doch vorbei!«

»Auf jeden Fall. Du siehst ganz schön kaputt aus«, bemerkte Chai. »Du hast so dunkle Ringe unter den Augen. Schläfst du vielleicht zu wenig, weil du Angst hast, dass es schiefgeht?«

Ich lachte. Wenn man Chai nicht aus dem Weg gehen konnte, lachte man sie am besten aus. »In erster Linie bekomme ich wenig Schlaf, weil es eine Menge Arbeit ist.«

»Mein Vater meint, 98 Prozent aller Nachtclubs in New York würden wieder dichtmachen.«

»Eine eindrucksvolle Statistik.«

»Vielleicht waren es auch 99 Prozent. Aber, Anya, was willst du tun, wenn es nicht klappt? Gehst du dann zurück zur Schule?«

»Kann sein.«

»Hast du überhaupt einen Highschool-Abschluss?«

»Ich habe meine Hochschulreife im Frühjahr gemacht.« Muss ich darauf hinweisen, dass sie mir langsam auf den Geist ging?

Chai senkte die Stimme und schaute quer durch den Raum hinüber zu Win. »Ist es richtig, dass Win mit dir Schluss gemacht hat, weil du geschäftlich mit seinem Vater zu tun hast?«

»Darüber möchte ich lieber nicht sprechen.«

»Also stimmt es wirklich?«

»Das ist kompliziert«, gab ich zurück. Und das traf durchaus zu.

Chai blickte noch einmal mit Nachdruck zu Win hinüber, dann sah sie mich traurig an. »So was wie die Beziehung zu *ihm* könnte ich niemals für irgendein Geschäft aufgeben«, sagte sie. »Wenn dieser Junge mich lieben würde, würde ich nur noch denken: *Geschäft? Was juckt mich das Geschäft?* Du bist viel stärker als ich. Das meine ich ehrlich, Anya. Ich bewundere dich wirklich.«

»Danke«, sagte ich. Mit ihrer Bewunderung hatte Chai Pinter gerade erreicht, dass ich jede Entscheidung bereute, die ich im Laufe der letzten zwei Monate getroffen hatte. Entschlossen schob ich das Kinn vor und die Brust heraus. »Also, ich gehe jetzt mal auf den Balkon, um ein bisschen frische Luft zu schnappen.«

»Draußen sind es an die vierzig Grad«, rief Chai mir nach.

»Ich hab's gern heiß«, gab ich zurück.

Ich öffnete die Schiebetür zum Balkon und trat

hinaus in den schwülen Spätnachmittag. Ich setzte mich auf einen verstaubten Klubsessel, aus dessen Polster die Füllung quoll. Mein Tag hatte nicht erst mit Felix' Taufe am Nachmittag begonnen, sondern schon Stunden vorher im Club. Ich war seit fünf Uhr morgens auf den Beinen; selbst der dürftige Komfort des alten Sessels war genug, um mich ins Reich der Träume zu befördern.

Obwohl ich eigentlich nie groß träumte, hatte ich dort auf dem Balkon einen äußerst seltsamen Traum, in dem ich Scarlets Baby war. Sie hielt mich auf dem Arm, es war ein überwältigendes Gefühl. Auf einmal spürte ich wieder, wie es war, eine Mutter zu haben, sich behütet zu fühlen, von jemandem über alles in der Welt geliebt zu werden. Irgendwie verwandelte sich Scarlet in meine Mutter. Nicht immer hatte ich das Gesicht meiner Mutter vor Augen, aber jetzt sah ich sie so deutlich vor mir – ihre intelligenten grauen Augen, das gewellte rötlichbraune Haar, der entschlossene rote Strich von Mund, dazu die zarten Sommersprossen auf der Nase. Ich hatte die Sommersprossen bereits vergessen, eine Erkenntnis, die mich noch trauriger machte. Sie war eine schöne Frau gewesen, und man merkte ihr an, dass sie sich von niemandem etwas vormachen ließ. Ich verstand,

warum mein Vater sich in sie verliebt hatte, obwohl er besser jede andere als sie geheiratet hätte,
jede andere, nur keine Polizistin. *Annie*, flüsterte
meine Mutter, *du wirst geliebt. Lass zu, dass du geliebt wirst.* Im Traum konnte ich nicht aufhören
zu weinen. Vielleicht ist das der Grund, warum
Babys so viel schreien – die Last all der Liebe ist
einfach zu viel für sie.

»Hey«, sagte Win. Ich setzte mich auf und tat so,
als hätte ich nicht geschlafen. (*Nebenbei bemerkt:
Warum tun die Leute das? Was ist so peinlich daran, wenn man schläft?*) »Ich gehe jetzt. Ich wollte
vorher noch kurz mit dir sprechen.«

»Du hast deine Meinung wohl nicht geändert.«
Ich sprach kühl und abgeklärt und wich seinem
Blick aus.

Er schüttelte den Kopf. »Du ja auch nicht. Mein
Vater erzählt manchmal von eurem Club. Das Geschäft wartet nicht, ich weiß.«

»Was wolltest du denn?«

»Ich wollte fragen, ob ich mal bei dir vorbeikommen kann, um die letzten Sachen abzuholen.
Ich fahre bald auf den Hof meiner Mutter nach
Albany, danach bin ich nur noch einmal kurz in
der Stadt, bevor ich zum College gehe.«

Mein erschöpftes Hirn versuchte, diese Bemerkung zu verarbeiten. »Zum College?«

»Ja, ich habe beschlossen, aufs College in Boston zu gehen. Es gibt keinen Grund mehr für mich, in New York zu bleiben.«

Das war mir neu. »Na dann, viel Glück, Win! Und viel Spaß in Boston.«

»Hätte ich dich vorher zurate ziehen sollen?«, fragte er. »Du für deinen Teil hast jedenfalls nie etwas mit mir abgesprochen.«

»Du übertreibst.«

»Sei ehrlich, Anya!«

»Wie hättest du denn reagiert, wenn ich dir erzählt hätte, dass ich deinen Vater fragen will, ob er für mich arbeitet?«

»Kann man nie wissen«, erwiderte Win.

»Doch! Du hättest gesagt, ich soll es nicht tun.«

»Natürlich! Ich hätte selbst Gable Arsley geraten, sich nicht auf meinen Vater einzulassen, und den kann ich nicht mal ausstehen.«

Ohne zu wissen, warum, griff ich nach seiner Hand. »Welche Sachen hast du denn noch bei mir?«

»Ein paar Klamotten und meine Winterjacke, außerdem glaube ich, dass deine Schwester vielleicht noch eine Mütze von mir hat, aber die kann Natty auch behalten. Ich habe ein Buch in deinem Zimmer liegen lassen, *Wer die Nachtigall stört*, das will ich vielleicht irgendwann noch mal lesen. Aber hauptsächlich brauche ich meinen Tablet, wenn ich auf dem College bin. Der ist unter deinem Bett, meine ich.«

»Deshalb brauchst du nicht extra vorbeizukommen. Ich kann deine Sachen in eine Kiste packen, die nehme ich dann mit zur Arbeit, und dein Vater kann sie dir nach Hause bringen.«

»Wenn es dir so lieber ist.«

»Ich denke, es ist einfacher. Ich bin nicht Scarlet. Ich halte nicht viel von sinnlosen melodramatischen Auftritten.«

»Wie du willst, Anya.«

»Du bist immer so zuvorkommend. Das nervt.«

»Und du behältst immer alles für dich. Wir beide passen wirklich überhaupt nicht zusammen.«

Ich verschränkte die Arme vor der Brust und wandte mich ab. Ich war sauer, ohne genau zu wissen, warum. Wenn ich nicht so müde gewesen wäre, hätte ich meine Gefühle bestimmt besser unter Kontrolle gehabt.

»Warum bist du überhaupt zur Präsentationsparty in den Club gekommen, wenn du nicht mal *versucht hast*, mir zu verzeihen?«

»Ich habe es versucht, Anya. Ich wollte wissen, ob ich darüber hinweg bin.«

»Und?«

»Offensichtlich nicht.«

»Doch, bist du.« Ich ging davon aus, dass uns niemand sehen konnte, und selbst wenn, wäre es mir egal gewesen. Ich schlang die Arme um Win, drückte ihn gegen das Geländer und presste meine Lippen auf seinen Mund. Es dauerte nur wenige Sekunden, bis ich merkte, dass er meinen Kuss nicht erwiderte.

»Ich kann nicht«, wiederholte er.

»Dann war's das also. Du liebst mich nicht mehr?«

Kurz zögerte er mit der Antwort. Dann schüttelte er den Kopf. »Wohl nicht genug, um darüber hinwegzukommen. So groß ist meine Liebe nicht.«

Um das noch mal zu betonen: *Er liebte mich, bloß nicht genug.*

Dem war eigentlich nichts mehr hinzuzufügen, dennoch versuchte ich es. »Du wirst es noch bereuen«, sagte ich. »Der Club wird ein Riesenerfolg, und du wirst noch bereuen, mir nicht zur Seite gestanden zu haben. Denn wenn man jemanden liebt, liebt man ihn immer, egal was passiert. Man liebt ihn auch, wenn er einen Fehler macht. Das ist meine Meinung.«

»Ich soll dich lieben, egal wie du dich verhältst, egal was du tust? Wenn ich das täte, würde ich jeden Respekt vor mir selbst verlieren.«

Da lag er wahrscheinlich richtig.

Ich war es leid, mich zu verteidigen und Win zu überzeugen, das Ganze auch mal aus meiner Perspektive zu betrachten. Mein Blick fiel auf seine Schulter, keine Handbreit von mir entfernt. Es wäre so leicht, den Kopf sinken zu lassen und ihn in die kuschelige Nische zwischen Schulter und Kinn zu betten, die allein für mich gemacht zu sein schien. Es wäre so leicht, ihm zu sagen, die Idee mit dem Club und die Zusammenarbeit mit seinem Vater seien furchtbare Fehler gewesen, und ihn anzuflehen, mich zurückzunehmen. Kurz schloss ich die Augen und versuchte mir vorzustellen, wie meine Zukunft mit Win aussehen würde. Ich sah ein Haus außerhalb der Stadt – Win mit einer Sammlung alter Schallplatten, und ich lernte vielleicht, außer Makkaroni mit Tiefkühl-Erbsen noch ein anderes Gericht zu kochen. Ich sah unsere Hochzeit, an einem Strand, er trug einen blauen Seersucker-Anzug, unsere Ringe waren aus Weißgold. Ich sah ein dunkelhaariges Baby, das ich nach meinem Vater Leonyd nennen würde, wenn es ein Junge wäre, und nach Wins Schwester Alexa, wenn es ein Mädchen wäre. Ich sah das alles, und es war so wunderschön.

Es wäre alles so einfach, doch ich würde mich dafür hassen. Ich hatte hier die Möglichkeit, etwas aufzubauen und dabei etwas zu schaffen, was mein Vater nie erreicht hat. Diese Chance durfte ich nicht ungenutzt lassen, nicht mal für diesen Jungen. Er allein war nicht genug.

Und deshalb hielt ich den Kopf stolz erhoben und den Blick nach vorne gerichtet. Win würde gehen, und ich würde ihn gehen lassen.

Vom Balkon aus hörte ich, wie der kleine Felix anfing zu weinen. Meine ehemaligen Schulkameraden nahmen die Tränen zum Anlass, der Feier den Rücken zu kehren. Durch die Glastür beobachtete ich, wie sie nach draußen drängten. Ohne nachzudenken, machte ich einen Witz: »Sieht aus wie der schlimmste Abschlussball aller Zeiten. Oder der zweitschlimmste, wenn man das vorletzte Highschool-Jahr dazuzählt.« Vorsichtig berührte ich mit der Hand Wins Oberschenkel, den mein Cousin auf dem allerschlimmsten Abschlussball aller Zeiten mit einem Schuss verletzt hatte. Kurz sah es aus, als würde Win vielleicht lachen, dann wich er meiner Berührung aus.

Stattdessen zog er mich an sich. »Auf Wiedersehen«, flüsterte er freundlicher, als ich ihn seit langer Zeit erlebt hatte. »Ich hoffe, du bekommst alles vom Leben, was du dir wünschst.«

Ich wusste, dass es vorbei war. Anders als früher,

wenn wir uns gestritten hatten, war Win jetzt nicht wütend. Er klang resigniert. Als wäre er bereits weit fort.

Dann ließ er mich los und verschwand tatsächlich. Ich drehte mich um und schaute zu, wie die Sonne über der Stadt unterging. Auch wenn ich meine Entscheidung getroffen hatte, konnte ich nicht ertragen, ihn davongehen zu sehen.

Ich wartete eine gute Viertelstunde, dann kehrte ich in die Wohnung zurück. Mittlerweile waren nur noch Scarlet und Felix da. »Ich liebe Partys«, sagte Scarlet, »aber heute war es armselig. Widersprich mir nicht, Annie! Du kannst den Priester anlügen, aber mir machst du nichts vor.«

»Ich helfe dir beim Aufräumen«, erbot ich mich. »Wo ist Gable?«

»Mit seinem Bruder unterwegs«, erwiderte sie. »Danach muss er zur Arbeit.« Gable hatte einen wirklich erbärmlichen Job als Pfleger im Krankenhaus angenommen, wo er den Boden wischen und Bettpfannen leeren musste. Eine andere Stelle hatte er nicht finden können, und ich fand es ganz nobel von ihm, dass er sich dafür nicht zu schade war. »Meinst du, es war ein Fehler, die Leute von Trinity einzuladen?«

»Das ging schon«, sagte ich.

»Ich habe gesehen, wie du mit Win gesprochen hast.«

»Es hat sich nichts verändert.«

»Das ist schade.« Schweigend räumten wir die Wohnung auf. Scarlet begann zu staubsaugen, deshalb merkte ich nicht sofort, dass sie vor sich hin weinte.

Ich stellte den Sauger aus. »Was hast du denn?«

»Ich denke die ganze Zeit, dass keiner von uns eine Chance hat, wenn nicht mal du und Win es schafft, euch zusammenzuraufen.«

»Scarlet, das war eine Highschool-Liebe! Die sind nicht auf ewig angelegt.«

»Es sei denn, man ist so dumm, sich ein Kind andrehen zu lassen«, bemerkte sie.

»Das habe ich nicht gesagt.«

»Ich weiß«, seufzte Scarlet. »Und ich weiß auch, warum du den Club aufmachen willst, aber bist du dir wirklich sicher, dass Charles Delacroix den Ärger wert ist?«

»Ja. Das habe ich dir doch schon mal erklärt.« Ich nahm ihr den Staubsauger ab, stellte ihn wieder an und saugte los, schob ihn mit langen Bewegungen über den Teppich: Saugen als Wuttherapie. Dann machte ich ihn wieder aus. »Weißt du, das zu tun, was ich tue, ist nicht leicht. Ich habe keine Hilfe. Niemand unterstützt mich. Weder Mr Kipling, noch meine Eltern oder meine Großmutter, denn die leben nicht mehr. Auch Natty nicht, denn sie ist mit vierzehn Jahren noch ein Kind. Leo sitzt im Knast. Der Balanchine-Clan hilft mir nicht, weil man dort denkt, ich würde mit legalem Kakao auf Rezept das Geschäft gefährden. Und ganz bestimmt unterstützt Win mich nicht. Niemand. Ich bin allein, Scarlet. Ich bin einsamer, als ich in meinem ganzen Leben je gewesen bin. Und ja, ich habe mir das so ausgesucht. Trotzdem tut es mir weh, wenn du Partei für Win ergreifst. Ich arbeite mit Mr Delacroix zusammen, weil er für mich die Verbindung zur Stadt herstellt. Ich brauche ihn, Scarlet. Er war von Anfang an Teil meines Plans. Er ist Wins Vater, aber es gibt niemanden, der ihn hierbei ersetzen könnte. Win verlangt ausgerechnet das von mir, was ich ihm nicht geben kann. Glaubst du denn nicht, dass ich es gerne tun würde, wenn ich nur könnte?«

»Tut mir leid«, sagte Scarlet.

»Und ich kann nicht mit Win Delacroix zusammen sein, nur damit meine beste Freundin nicht den Glauben an die große Liebe verliert.«

Scarlets Augen füllten sich mit Tränen. »Ich will nicht mit dir streiten. Ich bin dumm. Hör nicht auf mich.«

»Ich finde es furchtbar, wenn du sagst, du wärst dumm. Das glaubt niemand von dir.«

»Ich selbst denke das«, sagte sie. »Guck mich doch an! Was soll ich nur machen?«

»Nun, zum einen machen wir jetzt die Wohnung sauber.«

»Danach, meinte ich.«

»Dann nehmen wir Felix und gehen rüber zu meinem Club. Lucy, meine Barkeeperin, macht heute Überstunden. Sie hat ganz viele Kakao-Rezepte ausprobiert, die wir kosten müssen.«

»Und dann?«

»Keine Ahnung. Dir wird schon was einfallen. Aber ich wüsste nicht, wie man sonst weitermachen soll. Man erstellt eine Liste, dann legt man los und arbeitet die Punkte ab.«

»Immer noch bitter«, sagte ich der erst kürzlich von mir eingestellten Barkeeperin und reichte ihr das letzte von mehreren Schnapsgläsern. Lucy hatte kurzgeschnittenes weißblondes Haar, hellblaue Augen, eine blasse Haut und üppige geschwungene Lippen, dazu war sie groß und sportlich. Mit Kochjacke und Mütze sah sie wie ein Riegel weißer Schokolade aus. Ich wusste immer, wenn sie in der Küche arbeitete, denn selbst in meinem Büro am anderen Ende des Ganges konnte ich sie schimpfen und fluchen hören. Die Schimpfworte gehörten bei ihr offenbar zum kreativen Prozess. Im Übrigen mochte ich sie sehr gerne. Wenn sie nicht meine Mitarbeiterin gewesen wäre, wäre ich vielleicht sogar mit ihr befreundet.

»Meinst du, da muss noch mehr Zucker rein?«, fragte Lucy.

»Ich finde, da muss … irgendwas anderes rein. Der war sogar noch bitterer als der letzte.«

»So schmeckt Kakao nun mal, Anya. Allmählich glaube ich fast, du magst den Geschmack von Kakao gar nicht. Scarlet, was meinst du?«

Meine Freundin probierte. »Das ist nicht besonders süß, aber eine gewisse Süße ist schon da«, urteilte sie.

»Danke«, erwiderte Lucy.

»So ist Scarlet«, warf ich ein. »Immer auf der Suche nach dem Süßen.«

»Und du suchst vielleicht nur nach dem Bitteren«, witzelte Scarlet zurück.

»Hübsch, klug und optimistisch – willst du nicht meine Chefin sein?«, fragte Lucy.

»Sie ist gar nicht so fröhlich, wie sie aussieht«, erklärte ich meiner Angestellten. »Vor einer Stunde hat sie noch beim Staubsaugen geheult.«

»Jeder heult beim Staubsaugen«, meinte Lucy.

»Das stimmt!«, bestätigte Scarlet. »Dieses Brummen macht einen ganz gefühlsduselig.«

»Ich meinte das trotzdem ernst«, unterbrach ich die beiden. »In Mexiko war der Kakao nicht so dunkel.«

»Dann wäre es vielleicht besser, wenn du deinen Freund aus Mexiko holst, damit er die Getränke kreiert?« Meine Barkeeperin war am Culinary Institute of America und im Le Cordon Bleu ausgebildet worden; sie konnte empfindlich sein, wenn es um Kritik ging.

»Ach, Lucy, du weißt doch, dass ich dich unglaublich schätze. Aber der Kakao muss perfekt sein.«

»Fragen wir mal den kleinen Herzensbrecher«, sagte Lucy. »Wenn du erlaubst, Scarlet.«

»Warum nicht?«, sagte meine Freundin. Sie tauchte den kleinen Finger in den Topf und hielt ihn Felix vors Mündchen. Er probierte zögernd. Zuerst grinste er. Lucy machte ein selbstgefälliges Gesicht.

»Er grinst immer und überall«, sagte ich.

Da verzog das Baby den Mund zu einer vertrockneten Rose.

»Och, das tut mir leid, mein Schätzchen«, rief Scarlet. »Ich bin eine schlimme Mutter.«

»Siehst du?«, sagte ich.

»Ich nehme an, Kakao hat einen zu feinen Geschmack für den Gaumen eines Babys«, gab Lucy
zurück. Mit einem Seufzer leerte sie den Inhalt des
Topfes in die Spüle. »Morgen starten wir einen
neuen Versuch. Geht der auch daneben, machen
wir's noch besser.«

II. Ich werde offiziell erwachsen, hege
verächtliche Gedanken über meine Freunde
und Verwandten und werde unvorteilhaft
mit dem Element Argon verglichen

»Es gibt tausend völlig einsichtige Gründe, warum eine Geschäftsgründung nicht funktioniert, Anya«, belehrte mich Charles Delacroix. Er hatte sich als durchaus anständiger Geschäftspartner erwiesen, aber er hörte sich wirklich gerne reden. »Leider ist eine Pleite aber das einzige, woran sich die Menschen erinnern. Zum Beispiel erinnert sich niemand daran, dass der Mann, der eigentlich Staatsanwalt von New York City werden wollte, von einer Siebzehnjährigen aus dem Rennen geworfen wurde.«

»So lief das also ab?«, fragte ich. »Meiner Erinnerung nach war der Mann, der dann doch nicht Staatsanwalt wurde, völlig besessen vom Liebesleben seines Sohnes, und daraus drehten ihm seine Gegner einen Strick.«

Mr Delacroix schüttelte den Kopf.

»Wie ein Löwe, der von einer winzigen Klette aus dem Konzept gebracht wird«, sagte ich. »Außerdem bin ich keine siebzehn mehr.«

»Auf den Einwand habe ich schon gewartet.« Er

legte die Finger auf die Lippen und pfiff, als wollte er ein Taxi rufen. Das Pfeifen hallte durch den Club, der immer noch recht spärlich möbliert war. Mehrere meiner jüngst eingestellten Mitarbeiter kamen mit einem Geburtstagskuchen heran. Darauf stand in rosa Zuckerguss: HAPPY BIRTH-DAY, ANYA.

»Sie haben dran gedacht«, sagte ich.

»12. August 2066. Als ob ich deinen achtzehnten Geburtstag vergessen würde! Schluss mit der Jugendstrafanstalt, jetzt geht's in den richtigen Knast!«

Die Angestellten sangen für mich und klatschten anschließend. Wir kannten uns noch nicht besonders gut, aber ich war die Chefin, von daher hatten sie keine andere Wahl. Ich war froh, als die Zwangsbeglückung vorbei war und alle an ihre Arbeit zurückkehrten. Ich stand nicht gerne im Mittelpunkt, und bis zur Eröffnung in einem Monat war noch so viel zu tun. Ich hatte bereits Bauunternehmer, Kellner, Inneneinrichter, Köche, Werbefachleute, Ärzte, Sicherheitspersonal und Eventmanager angeheuert (und wieder gefeuert). Eine nicht enden wollende Liste von Lizenzen musste bei der Stadtverwaltung beantragt werden, auch wenn die meisten im Verantwortungsbereich von Mr Delacroix lagen. Ich hatte versucht (erfolglos), mit meinem Cousin Fats und der Familie – auch *die Semja* genannt, die organisierten Kriminellen unter den Balanchines – Frieden zu schließen, und (erfolgreich) einen großen Geschäftsabschluss über Kakaolieferungen mit meinem Freund Theo Marquez von Granja Mañana ausgehandelt. Fliesen, Textilien und Wandfarben mussten ausgewählt, Öfen geleast, Speisekarten und Pressemitteilungen verfasst werden. Zu den vornehmsten Aufgaben gehörten das Organisieren der Müllabfuhr und die Auswahl von Klopapier für die Toiletten.

»Vanille«, bemerkte ich mit Blick auf den aufgeschnittenen Kuchen. »Keine Schokolade.«

»Wir müssen darauf achten, dass dir keine auch noch so kleine Unbesonnenheit das Genick bricht«, erwiderte Mr Delacroix. »Du bist jetzt erwachsen. Wenn du noch mal Ärger bekommen solltest, geht es nach Rikers Island. Ich fahre jetzt nach Hause. Jane und ich haben noch etwas vor. Versprich mir, dass du dir bis morgen einen Namen überlegst. Wir müssen anfangen, die Werbetrommel zu rühren.«

Einen Namen für den Club zu finden, erwies sich als kompliziert. *Meinen* Namen konnte ich nicht nehmen, weil er den Laden mit dem organisierten Verbrechen in Verbindung gebracht hätte. *Kakao* oder *Schokolade* sollte nicht Teil des Namens sein, aber die Leute sollten schon verstehen, dass man bei uns Schokolade bekam. Er sollte keck und aufregend klingen, aber auf keinen Fall illegal. Ich hielt immer noch an der wahrscheinlich dummen Idee fest, dass man damit Gesundheit assoziieren sollte.

»Ehrlich, ich stehe total auf dem Schlauch«, gestand ich.

»So geht das nicht.« Mr Delacroix sah auf die Uhr. »Ich habe noch ein bisschen Zeit, bis Jane mir den Hals umdreht.« Er setzte sich wieder. »Dann nenn mir mal deine *Top five*!«

»Erstens: Theobroma's.«

»Nein. Zu schwer auszusprechen. Schwer zu schreiben. Albern.«

»Zweitens: Prohibition.«

Charles Delacroix schüttelte den Kopf. »Das soll doch keine Geschichtsstunde werden! Außerdem klingt das politisch. Wir wollen nicht als ausdrücklich politisch wahrgenommen werden.«

»Drittens: Gesellschaft für Arzneikakao.«

»Das wird ja immer schlimmer. Ich habe dir schon mal erklärt, dass das Wort *Arznei* nicht im Namen eines Nachtclubs auftauchen kann. Klingt nach Krankenhaus und Virenepidemie.« Er erschauderte.

»Wenn Sie sowieso alles niedermachen, brauche ich ja nichts mehr vorzuschlagen.«

»Doch, du musst. Irgendein Name muss auf diesem Schild stehen, Anya.«

»Na gut. Viertens: Herz der Finsternis.«

»Ist das eine Anspielung? Klingt irgendwie angeberisch. Aber den Aspekt des Dunklen finde ich gut.«

»Fünftens: Nibs.«

»Nibs. Soll das ein Witz sein?«

»Das ist der Fachausdruck für aufgebrochene Kakaobohnen«, erklärte ich.

»Klingt anzüglich und merkwürdig. Glaub mir, kein Mensch würde in einen Club gehen, der Nibs heißt.«

»Mehr habe ich nicht, Mr Delacroix.«

»Anya, ich denke, dass wir uns inzwischen beim Vornamen ansprechen können.«

»Ich habe mich an ›Mr Delacroix‹ gewöhnt«, erwiderte ich. »Ich finde es, ehrlich gesagt, sogar ganz schön anmaßend von Ihnen, mich weiterhin Anya zu nennen.«

»Möchtest du lieber, dass ich dich mit Ms Balanchine anspreche?«

»Ja, oder mit Ma'am. Ich bin schließlich Ihre Chefin, nicht wahr?« Nach allem, was er mir im Jahr 2083 angetan hatte (Gefängnis, Vergiftung), hatte ich das Gefühl, ihn auf den Arm nehmen zu dürfen.

»Meine Kollegin, würde ich sagen. Bis jetzt bin ich der juristische Berater eines namenlosen Clubs in Manhattan.« Er hielt kurz inne. »Mrs Cobrawick war eine fähige Frau. Hat sie dir nicht beigebracht, Respekt vor älteren Menschen zu haben, als du in Liberty eingesessen hast?«

»Nein.«

»Diese Erziehungseinrichtung ist reine Verschwendung von Steuergeldern. Aber zurück zu unserem Thema: Wie wäre es mit ›Dunkelkammer‹?«

Ich dachte darüber nach. »Nicht schlecht.«

»Hat natürlich den Bezug zur Fotografie. Klingt aber auch ein klein bisschen anrüchig. Und das Wort ›dunkel‹ weist auf das Produkt hin. Wir müssen uns jetzt einfach für einen Namen entscheiden. Weißt du denn nicht, wie Werbung läuft, Anya? Man wiederholt immer dieselbe Botschaft, und zwar so laut wie möglich. Dafür braucht man aber etwas, das man sagen kann.«

»Dunkelkammer«, wiederholte ich. »In Ordnung.«

»Gut. Dann bin ich jetzt weg. Herzlichen Glückwunsch noch mal, *Ma'am*. Heute Abend noch was vor?«

»Ich gehe mit meiner besten Freundin Scarlet und Noriko ins Theater.« Noriko war die Frau meines Bruders Leo, die ich als Assistentin eingestellt hatte.

»Was seht ihr euch an?«

»Scarlet hat die Karten besorgt. Hoffentlich was Lustiges. Ich weine nicht gerne in der Öffentlichkeit.«

»Kein schlechter Grundsatz. Versuche ich auch immer zu vermeiden.«

»Es sei denn, es dient irgendwie Ihren Interessen, nicht? Wie geht's Ihrem Sohn?«, fragte ich beiläufig. Wir sprachen nie über Win. Diese Frage überhaupt zu stellen war ein kleines Geburtstagsgeschenk, das ich mir gönnte.

»Ach, der. Hat sich's anders überlegt. Will jetzt in Boston aufs College gehen«, sagte Mr Delacroix.

»Hat er mir erzählt.« Ich hatte Wins Habseligkeiten bereits zusammengepackt, war aber noch nicht dazu gekommen, sie mit zur Arbeit zu bringen.

»In den Ferien wird er uns besuchen, nehme ich an«, fügte Mr Delacroix hinzu. »Er wird Jane und mir natürlich fehlen, aber Boston ist ja nicht so weit weg.«

»Na, dann grüßen Sie ihn mal von mir, ja?«

»Die Grüße könntest du auch persönlich überbringen. Sein Vater hätte nichts dagegen einzuwenden.«

»Ich denke, das ist vorbei, Mr Delacroix«, sagte ich. »Er versteht die Sache mit dem Club einfach nicht.«

Mein Kollege nickte. »Nein, kann ich mir auch nicht vorstellen. Er ist sehr stolz und zu behütet aufgewachsen.«

Ich wollte wissen, ob sich Win je nach mir erkundigte, aber die Frage war mir zu demütigend. »Nicht jede Beziehung ist für die Ewigkeit gedacht«, bemerkte ich altklug. Wenn ich das nur oft genug behauptete, würde ich vielleicht sogar selbst dran glauben. »Haben Sie mir das nicht immer eingeredet?«

»Das Leben ist nicht einfach für ehrgeizige Menschen, Anya.«

»Ich bin nicht ehrgeizig«, sagte ich.

»Und ob.« Seine Lippen verzogen sich zu einem belustigten Grinsen, aber sein Blick war nervtötend selbstsicher. »Ich muss es wohl wissen.«

»Danke für den Kuchen«, sagte ich.

Er streckte mir die Hand entgegen. »Nochmals herzlichen Glückwunsch zum Geburtstag.«

Kurz nachdem Mr Delacroix aufgebrochen war, fuhr ich mit dem Bus zurück in meine Wohnung.

Die Wahrheit sah so aus: Mir fehlte dieser Junge nicht.

Vielleicht fehlte mir das Gefühl, mit ihm zusammen zu sein.

(Nein, es war nicht nur das Gefühl. Er fehlte mir doch. Mir fehlte der dumme Kerl, aber was hatte ich davon? Ich hatte kein Recht, ihn zu vermissen. Ich hatte meine Entscheidung getroffen. Man möge mir die gezuckerten Lügen verzeihen, die ich mir damals einredete – ich war noch so jung. Und in der Jugend können wir nicht wirklich erkennen, was wir aufgeben.)

(Damit will ich eigentlich nur sagen, dass man eine Entscheidung treffen und einigermaßen zufrieden damit sein, die andere Möglichkeit aber trotzdem ihren Reiz haben kann. Vielleicht ist das wie beim Bestellen von Nachtisch. Man kann sich einfach nicht zwischen der warmen Torte mit Erdnussbutter und der sahnigen Erdbeercreme entscheiden. Schließlich nimmt man die Torte, und sie ist superlecker. Aber trotzdem fragt man sich, wie die Erdbeercreme geschmeckt hätte …)

(Also, ja, hin und wieder dachte ich über die Erdbeercreme nach.)

Noriko und ich warteten seit einer halben Stunde vor dem Theater. »Sollen wir schon ohne sie hineingehen?« Norikos Englisch hatte sich beträchtlich verbessert, seit sie vor viereinhalb Monaten nach Amerika gekommen war.

»Ich rufe sie mal vom öffentlichen Telefon aus an«, sagte ich. Ich hatte noch keine Zeit gehabt, mir ein von heute an für mich legales Mobiltelefon zu besorgen.

Beim fünften Klingeln meldete sich Scarlet. »Wo bist du?«, fragte ich.

»Gable sollte eigentlich auf Felix aufpassen, aber er ist nicht gekommen. Ich schaffe es nicht. Geht ohne mich ins Theater. Tut mir wirklich leid, Annie«, sagte Scarlet.

»Mach dir keine Sorgen.«

»Ich mache mir aber Sorgen. Du hast heute Geburtstag, und ich wollte das Stück gerne sehen. Kann ich nicht später noch zu euch stoßen? Dann gehen wir tanzen oder was trinken.«

»Ganz ehrlich, ich bin schon seit sechs Uhr heute Morgen auf den Beinen. Ich gehe wahrscheinlich sofort danach heim und lege mich ins Bett.«

»Feier schön, mein Spätzchen«, sagte Scarlet.

Das Stück, das sie ausgewählt hatte, handelte von einem alten Mann und einer jungen Frau, die auf einer Hochzeitsfeier die Körper vertauschen. Der

Ehemann der jungen Frau muss lernen, seine Gattin im Körper des alten Mannes zu lieben. Am Ende hat jeder eine Lektion in Liebe und Toleranz erhalten und begriffen, dass es egal ist, in welchem Körper man steckt. Es war eine romantische Komödie, und ich war nicht in der Stimmung dafür, was Scarlet eigentlich hätte wissen müssen.

Als die Schauspieler sich verbeugten, standen die Zuschauer auf und klatschten, nur ich blieb sitzen. Romantik war verlogen. Sie war so verlogen, dass ich sauer wurde. Romantik war lediglich das Ergebnis von Hormonen und Einbildung. »Buh!«, raunte ich. »Buh! So ein dämliches Stück!« Niemand hörte mich. Der Applaus war zu laut. Ich konnte buhen, so viel ich wollte. Das war sehr befreiend.

Am schlimmsten war, dass ich überhaupt nichts für Theater übrig hatte. Scarlet war der Theaterfan, aber sie hatte sich nicht die Mühe gemacht aufzutauchen. War nicht das erste Mal, dass sie eine Verabredung mit mir hatte platzen lassen. Ich wusste wirklich nicht, warum ich mir immer noch Mühe gab, mich mit ihr zu verabreden. »Buh, Scarlet! Buh, Theater!«

Noriko weinte und klatschte wie von Sinnen. »Leo fehlt mir so«, sagte sie. »Er fehlt mir so sehr.«

Vielleicht vermisste sie Leo tatsächlich (er saß im

Knast, weil man ihn dazu manipuliert hatte, auf meinen Onkel zu schießen), doch ich war skeptisch. Die beiden sprachen nicht einmal dieselbe Sprache. Sie hatten sich nur etwas länger als einen Monat gekannt, als sie beschlossen zu heiraten. Und immerhin ging es um meinen Bruder. Er war ja ein netter Kerl, aber … Ich arbeitete jetzt schon den ganzen Sommer mit Noriko zusammen. Sie war intelligent, und ohne herablassend zu sein, aber das war Leo nicht. Zumindest nicht mehr seit seinem schlimmen Unfall mit neun Jahren.

Ich taute Erbsen auf und wollte gerade das unrühmliche Kapitel meines achtzehnten Geburtstags schließen, als das Telefon klingelte.

»Anya, hier ist Miss Bellevoir.« Kathleen Bellevoir war Nattys Mathematiklehrerin an Holy Trinity; in den Sommerferien begleitete sie das Ferienlager für Hochbegabte. »Wir haben hier oben Ärger mit Natty, und ich wollte Ihnen mitteilen, dass sie morgen nach Hause kommt.«

Ich legte die Hand auf die Brust. »Was ist denn passiert? Ist sie krank?«

»Nein, nichts dergleichen. Es hat einen Zwischenfall gegeben. Mehrere Zwischenfälle, muss ich wohl sagen. Das gesamte Leiterteam hat beschlossen, dass es das Beste ist, wenn sie vorzeitig abreist. Ich rufe nur an, damit Sie auch zu Hause sind, wenn Natty ankommt.«

»Was denn für Zwischenfälle?«, fragte ich.

Was Natty getan hatte:

1. die Forschungsprojekte in Mathematik und Naturwissenschaften geschwänzt
2. respektlos gegenüber Lehrern und anderen Teilnehmern gewesen
3. auf dem Gelände mit Schokolade ertappt worden
4. nach Feierabend im Zimmer eines Jungen erwischt worden
5. hatte sich aus dem Lager geschlichen, sich den Lieferwagen genommen und ihn in den Graben gefahren

Bei dem letzten Zwischenfall waren die Organisatoren des Ferienlagers mit ihrer Geduld offiziell am Ende gewesen.

»Ist sie verletzt?«, fragte ich.

»Nur ein paar Schrammen und blaue Flecke. Der Lieferwagen hat es weniger gut überstanden. Ich habe Ihre Schwester wirklich gern, und letztes Jahr war sie hier so erfolgreich, dass alle erst mal versucht haben, über ihre Provokationen hinwegzusehen, ich eingeschlossen. Wahrscheinlich hätte ich mich schon früher bei Ihnen melden sollen.«

Ich wollte Miss Bellevoir am liebsten anschreien, sie hätte besser auf Natty aufpassen müssen, aber wusste, dass das unvernünftig war. Ich biss mir auf die Lippe, bis es blutete.

Um sechs Uhr am folgenden Abend, einem Sonntag, kam Natty nach Hause. Sie war ziemlich angeschlagen, hatte blaue Flecken auf Wange und Stirn und eine tiefere Schnittwunde am Kinn. »Ach, Natty!«, rief ich.

Sie breitete die Arme aus, als wolle sie mich herzen, doch dann verwandelte sich ihr Gesicht in eine böse Fratze. »Verdammt nochmal, Annie, guck mich nicht so an! Du bist nicht meine Mutter!« Sie stolzierte in ihr Zimmer und schlug die Tür hinter sich zu.

Ich ließ ihr zehn Minuten Zeit, dann klopfte ich an.

»Hau ab!«

Ich drehte am Knauf, aber er war verriegelt. »Natty, wir müssen darüber reden, was passiert ist.«

»Seit wann willst du denn reden? Du bist doch Miss Selbstbeherrschung! Miss Allesverdränger!«

Ich knackte das Schloss von Nattys Tür mit dem

Nagel, den wir in Leos (jetzt Norikos) Zimmer deponiert hatten.

»Hau ab! Kannst du mich bitte in Ruhe lassen?«

»Nein«, sagte ich.

Sie zog sich die Decke über den Kopf.

»Was ist im Lager passiert?«

Natty antwortete nicht.

Seit längerer Zeit war ich nicht in ihrem Zimmer gewesen. Es sah aus, als würden dort zwei Personen leben: ein Kind und eine junge Frau. Ich sah BHs und Puppen, Parfüm und Malstifte. Einer von Wins Hüten, ein grauer Fedora, hing an der Wand. Natty hatte seine Hüte immer gerne gemocht. Neben dem Spiegel war ein Periodensystem. Mir fiel auf, dass einige Elemente eingekreist waren.

»Was haben die Kreise zu bedeuten?«, fragte ich.

»Das sind meine Lieblingselemente.«

»Weshalb?«

Natty kam unter der Bettdecke hervor. »Wasserstoff und Sauerstoff sind ja logisch. Das sind die Bestandteile von Wasser, dem Ursprung des Lebens, wenn dich so was interessiert. Ich mag Na, also Natrium, und Ba, das ist Barium, weil mein Name damit anfängt.« Sie wies auf Ar, was nicht eingekreist war. »Argon ist völlig träge. Es lässt sich von nichts beeinflussen und geht nur unter Schwierigkeiten chemische Verbindungen, also Beziehungen ein. Argon ist ein Einzelgänger. Es will nichts von niemandem. Erinnert mich an dich.«

»Natty, das stimmt doch nicht. Ich lasse mich beeinflussen. Und jetzt, in diesem Moment, bin ich aufgewühlt.«

»Ach ja? Das sieht man dir aber nicht an, Argon«, gab Natty zurück.

»Vielleicht ist es auch ganz egal, was du im Ferienlager getan hast. Sommer ist Sommer. Sommer ist eh nie das wahre Leben.«

»Nicht?«

Ich schüttelte den Kopf. »Du hattest schlechte Sommerferien, das ist alles. In ein paar Wochen fängt die Schule wieder an. Es ist dein vorletztes Jahr, und ich glaube, das wird ein ganz tolles Jahr für dich.«

»Na gut«, sagte Natty nach einer Weile.

»Ich muss jetzt in den Club, aber ich komme später wieder nach Hause«, verkündete ich.

»Kann ich mitkommen?«

»Ein andermal«, sagte ich. »Ich finde, heute Abend solltest du dich ausruhen. Du siehst nämlich wirklich kaputt aus.«

»Ich finde, ich sehe taff aus.«

»Eher gestört.«

»Kriminell. Eine echte Balanchine.«

Ich gab Natty einen Kuss auf die Stirn. Die richtigen Worte zu finden war mir noch nie leicht gefallen. Auf dem Weg von meinem Herz über den Kopf zum Mund verdrehten sich die Sätze und wurden zu hoffnungslosem Kauderwelsch. Der Inhalt — was ich wirklich ausdrücken wollte — kam nie richtig an. Mein Herz wollte sagen: *Ich liebe dich*. Mein Kopf warnte mich: *Wie peinlich. Wie affig. Wie gefährlich*. Mein Mund sagte: *Bitte geh* oder, schlimmer noch, machte einen sinnlosen Scherz. Ich wusste, dass ich in diesem Moment für Natty über meinen Schatten springen musste.

»Nein, das bist du überhaupt nicht«, sagte ich. »Du bist das intelligenteste, beste Mädchen der Welt.«

Statt den Bus zu nehmen, ging ich zu Fuß zum Club. Es war schon dunkel und ein bisschen spät, um allein unterwegs zu sein, doch selbst Argon, die scheinbar Ungerührte, musste manchmal einen klaren Kopf bekommen. Ich hatte den halben Weg zurückgelegt, war fast am Columbus Circle, als es anfing zu regnen. Mein Haar kräuselte sich, doch es war mir egal. Ich liebte New York im Regen. Die fauligen Gerüche verschwanden, die Bürgersteige wurden fast sauber. Bunte Regenschirme sprossen wie Tulpen aus dem Boden, und die Fenster der leeren Wolkenkratzer glänzten, wenn auch nur in dieser Nacht. Bei Regen schien es mir unvorstellbar, dass uns das Wasser ausgehen könnte oder dass jemand, den man liebte, wahrlich für immer fort war. Ich glaubte an den Regen.

Unterwegs dachte ich an Natty und überlegte, ob ich vorhin zu Hause das Richtige gesagt und getan hatte. Als ich so alt war wie sie, war es mir sehr schlecht gegangen. Unsere Eltern waren schon tot, und Großmutter Nanas Zustand hatte sich täglich verschlechtert. In der Schule war Scarlet meine einzige Freundin gewesen. Ich war damals völlig überzeugt davon, dass ich ständig von allen beleidigt wurde, einige taten es vielleicht wirklich. Unablässig geriet ich in Streitereien, provozierte sie auch selbst. (Rückblickend ist es ein Wunder, dass ich nicht schon Jahre früher der Schule verwiesen wurde.) Mit vierzehn war ich nicht gerade auf dem Höhepunkt der körperlichen Attraktivität – ich hatte einen unbändigen Wuschelkopf, ein zu rundes Gesicht und Brüste, die noch nicht wussten, was sie mal werden wollten. Mit fünfzehn sah ich schon besser aus – das war das Jahr, als ich mit Gable Arsley ging, meinem ersten richtigen Freund und der erste Junge, der sagte, ich sei schön. Der Regen hatte mich mit seiner wohltuenden Wirkung sogar dazu austricksen können, eine schöne Erinnerung an Gable zu haben.

Als ich die Stufen zum Club hinaufstieg, löste sich ein Mann aus der Dunkelheit und griff nach meiner Hand. »Anya, wo ist Sophia?« Grob zerrte er mich hinter eine der kopflosen Löwenstatuen, die den Eingang bewachten.

Es war mein Cousin Mickey Balanchine, der Ehemann von Sophia Bitter, die, gemeinsam mit meinem ehemaligen Vertrauten Yuji Ono, versucht hatte, mich umzubringen. Mickey hatte abgenommen, und selbst im Dunkeln wirkte seine Haut gelb. Seit er und Sophia vor Monaten die Stadt in einer Nacht-und-Nebel-Aktion verlassen hatten, war Mickey quasi untergetaucht. »Ich weiß nicht, wovon du redest.« Ich versuchte, ihm meine Hand zu entwinden, doch er zog mich enger an sich. Ich konnte seinen Atem riechen, er war ekelerregend süß und irgendwie abstoßend. Er erinnerte mich an feuchtes Leder.

»Wir waren in der Schweiz, um eine neue Bitter-Fabrik zu eröffnen«, sagte er. »Wir wohnten im Hotel, und eines Morgens ging sie mit ihrem Leibwächter runter zum Frühstück, aber kam nie wieder zurück. Ich weiß, dass du glaubst, sie hätte versucht, dich umzubringen ...«

»Hat sie doch auch, oder?«, unterbrach ich ihn.

»Trotzdem ist sie meine Frau, und ich muss sie finden.«

»Hör zu, Mickey, das ergibt doch alles keinen Sinn. Ich habe seit Monaten weder dich noch sie gesehen und auch keine Ahnung, wo sie sein könnte.«

»Ich denke, du hast sie aus Rache entführt.«

»Entführt? Auf so eine Idee käme ich nie im Leben. Ich eröffne gerade einen neuen Laden. Ich habe keine Zeit, um jemanden zu kidnappen. Ob du's glaubst oder nicht, aber ich habe seit Monaten keinen Gedanken mehr an Sophia verschwendet. Mit Sicherheit hat so eine Frau andere Feinde als mich.«

Mickey zog eine Pistole hervor und schob sie mir zwischen die Rippen, unters Herz. »Du hast jeden Grund, um Sophia übelzuwollen, aber wir können uns nur auf eine Weise helfen, nämlich indem du mir sagst, wo sie ist.«

»Mickey, bitte! Ich habe wirklich nicht die geringste Ahnung. Ganz ehrlich …« Ich tastete nach der Machete, die ich in den Sommermonaten immer im Rucksack herumtrug. Ohne Mantel konnte ich die Waffe nicht an meinen Gürtel schnallen – viel zu auffällig. Ich war nie dazu gekommen, eine Scheide dafür zu besorgen.

»Mickey Balanchine, herzlich willkommen in der

Heimat!«, rief eine Männerstimme. »Ich habe eine Waffe auf Ihren Hinterkopf gerichtet und schlage deshalb vor, dass Sie Ihre Pistole fallen lassen.« Mr Delacroix drückte einen Gegenstand gegen Mickeys Schädel, doch selbst in der Dunkelheit sah es mir nicht nach einer Waffe aus. Es war irgendeine Flasche. Wein? »Lassen Sie jetzt die Waffe fallen, es sei denn, Sie sind nicht alleine. Wir sind zwei gegen einen, und ich weiß, dass es Ms Balanchine bereits in den Fingern juckt, ihre Machete hervorzuholen, von der sie glaubt, dass keiner davon weiß.«

»Ich bin allein«, sagte Mickey und ließ langsam die Pistole sinken.

»Gut gemacht«, sagte Mr Delacroix.

»Ich wollte ihr nicht weh tun«, erklärte mein Cousin und hustete sehr tief und rasselnd. »Ich will nur Informationen.« Mickey legte die Pistole auf den Boden, ich hob sie auf. Auch wenn es nach außen anders wirken mochte, war ich nicht gerade froh, dass Mr Delacroix in diesem Augenblick eingegriffen hatte. Weder glaubte ich, dass mein Cousin auf mich schießen würde, noch wollte ich, dass Mr Delacroix irgendwas mit meiner Familie zu tun bekam. Ehrlich gesagt, regte mich seine Heldenpose auf. Ich durchschaute sie. Wie mir bewusst gewesen war, als ich ihn fragte, ob er für mich arbeiten wolle, war Mr Delacroix in allererster Linie nur an sich selbst interessiert. Es erschien mir unaufrichtig, dass er etwas anderes vorspielte. Außerdem hatte ich dieses Heldentum nicht nötig – ich war seit einiger Zeit die Heldin meines eigenen Lebens.

»Wenn das stimmt, kommen Sie herein und unterhalten sich mit uns wie ein zivilisierter Mensch«, sagte Mr Delacroix zu Mickey. »Hier draußen werden wir alle nass, und Sie sehen aus, als könnten Sie sich eine Lungenentzündung holen, wenn wir noch länger hier herumstehen.«

»Gut«, sagte mein Cousin.

Als wir drei im Gebäude waren, ging ich direkt durch zu unserem Wachmann Jones, der für die Sicherheit verantwortlich war, und sagte ihm, er müsse bei Mickey bleiben und auf ihn aufpassen.

Jetzt waren wir zu viert. Wir gingen die Treppe hoch und durch den Clubraum zu meinem Büro. Ich schloss auf und sagte Jones, er solle mit Mickey im Zimmer warten. Ich kehrte zurück in den Flur und entließ Mr Delacroix für den Abend. Er reichte mir ein dünnes Handtuch, das aus der Küche stammen musste.

»Du brauchst einen Bodyguard«, sagte er. »Ich kann nicht immer in der Nähe sein, um dich zu retten ...«

»Freut mich, dass Sie das Thema ansprechen, Mr Delacroix«, unterbrach ich ihn. »Ich wollte Sie nämlich erinnern, dass ich Sie nicht engagiert hatte, um für mich den Helden zu spielen.«

»Den Helden?«, wiederholte er. »*Engagiert?*«

»Engagiert«, bestätigte ich. »Ich habe Sie angestellt.«

»Ich bin dein Geschäftspartner. Ich weiß ja wohl noch, was in den Verträgen steht, die *ich* gründlich geprüft habe.«

»Mein Anteil an dieser Firma ist deutlich größer als Ihrer, ich brauche nicht Ihre Erlaubnis, wenn ich eine Entscheidung treffe.«

Mit ruhigem Gesichtsausdruck schaute er mich an. »Gut, Anya. Was verlangen Madame?«

»Juristischen Rat«, sagte ich. »Mehr nicht.«

»Verstehe ich das richtig, dass meine Verantwortung ... Falls ich dich noch mal abends sehen sollte – sagen wir, es ist dunkel und stürmisch, und du wirst von einem Mann angegriffen, in dem ich einen Mafia-Cousin von dir erkenne, der eventuell schon mal versucht hat, dich und deine Verwandten umzubringen, dann zwingt mich das Protokoll nun, dass ich« – er zuckte mit den Achseln – »den Blick abwende und dich sterben lasse?«

»Ja, aber ...«

Jetzt unterbrach *er* mich. »Gut. Dann bin ich froh, dass wir das geklärt haben.«

»Ich wäre eben nicht gestorben. Ich bin noch nicht tot. Ich habe sogar eine Vergiftung überlebt, kaum zu glauben, was?«

»Wie dem auch sei, als dein rechtlicher Beistand und *allein in dieser Funktion* – ich will auf keinen Fall eine Grenze überschreiten – glaube ich, dass es nützlich wäre, wenn du dir einen Leibwächter zulegen würdest.«

»Sie verstehen mich falsch. Ich sage nur, dass wir uns voneinander abgrenzen müssen. Unsere Aufgaben müssen genau definiert werden. Ich weiß Ihr Bedürfnis zu schätzen, alles genau zu wissen, aber waren wir uns nicht einig, dass es besser für den Club und für Sie ist, wenn ich Ihnen gewisse Dinge vorenthalte, besonders solche mit direktem Bezug zu meiner Familie?«

Eine Weile dachte er darüber nach. »Wie du willst. Was ist denn mit der riesigen Frau passiert, die dir immer wie ein Schatten folgte?«

»Ich habe Daisy gehen lassen.«

»Warum?«

»Da ich versuche, mich streng an das Gesetz zu halten, fand ich, es machte nicht den besten Eindruck, eine Leibwächterin zu haben. Davon bin ich auch jetzt noch überzeugt. Ich werde nicht mit einem Bodyguard durch die Stadt laufen, wie ein drittklassiger Ganove. Sie wissen doch auch genau, wie wichtig der äußere Eindruck ist.«

»Du scheinst dir da ja ganz sicher zu sein«, erwiderte er. »Ich sehe das anders, aber ich verstehe deine Argumentation.«

»Gute Nacht, Mr Delacroix.«

Ich ging in mein Büro. Mickey und Jones saßen aneinandergequetscht auf meiner kleinen Couch. Ich trocknete mir die Haare mit dem Handtuch, das Mr Delacroix mir gegeben hatte, dann reichte ich es an Mickey weiter.

»Bist du mit ihm zusammen?« Mein Cousin wies mit dem Kinn in Richtung Tür.

»Zusammen? Soll das ein Witz sein? Das ist Charles Delacroix. Du müsstest ihn noch kennen, '83 hat er für den Posten des Staatsanwalts kandidiert.«

»Ach, der.«

»Er hat verloren, und jetzt ist er der Justiziar meines Clubs.«

»Schick«, sagte Mickey.

»Mit dem zusammen!« Die Vorstellung, dass jemand Charles Delacroix für meinen Freund halten könnte, entsetzte mich regelrecht. »Das ist ja abartig, Mickey! Er ist wahrscheinlich doppelt so alt wie ich, vielleicht noch älter. Er könnte mein Vater sein. Er ist der Vater von Win. Kannst du dich noch an meinen Exfreund Win erinnern?«

»Hey, ich bilde mir kein Urteil über das Leben von anderen.« Mickeys Blick war glasig und wirr. Ich hatte das Gefühl, er würde jeden Augenblick ohnmächtig werden. Aber vorher musste ich die Informationen von ihm bekommen, die ich dringend brauchte.

»Wusstest du Bescheid über den Plan, Natty, Leo und mich umzubringen?«, fragte ich Mickey.

»Nein, ich wurde ebenso im Dunkeln gelassen wie du. Als ich herausfand, dass Sophia darin verwickelt war, war es längst geschehen. Sie überzeugte mich, dass wir fliehen mussten, sonst würde die Familie mich umbringen. Sie sagte, du wärst die berühmteste und beliebteste Balanchine, der Clan würde mit Sicherheit auf deiner Seite stehen und schnell darauf kommen, welche Rolle ich gespielt hätte. Sie wollte unbedingt, dass alle glaubten, *ich* hätte mir den Plan ausgedacht, weil ich am meisten zu gewinnen hatte, wenn die Kinder von Leonyd Balanchine aus dem Weg geschafft würden. Deshalb floh ich mit ihr. Vielleicht war das dumm, aber ich hatte damals keine Zeit, um gründlich darüber nachzudenken, und außerdem ist sie meine Frau. Aber weniger als einen Monat später erzählte mir ein alter Freund, dass du die Leitung an

Fats weitergegeben hattest, und da wusste ich, dass Sophia mich angelogen hatte.«

»Wer war sonst noch beteiligt?«

»Yuji Ono natürlich.« Mickey hustete so heftig, dass ich befürchtete, er würde ersticken. Ich meinte, Blutstropfen auf dem Handtuch zu sehen, das ich ihm gegeben hatte. »Die beiden liebten sich, weißt du?«

Das Gerücht hatte ich auch schon gehört, doch mit Sicherheit wusste ich nur, dass Yuji und Sophia zusammen zur Schule gegangen waren. »Sonst noch jemand?«

»Nein. Nicht dass ich wüsste. Niemand Wichtiges.«

»Simon Green?«

»Der Anwalt?«

Der Bastard meines Vaters, hätte ich am liebsten gesagt.

»Gibt so viele Anwälte«, sagte Mickey. »Simon ist nicht der schlechteste.« Wieder musste er husten. Es klang, als hätte er Steinchen in der Lunge.

»Was ist los mit dir?«, fragte ich.

»Ich glaube, ich hab mir in Übersee irgendwas eingefangen.«

»Etwas Ansteckendes?«, fragte Jones. Mein Security-Chef spürte nur selten das Bedürfnis, einen Kommentar abzugeben.

»Weiß ich nicht«, sagte Mickey.

Jones rutschte so weit von Mickey weg, wie es das kleine Sofa erlaubte.

»Warum suchst du Sophia eigentlich? Wenn sie entführt wurde, belass es doch einfach dabei. Hast du ein Problem weniger«, schlug ich vor.

»Ich habe noch was mit ihr zu klären. Ich muss sie sehen.«

»Willst du mir verraten, worum es dabei geht?«

»Wenn sie nicht entführt wurde, hat sie mir eine Falle gestellt. Sie hat mich aus New York herausgelockt, damit Fats die Leitung der Familie übernehmen konnte. Vielleicht dachte sie auch, du würdest das tun, keine Ahnung. Ich verstehe es überhaupt nicht.« Obwohl der Regen die späte Sommernacht abgekühlt hatte, war Mickeys Gesicht schweißüberzogen. »Sie …« Erneut hustete er und würgte einen großen blutigen Schleimklumpen hervor, der wie ein Flummi über meinen Schreibtisch hüpfte.

»Mickey, du bist krank«, stellte ich das mehr als Offensichtliche fest. »Möchtest du ein Glas Wasser?«

Mickey antwortete nicht, beziehungsweise konnte nicht mehr antworten. Er rollte mit den Augen, sein Körper zuckte.

Emotionslos sah Jones mich an. »Ins Krankenhaus, Ms Balanchine?«

»Ich denke, wir haben keine andere Wahl.« Ich empfand keine besondere Zuneigung für meinen Cousin, aber wollte auch nicht, dass er in meinem Büro starb.

Drei Tage später war Mickey Balanchine tot. Er hatte seinen Vater um weniger als ein Jahr überlebt. Die offizielle Todesursache war ein sehr seltener Malariaerreger, aber offizielle Todesursachen sind fast immer falsch.

(Aus verschiedenen Gründen vermutete ich eine Vergiftung.)

*III. Ich nehme die Hilfe eines alten Freundes
in Anspruch, zweifele einen Moment lang,
ringe mit dem Konzept des Tanzens und
küsse einen schönen Fremden*

»Ein Arzt arbeitet nach dem Grundsatz, niemandem zu schaden«, sagte Dr. Param. »Nun, ein bisschen Schokolade hat noch keiner Seele weh getan, und das unterschreibe ich gerne auf so vielen Rezepten, wie Sie möchten.« Er war zweiundsechzig und konnte nicht mehr so gut sehen, weshalb er nicht mehr in der Lage war zu operieren und ich ihn in der Dunkelkammer anstellen konnte. Die sieben anderen Ärzte, die ich geholt hatte, hatten ihre jeweils eigenen Gründe, in meinem Club zu arbeiten – der wichtigste Grund, der sie alle miteinander verband, war die Tatsache, dass sie Geld brauchten. Mit Kakao konnte man alles Mögliche behandeln, von Schwächezuständen über Kopfschmerzen und Beklemmungen bis zu glanzloser Haut. Die inoffizielle Richtlinie unseres Clubs lautete jedoch, dass jeder ein Rezept ausgestellt bekam, der über achtzehn war und eins haben wollte. Zu diesem Zweck entlohnten wir die Ärzte großzügig und erwarteten im Gegenzug von ihnen, sich nicht mit zu viel Bedenken aufzuhalten. Ich sagte Dr. Param, er sei engagiert. »Die Welt, in der wir leben, ist schon verwirrend, Miss Balanchine.« Er schüttelte den Kopf. »Ich kann mich noch erinnern, als Schokolade verboten wurde …«

»Es tut mir leid, Dr. Param. Ich unterhalte mich wirklich gerne ein andermal mit Ihnen darüber, aber jetzt habe ich keine Zeit.« Mein Club sollte am nächsten Tag eröffnet werden, und es gab noch so viel zu tun. Ich stand auf und reichte dem Arzt die Hand. »Bitte teilen Sie Noriko Ihre Kleidergröße mit.«

Ich ging nach unten zur neueingebauten Theke und in die makellos saubere Küche dahinter. So eine glänzende Küche hatte ich noch nirgends in Manhattan gesehen. Sie wirkte wie eine Werbung aus dem frühen 21. Jahrhundert. Lucy, meine Barkeeperin, und Brita, die Chocolatière aus Paris, standen mit gerunzelter Stirn über einem blubbernden Topf. »Anya, probier mal!«, sagte Lucy.

Ich nahm den Löffel entgegen und kostete. »Immer noch zu bitter!«

Lucy fluchte und goss den Inhalt des Topfs in die große Spüle. Die beiden arbeiteten an dem Getränk des Hauses. Mit der Speisekarte waren wir so gut wie fertig, aber ich fand, wir sollten auch ein eigenes Getränk anbieten, unser Markenzeichen. Ich hoffte, es würde so einzigartig wie die

Kakaozubereitungen, die ich in Mexiko kennengelernt hatte. »Versucht es weiter! Ihr kommt der Sache schon näher.«

Hinter den beiden war der Vorratsraum, in dessen Regalen sich die Lieferung von Granja Mañana stapelte, der Kakaofarm in Mexiko, auf der ich den vergangenen Winter verbracht hatte. Es wäre wohl besser gewesen, dachte ich, wenn ich die beiden Abuelas, Theos Großmutter und Urgroßmutter, oder zumindest Theo selbst geholt hätte, damit sie meiner Küchencrew zeigten, wie man mit Schokolade umging.

Ich kehrte an die Theke zurück, wo Mr Delacroix auf mich wartete. »Möchtest du das Interview im *Daily Interrogator* lesen?«, fragte er.

»Nicht unbedingt.« Mein Kollege hatte darauf bestanden, dass wir uns eine Werbefachfrau und eine Medienberaterin ins Haus holen. In den vergangenen zwei Wochen hatte ich zahllose Interviews gegeben und dabei gemerkt, dass Argon, die Ungerührte, nicht besonders gut über sich selbst sprechen konnte. »Ist es schlimm?«

»Ach, es braucht halt etwas länger, bis man gut wird im Interviewgeben.«

»Sie hätten alle Interviews übernehmen sollen«, sagte ich. Mr Delacroix hatte einen Teil absolviert, aber darauf bestanden, dass ich als Gesicht des

Unternehmens den Großteil bewältigte. »Ich kam mir dumm vor, über mich selbst zu reden.«

»So darfst du das nicht sehen. Du sprichst nicht über dich selbst. Du teilst den Menschen mit, was für ein großartiges Projekt du auf die Beine stellst.«

»Aber dann zerren sie die Sachen aus meinem Leben ans Tageslicht, über die ich nicht reden möchte.« Das Problem lag darin, dass es für die Medien kein Tabu gab, während ich, von Natur aus zurückhaltend, am liebsten alles zum Tabu erklärt hätte. Ich hatte nicht die Absicht, über meine Vergangenheit zu sprechen – also nicht über die Morde an meiner Mutter und meinem Vater, über meine Verwandtschaft im Allgemeinen, über die Zeit, die ich im Jugendgefängnis Liberty verbracht hatte, warum ich der Schule verwiesen worden war, warum mein Bruder im Knast saß, dass mein Exfreund vergiftet und mein anderer Exfreund angeschossen worden war. »Mr Delacroix, die graben uralte Geschichten aus, die nichts mit dem Club zu tun haben.«

»Ignoriere die Fragen! Rede über das, worüber *du* sprechen willst. Das ist der Trick, Anya.«

»Glauben Sie, der Club wird ein Flop, weil ich so schlecht in Interviews bin?«

»Nein. Der ist zu gut, um zu floppen. Die Leute

werden kommen. Ich glaube an dieses Projekt. Wirklich.«

Ich wollte mir mit den Fingern durchs Haar fahren, bis mir einfiel, dass die langen Haare abgeschnitten waren. Die Medienberaterin hatte mir empfohlen, vor Eröffnung des Clubs einen neuen Look für mich zu entwerfen. Und so waren die Locken nun ab, denn sie verliehen mir angeblich das Aussehen einer flippigen Jugendlichen, nicht das einer Nachtclubbesitzerin, oder mit den Worten meiner Mitarbeiterin: »der Inhaberin des heißesten Nachtclubs in New York!« Stattdessen waren die Haare mit Relaxer und Glätteisen absolut glatt gemacht und zu einem leicht angestuften Bob geschnitten worden. Eigentlich wollte ich nicht klagen, dennoch entfleuchte mir ein Seufzer.

»Dir fehlen deine Haare, du Arme.«

»Sie machen sich über mich lustig, Mr Delacroix«, sagte ich. »Ich habe schon öfter eine Kurzhaarfrisur gehabt. Wächst doch nach.« Sicher wuchs es nach, aber nachdem die Haare ab waren, hatte ich geweint. Die Frisöse hatte den Sessel umgedreht, damit ich mich im Spiegel betrachten konnte. Ich sah einen Alien vor mir, der den Eindruck machte, als könne er Schwierigkeiten haben, auf dem feindseligen Planeten zu überleben, wo er mit seinem

Raumschiff gestrandet war. Ich wirkte verletzlich, was mir überhaupt nicht gefiel. *Wer war dieses Mädchen?* Ganz bestimmt nicht Anya Balanchine. Ganz bestimmt nicht ich. Ich hatte die Arme um meinen verunstalteten Kopf geschlungen und geweint, was überhaupt nicht meine Art war. Ich war bestürzt. Wie peinlich! Man weinte auf Beerdigungen, nicht nach einem Frisörbesuch.

»Sie finden es furchtbar«, hatte die arme Frisöse gesagt.

»Nein.« Bebend hatte ich durchgeatmet und versucht, eine Entschuldigung für mein Verhalten zu finden. »Das ist nur … Also, es ist total kalt am Hals.«

Zum Glück hatte nur die Frisöse meinen schwachen Moment gesehen.

»Hab ich vergessen: Mädchen sind sensibel, wenn es um ihre Haare geht. Als meine Tochter im Krankenhaus lag …« – Mr Delacroix unterbrach sich mit ironischem Nicken. »Aber das tut jetzt nichts zur Sache.« Er musterte mich. »Mir gefällt deine neue Frisur. Die alte hat mir auch gefallen, aber die neue ist wirklich nicht schlecht.«

»Was für ein Lob!«, sagte ich. *»Nicht schlecht.«*

»Ich habe noch eine lächerliche, aber möglicherweise unangenehme Sache mit dir zu besprechen.« Mr Delacroix hielt inne. »In ihrer unendlichen

Weisheit hält es die Medienberaterin für vorteilhaft, wenn du zur Eröffnung morgen nicht allein kommen würdest.«

»Aber auch nicht in Begleitung meiner Schwester, oder?«

»Ich nehme an, sie will jemand Passendes für dich besorgen, wenn du selbst niemanden weißt.«

»Ich schätze, Win ist schon auf dem College?«, scherzte ich.

»Er ist letzte Woche gefahren.«

»Außerdem hasst er mich.«

»Tja«, sagte Mr Delacroix, »Staatsanwalt von New York bin ich zwar nicht geworden, aber es ist mir doch gelungen, diese kleine Highschool-Liebe zu zerstören.«

»Gut gemacht.«

Ich hatte wirklich niemanden, der mich begleiten konnte. In letzter Zeit hatte ich gearbeitet, keine Verabredungen getroffen. Und zu meinen Exfreunden hatte ich nicht gerade das beste Verhältnis. »Ich will keinen bezahlten Begleiter«, sagte ich schließlich. »Ich hatte vor, mit meiner Schwester zu kommen, und ich glaube, dabei bleibe ich auch.«

»Gut, Anya. Ich gebe es an die Mitarbeiter weiter. Das hatte ich übrigens vorausgesagt.« Mr Delacroix ging zur Tür.

»Sie haben schon immer geglaubt, dass Sie voraussagen können, was ich tue.«

Er kam zurück. »Nein, das hier habe ich nicht vorausgesehen.« Er machte eine ausholende Handbewegung und wies auf den Raum, der in den letzten Wochen immer mehr Ähnlichkeit mit einem Nachtclub bekommen hatte. Die Böden waren abgeschliffen und lackiert. Das Deckengemälde mit dem Himmel war restauriert worden. Silbrige Samtvorhänge umrahmten die Fenster, von der Decke bis zum Boden. Die Wände waren in einem dunklen Schokobraun gestrichen. Die Theke aus Mahagoniholz zog sich an einer Seite des Raums entlang, ein Podest war für Auftritte von Bands errichtet worden. Am Nachmittag würde ein roter Teppich ausgelegt. Das einzige, was noch fehlte? Zahlende Kunden. »Das Ganze ist ziemlich eindrucksvoll«, sagte Mr Delacroix. »So, und jetzt bleib nicht mehr so lange und schlaf dich richtig aus, wenn's geht.«

Entgegen Mr Delacroix' Ratschlag lag ich in jener Nacht schlaflos im Bett. Wie es meine Gewohnheit war, quälte ich mich mit all den Dingen, die schiefgehen konnten. Es war fast eine Erleichterung, als mein Handy klingelte und Jones anrief.

»Tut mir leid, dass ich Sie wecke, Ms Balanchine.

Im Club wurde eingebrochen. Irgendjemand hat Säure über den Kakao gekippt – zumindest nehmen wir an, dass es Säure ist.«

Ich nahm sofort ein Taxi zum Club, und Jones führte mich in den Lagerraum. Der gesamte Vorrat an Kakao war mit einer Chemikalie verunreinigt, entweder ein Bleichmittel oder eine Säure. In die Säcke hatten sich Löcher gefressen, ich sah dunkle feuchte Kakaoklumpen.

»Bleiben Sie besser nicht zu lange in diesem Raum«, sagte Jones. »Er ist nicht gut belüftet.«

Meine Augen begannen bereits zu tränen. Ich musste nachdenken. Es würde keine leichte Aufgabe sein, für die Eröffnung am Abend noch schnell zweihundertundfünfzig Pfund Rohkakao aufzutreiben.

Als ich den Raum verlassen wollte, entdeckte ich in einem Regal das Einwickelpapier einer Balanchine Extra Herb. Nicht gerade dezent, dachte ich. Aber das war auch nicht der Sinn gewesen.

Ich hatte nicht viel von Fats gehört, der jetzt den Familienclan leitete. Auf der Präsentationsparty im Juni hatte er mir gedroht, es würde Konsequenzen geben, wenn ich den Club eröffnete. Wahrscheinlich hatte er damit diesen Sabotageakt gemeint. Ich würde mich später um ihn kümmern müssen. Bis dahin lautete das Motto: Schadensbegrenzung. Ich holte mein Handy hervor und rief meinen Kakaolieferanten in Mexiko an.

»Anya, was für eine verrückte Uhrzeit ist das denn? So früh kann ich kaum Englisch sprechen«, sagte Theo am anderen Ende.

»Theo, ich habe ein Problem.«

»Ich meine es todernst, wenn ich sage, dass ich für dich töten würde. Ich bin klein, aber zäh.«

»Nein, du dummer Junge! Du sollst niemanden für mich umbringen.« Ich erklärte ihm, was passiert war. »Ich möchte wissen, ob es hier vor Ort jemanden gibt, der mir, sagen wir mal, zweihundertfünfzig Pfund Kakao für heute Abend leihen kann?«

Eine Weile schwieg Theo. »Das ist ja eine Katastrophe! Unsere nächste Lieferung wird nicht vor *miércoles* bei euch eintreffen. Eine so große Menge Kakao kannst du nirgendwo in deinem Land besorgen, und selbst wenn du das schaffen würdest, könntest du dir wegen der Qualität nicht sicher sein.« Er rief seiner Schwester zu: *»Luna, despiértate! Necesitamos un avión!«*

»Un avión?« Mein Spanisch war verkümmert, seit ich die Casa Marquez verlassen hatte. »Moment mal, das ist doch ein Flugzeug!«

»Ja, Anya, ich komme zu dir. Du kannst dein Geschäft nicht mit minderwertigem Kakao eröffnen.

In Chiapas ist es jetzt fünf Uhr morgens. Luna meint, ich könnte am Nachmittag in New York sein. Kannst du organisieren, dass ich von einem Lkw abgeholt werde?«

»Natürlich. Aber Theo, ein Frachtflugzeug ist sehr teuer. Ich kann nicht zulassen, dass du und deine Familie solche Kosten auf sich nehmen.«

»Ich habe Geld. Ich bin ein reicher Schokoladenbaron aus Mexiko. Für diesen Gefallen verlange ich« – er hielt inne, um eine Zahl zu errechnen – »fünfzig Prozent des Gewinns aus der ersten Woche.«

»Fünfzig Prozent ist ziemlich viel, Theo. Findest du nicht, du hättest das vorher aushandeln müssen? Immerhin hast du Luna bereits gesagt, dass sie das Flugzeug buchen soll, nicht?«

»Das ist wahr, Anya. Wie wäre es mit fünfzehn Prozent des Gewinns, bis ich die Kosten für das Flugzeug, das Kerosin und den Kakao wieder raus habe?«

»Theo, jetzt verlangst du wiederum zu wenig. Der Club könnte floppen, und dann bekommst du gar nichts.«

»Ich glaube an dich. Ich habe dir alles beigebracht, was du über Kakao weißt, oder? Außerdem habe ich so die Möglichkeit, New York zu sehen, und helfen kann ich dir auch, wenn du willst.

Ich habe auch nichts dagegen, dich zu sehen. Hast du dir das Haar wieder lang wachsen lassen?«

Ich sagte ihm, das müsse er selbst beurteilen, wenn er hier sei. »*Buen viaje*, Theo.«

»Sehr gut, Anya. Du hast dein Spanisch nicht ganz vergessen.«

Ich kehrte nicht noch mal in die Wohnung zurück, da ich wusste, dass ich eh nicht würde schlafen können. Ich setzte mich ins Büro, auf den Stuhl meines Vaters, in dem er ermordet worden war, und grübelte. Was, wenn das Flugzeug abstürzte? Was, wenn der Laden nicht lief und alle über mich lachten? Ich dachte an Sophia Bitter, Yuji Ono, Simon Green und natürlich an Fats. Was, wenn sie recht hatten mit ihren Voraussagen? Wenn meine Idee dumm war und ich einfach nur töricht, mir einzubilden, dass ich so etwas aufbauen konnte? Was, wenn auch Mr Kipling recht gehabt hatte? Was wusste ich schon über die Leitung eines Unternehmens? Was, wenn der Kakao angeliefert würde, wir die Getränke vorbereiteten, aber trotzdem niemand käme? Was, wenn die Leute zwar kämen, aber den Kakao nicht mochten und sich schlichtweg weigerten, ihn als Schokolade zu sehen? Wenn ich die Leute rauswerfen müsste, die ich gerade erst eingestellt hatte? Womit würden sie dann ihr Geld verdienen? Und wie sollte ich mein Geld verdienen? Ich hatte eine Hochschulzugangsberechtigung, aber keine Aussicht auf einen Platz am College, außerdem war ich vorbestraft. Was, wenn ich pleiteging? Wer würde dann Nattys Ausbildung am College bezahlen? Was, wenn ich unsere Wohnung verlöre? Wenn ich mit achtzehn Jahren schon mein gesamtes Leben zerstört hätte? Wie würde ich weitermachen? Ich war völlig allein und hatte einen hässlichen Kurzhaarschnitt.

Was wäre, wenn ich den Jungen, den ich liebte, ganz umsonst verschmäht hatte?

Ich sprach nicht viel über Win, nicht mal – beziehungsweise schon gar nicht – mit Scarlet, dennoch fehlte er mir. Natürlich fehlte er mir. An Tagen wie diesen spürte ich die Leere besonders stark.

Es war jetzt dreieinhalb Monate her, dass wir uns getrennt hatten, und inzwischen sah ich das Ganze folgendermaßen:

Ich war nicht unschuldig an der Sache. Ich wusste, was ich getan hatte. Ich wusste, warum ich falsch lag (und auch, warum er falsch lag). Wir hatten uns auf der Highschool kennengelernt, und die Wahrscheinlichkeit, dass wir für immer zusammenblieben, war sowieso ziemlich gering gewesen, selbst wenn die Beziehung nicht von Anfang an unter einem schlechten Stern gestanden hätte.

Ja, ich hatte Entscheidungen getroffen. Die Entscheidung für diesen Club war eine Entscheidung gegen Win gewesen. Ich hatte ihn der Sache geopfert, die ich für größer hielt als uns. Aber wenn jemand meint, Win ziehen zu lassen, hätte mich nichts gekostet, dann irrte er sich gewaltig, weiß Gott. Mir ist bewusst, dass ich andere auf die Palme bringen kann, dass ich dazu neige, unbeteiligt und cool zu wirken. Ich verberge von Natur aus, was mir am heiligsten ist, mehr als die meisten Menschen. Doch auch wenn ich meine Gefühle verstecke, heißt das ja nicht, dass sie nicht da sind.

Mir fehlte Wins Geruch (nach Kiefer, Zitrusfrüchten), seine Hände (weiche Handflächen, lange Finger), sein Mund (samtweich), ja sogar seine Mützen fehlten mir. Ich wollte mit ihm sprechen, ihm meine Ideen vorstellen, ihn necken und küssen. Es fehlte mir, von jemandem geliebt zu werden, der nicht mit mir verwandt war, sondern der mich für unwiderstehlich und einzigartig hielt und fand, ich sei die Mühe wert.

Und deshalb konnte ich nicht schlafen.

Der Kakao traf um zwei Uhr ein, und mit ihm Theo.

»Sind deine Haare hässlich!«

»Ich dachte, es würde dir gefallen.«

»Nein, es ist furchtbar.« Er umkreiste mich. »Warum müssen Mädchen ihre Haare so quälen?«

»Das war eine geschäftliche Entscheidung«, erklärte ich. »Und wenn du noch länger darauf herumhackst, läufst du Gefahr, meine Gefühle zu verletzen.«

»Anya, sind wir schon so lange voneinander getrennt, dass du vergessen hast, was für ein Spinner ich bin? Ignorier mich einfach! Und das mit den Haaren, vielleicht ist das gar nicht so übel. Vielleicht wächst es mir noch ans Herz. Hoffentlich wächst es überhaupt!« Er gab mir einen Kuss auf jede Wange. »Zumindest der Laden sieht toll aus. Lass uns mal in die Küche gehen!«

Als Theo und ich die Säcke mit dem Rohkakao hereinschleppten, brachen die Angestellten in Jubel aus. Lucy gab Theo sogar einen Schmatzer. Mit seiner kräftigen Statur, den schönen dunklen Augen und langen Wimpern, war er wirklich zum Knutschen, der schnuckelige Kerl. Lucy bereitete unser Getränk des Hauses für ihn zu, das immer noch nicht perfekt war. Theo probierte es, schluckte langsam, lächelte Lucy höflich an und stellte das Glas auf die Theke. Dann zog er mich beiseite und flüsterte mir ins Ohr: »Anya, das ist nicht gut. Das kannst du nicht servieren.«

Ich erklärte Theo, dass es keinen amerikanischen Barkeeper gebe, der Erfahrung mit der Zubereitung von Kakao habe, da Kakao ja schließlich verboten sei. Wir schlügen uns, so gut wir unter den Umständen könnten.

»Aber das meine ich ernst. Das schmeckt unmöglich. Kakao erfordert mehr Finesse. Sein Aroma will herausgekitzelt, umworben werden. Aber jetzt bin ich ja da. Warte, ich helfe dir.« Theo krempelte die Ärmel hoch und band sich eine Schürze um.

Dann wandte er sich an Lucy. »Hör zu, ich will nicht unhöflich sein, aber in Mexiko gehen wir mit dem Kakao anders um. Darf ich dir das vielleicht zeigen?«

»Ich arbeite schon seit Monaten an diesem Getränk«, wand Lucy ein. »Abgesehen davon habe ich ein Diplom für Getränke und Backwaren vom Culinary Institute of America. Ich bezweifele sehr, dass du in der Lage bist, innerhalb eines Tages ein besseres Rezept zu erfinden.«

»Ich will nur meiner Freundin helfen und euch ein paar Kniffe zeigen. Ich arbeite schon mein Leben lang mit Kakao, weshalb ich in aller Bescheidenheit behaupten kann, ein bisschen darüber zu wissen.«

Lucy trat beiseite, auch wenn sie nicht gerade glücklich darüber zu sein schien, Theo ihre Küche zu überlassen.

»Gut. *Gracias.* Ich weiß es sehr zu schätzen, dass ich deine Küche benutzen darf. Ich brauche jetzt Orangenzesten, Zimt, braunen Zucker, Hagebutten, Kokosmilch …« Er ratterte eine lange Liste von Zutaten herunter, und die Köche eilten los, um sie zu besorgen.

Zwanzig Minuten später hatte Theo das Getränk des Hauses fertig. »Der Theobroma«, sagte er. »Du musst Orchideen in die Gläser tun.«

Ich probierte. Es schmeckte nach Schokolade, aber nicht zu stark. Der Kakaogeschmack war aromatisch, aber hielt sich im Hintergrund. Stattdessen traten Kokosnuss und Zitrus in den Vordergrund. Das Getränk war erfrischend und hatte genau die Noten, die ich gewollt hatte.

»Weißt du, Theo, Orchideen sind hier nicht gerade leicht zu bekommen«, sagte ich.

Er sah mich an. »Okay, aber was hältst du von diesem Getränk?«

»Das ist gut. Wirklich gut«, sagte ich.

Lucy probierte zögernd, aber anschließend lüpfte sie sogar ihre Kochmütze vor Theo und nickte mir zu. Ich hob mein Glas und sagte: »Auf den Theobroma! Das Hausgetränk der Dunkelkammer!«

»Wir müssen in zwanzig Minuten los, sonst kommen wir zu spät«, rief ich, als ich die Tür zu unserer Wohnung aufschloss. Ich war nach Hause gekommen, um mich umzuziehen und Natty abzuholen. Ich legte die Schlüssel in den Flur und ging ins Wohnzimmer, wo meine Schwester mit einem älter aussehenden Jungen auf der Couch saß. Sie hatten mich wohl nicht kommen hören, denn sobald sie mich erblickten, zuckten sie zusammen. Das wirkte sehr schuldbewusst – auch wenn sie wohl nichts getan hatten. Dennoch war der Anblick meiner kleinen Schwester mit einem männlichen Begleiter, gelinde gesagt, ein Schock für mich. »Natty, wer ist das bitte?«

Der junge Mann stand auf und stellte sich höflich vor. »Ich bin Pierce. Ich war ein Jahr hinter dir auf Trinity. Natty und ich besuchen denselben Naturwissenschaftskurs.«

Ich sah ihn mit zusammengekniffenen Augen an. »Freut mich, Pierce.« Der Junge kam mir bekannt vor und schien ganz freundlich zu sein. Trotzdem … Auch wenn Pierce nur eine Klasse über Natty war, war er deutlich zu alt, um der Freund meiner kleinen Schwester zu sein. Ich sprach Natty an: »Wir müssen in zwanzig Minuten los. Würdest du Pierce bitte nach Hause schicken, damit wir uns fertigmachen können?«

Kaum hatte Pierce die Tür hinter sich zugezogen, fuhr Natty mich an: »Was war das denn? Warum warst du so unfreundlich zu ihm?«

»Was glaubst du wohl? Er ist mindestens achtzehn.«

»Neunzehn. Er hat ein Semester lang an den Quellen gearbeitet.«

»Du bist vierzehn. Er ist viel zu alt für dich, Natty.«

»Du bist total ungerecht! Ich bin im vorletzten Highschool-Jahr, er im letzten!«

»Aber eigentlich wärst du noch im ersten Jahr.« Natty hatte zwei Stufen übersprungen.

»Ich kann auch nichts dafür, wenn ich jünger als der Rest meiner Klasse bin. Und fünf Jahre sind nichts.«

»Ist er dein Freund?«, wollte ich wissen.

»Nein!« Natty seufzte. »Doch.«

»Natty, ich verbiete es dir. Du kannst nicht mit einem Neunzehnjährigen gehen. Er ist ein Mann, und du bist noch ein Kind. Männer haben bestimmte Erwartungen.«

»Du verbietest es mir?«, schrie sie. »Du bist doch nie da! Du hast überhaupt nicht das Recht, mir was zu verbieten.«

»Doch, Natty. Nach Beschluss des Staates New York bin ich dein gesetzlicher Vormund, und in

dieser Funktion darf ich dir tatsächlich alles verbieten, was ich will. Wenn du nicht mit Pierce
Schluss machst, rufe ich seine Eltern an und teile
ihnen mit, dass ich ihn anzeigen werde, sollte er
irgendwas bei dir versuchen. Weißt du, was der
Ausdruck ›Unzucht mit Minderjährigen‹ bedeutet?«

»Das würdest du nicht tun!«

»Doch, Natty. Fordere mich nicht heraus!« Ich
kam mir töricht vor, schon als ich es sagte.

Meine Schwester begann zu weinen. »Warum bist
du so gemein geworden?«

»Das bin ich doch gar nicht«, sagte ich. »Ich versuche nur, dich zu beschützen.«

»Wovor? Davor, Freunde zu haben? Ein eigenes
Leben zu führen? Ich habe keine Freunde in der
Schule, wusstest du das? Ich bin eine Außenseite-
rin. Pierce ist ganz ehrlich mein einziger Freund,
Annie.«

Ich betrachtete meine Schwester und erkannte,
dass ich wirklich keine Ahnung hatte, was mit ihr
los war. »Hör zu, Natty: Wir müssen uns jetzt für
heute Abend fertigmachen. Aber wir sprechen
später darüber. Es tut mir leid, dass ich nicht öfter
für dich da bin. Ich will wirklich wissen, was in
deinem Leben so los ist.«

Sie nickte und ging in ihr Zimmer, ich verschwand

in meinem. Mir blieb nicht mal mehr Zeit zum Duschen.

Zur Eröffnung hatten mir meine für die Markenentwicklung zuständigen Mitarbeiter ein schlichtes weißes Kleid aus einem dehnbaren Wolle-Seide-Gemisch ausgesucht, hauteng. Es hatte einen sehr tiefen Rückenausschnitt, über den sich waagerechte Stoffstreifen spannten. Auch vorne gewährte der V-Ausschnitt innige Einblicke. Das Kleid überließ nichts der Phantasie. Meine Mitarbeiter behaupteten, die Farbe stehe für Unschuld, der Schnitt hingegen vermittele den Eindruck, die Dunkelkammer sei der aufregendste Club in New York. Meiner Meinung nach sagte das Kleid nur eins: Du bist nackt.

Ich glättete mir das Haar, legte roten Lippenstift und dunklen Eyeliner auf und zog die schwarzen Domina-High-Heels an, die Scarlet mir ausgesucht hatte. Dann ging ich durch den Flur zu Nattys Zimmer.

Meine Schwester lag im Bett und hatte sich die Decke über den Kopf gezogen. »Annie«, sagte sie, »mir geht's nicht gut.«

»Du musst dich anziehen. Gleich ist der Wagen hier, und du bist heute meine Begleitung.«

Sie schob den Kopf heraus. »Oh, du siehst schick aus.«

»Danke, aber jetzt im Ernst, Natty, du musst dich beeilen. Ich kann nicht zu spät kommen.«

Sie rührte sich nicht.

»Wenn du dich jetzt so aufführst, weil du sauer auf mich bist, finde ich das unglaublich kindisch.«

»Ich bin ja auch ein Kind. Hast du das nicht eben noch gesagt?« Ich wollte ihr die Decke wegreißen, aber sie hielt sich noch verzweifelter daran fest.

»Bitte, Natty, komm!«

»Ich will nicht mitkommen.«

»Ich möchte aber, dass du dabei bist.«

»Bis jetzt wolltest du mich auch nicht dabei haben. Und jetzt? Jetzt soll ich da auftreten? Als deine brave kleine Schwester? Ich hatte bisher nichts mit dem Club zu tun und möchte das auch weiterhin nicht haben.«

Ich hatte keine Zeit für so was. »Auch gut. Dann bleib halt hier«, sagte ich und ging.

Auf der Treppe vor dem Club waren bereits einige Menschen angekommen. Ich sah Fotografen und Reporter entlang dem roten Teppich, die auf die Ankunft der VIPs warteten. Das Interesse der Medien zu wecken hatte also funktioniert. Jetzt kam es darauf an, ob tatsächlich Gäste auftauchten. Eine der Journalistinnen rief mich zu sich. »Anya

Balanchine! Haben Sie eine Minute Zeit für ein paar Fragen des *New York Daily Interrogator*?«

Nach meinem Streit mit Natty hatte ich furchtbar schlechte Laune; auf Interviews hatte ich schon gar keine Lust. Aber ich war erwachsen, und das bedeutete, auch Sachen zu tun, die mir eigentlich nicht lagen. Ich schüttelte meine Verstimmung ab und ging lächelnd zu der Journalistin.

»Das ist ja einmalig!«, begeisterte sie sich. »Man kann kaum sein eigenes Wort verstehen! Was ist das für ein Gefühl, wenn man diejenige ist, die der Stadt New York im Alleingang die Schokolade zurückgibt?«

»Nun, es ist nicht Schokolade an sich, sondern Kakao. Kakao ist der …«

Sie unterbrach mich. »Innerhalb von nur zwei Jahren haben Sie sich von der berüchtigtesten Jugendlichen dieser Stadt in die Clubinhaberin mit der kühnsten Idee verwandelt, die New York seit einem Jahrzehnt erlebt hat. Wie kam es dazu?«

»Ich möchte noch mal auf ihre vorherige Frage zurückkommen. Ich habe das nicht im Alleingang gemacht – ich hatte viele Helfer, denen ich den Erfolg zu verdanken habe. Theo Marquez und Charles Delacroix beispielsweise sind entscheidend für mich gewesen.« Theo war im Club, aber Mr Delacroix konnte ich unten an der Treppe stehen sehen. Er sprach mit einer anderen Gruppe von Journalisten. Darin war er deutlich besser als ich.

Auch wenn unser Bündnis mich die Freundschaft zu Win gekostet hatte, war sein Vater als juristischer Berater die absolut richtige Wahl gewesen. Er kannte jeden in der Stadt und wusste, wie die Verwaltung funktionierte. Wie ich gehofft hatte, glaubten ihm die Menschen, wenn er sagte, unser Unternehmen sei legal.

»Interessant«, sagte die Reporterin. »Früher war Delacroix ihr größter Feind, jetzt scheint er Ihr engster Verbündeter geworden zu sein.«

Ich nahm mir Mr Delacroix' Rat zu Herzen und brachte das Gespräch wieder auf das Thema, über das *ich* sprechen wollte. »Wenn Sie die Kakao-Drinks von Theo Marquez erst probiert haben, werden Sie vermutlich behaupten, *er* sei mein engster Verbündeter«, sagte ich. Ich beantwortete noch einige weitere Fragen, dann dankte ich der Journalistin für ihre Zeit.

Ich betrat den Club und machte einen kurzen Kontrollgang. Die Ärzte saßen in ihren Kabinen. Die Kronleuchter brannten. Die Band spielte sich bereits ein. Die Ventilatoren unter der Decke hielten die Luft kühl und trugen den zarten, melancholischen Duft von Schokolade – nein, von *Ka-*

kao – von einem Raum in den nächsten. Es schien alles zu stimmen, so etwas war ich in meinem Leben gar nicht gewohnt.

Ich ging in mein Büro. Seit knapp vierundzwanzig Stunden hatte ich nicht mehr geschlafen; ich überlegte, noch ein kleines Nickerchen zu halten, da kam Mr Delacroix herein.

Er musterte mich kurz. »Du siehst sehr müde aus. Wach auf, Anya Balanchine. In zehn Minuten öffnen wir die Türen, es gibt noch viel zu tun und zu sehen.«

»Zum Beispiel?«

Er hielt mir die Hand hin, um mir aus dem Stuhl zu helfen, und ich folgte ihm zum Fenster, das auf die östliche Außentreppe des Clubs ging.

Mr Delacroix teilte den roten Samtvorhang. »Sieh nur!«, sagte er.

Die Treppe war schwarz vor Menschen. Die Schlange zog sich vom Eingang die Straße entlang. Das Ende war gar nicht zu erkennen.

»Dabei hat es noch keiner probiert«, flüsterte ich.

»Das ist egal«, sagte Mr Delacroix.

Er lächelte; ein seltener Anblick. In dem Moment konnte ich seinen Sohn in ihm erkennen und wünschte mir unwillkürlich, Win wäre hier.

»Du gibst ihnen etwas, das sie haben wollen, das ihnen gefehlt hat. Du machst sie wieder vollständig, auch wenn es um ein ganz nebensächliches Lebensmittel geht. Ich wollte so etwas auch tun, früher mal.« Er hielt inne. »Wahrscheinlich steht es mir nicht an, das zu sagen, aber ich bin mir sicher, dass deine Eltern stolz auf dich wären.«

»Wie können Sie das wissen? Auf Grundlage welcher Fakten schließen Sie darauf, dass meine Eltern stolz wären?«

Er lachte. »Ah, du musst einfach alles zerpflücken, was positiv ist, nicht? Du kannst es nicht einfach mal so stehen lassen. Muss ganz schön anstrengend sein in deinem Kopf.«

»Bitte, das wüsste ich wirklich gerne. Sie machen nie eine Aussage, ohne vorher Ihren Blickwinkel berücksichtigt zu haben, also nennen Sie mir eine Begründung für den angeblichen Stolz meiner Eltern. Oder ist das nur nichtssagendes Politiker-Geschwafel? Wollten Sie ein paar sinnige Worte sagen, wie ein niedriger Regierungsbeamter bei einer Grundsteinlegung?« Der Schlafmangel machte mich aufmüpfig; es kam vielleicht etwas heftiger raus als beabsichtigt.

»Jetzt bin ich aber beleidigt.« Mr Delacroix runzelte die Stirn. »Gut, den Beweis für den Stolz deiner toten Eltern, den kann ich dir liefern. Deine Mutter war bei der Polizei, richtig?«

Ich nickte.

»Klingt es weit hergeholt, wenn ich behaupte, dass sie stolz auf dich wäre, weil du einen Weg gefunden hast, das Geschäft deines Vaters aus der Illegalität zu holen?«

»Es hätte sie vielleicht gestört, dass ich das Gesetz sehr großzügig auslege.«

Er ging nicht darauf ein. »Und dein Vater ... Am Ende seines Lebens versuchte er, mit Balanchine Chocolate den Sprung in die Moderne zu schaffen, nicht wahr? Dafür wurde er von den Russen getötet. Du hast gerade mal die Highschool hinter dir und hast schon jetzt das geschafft, was deinem Vater nie gelungen ist. Und zwar ohne jedes Blutvergießen.«

»Bis *jetzt*.«

»Madame beliebt zu scherzen. Wie dem auch sei, ich glaube, nun überzeugend den Beweis geführt zu haben, dass sowohl deine Mutter als auch dein Vater hocherfreut über dich gewesen wäre, Kollegin.« Er reichte mir die Hand, und ich schlug ein.

Gläser gingen zu Bruch. Getränke wurden verschüttet. Hin und wieder gab es eine Rangelei. Auf der Toilette weinten Mädchen. Männer und Frauen verließen den Club in Begleitung anderer Menschen als bei ihrem Eintreffen. Uns ging der

Kakao aus – wir würden unseren Vorrat aufstocken müssen –, und nur die Hälfte der Leute, die hinein wollten, wurde überhaupt eingelassen. Es war dreckig und laut und gefiel mir besser, als ich je zu hoffen gewagt hatte.

Ein kleines Wunder geschah: Ich, die ich mir unablässig Sorgen machte, hörte damit auf. Vielleicht war das gegen Ende des Abends, als Lucy mich auf die Tanzfläche holen wollte, wo eine Gruppe von Mitarbeiterinnen zusammen tanzte. Ich mochte diese Frauen, auch wenn sie meine Angestellten waren, nicht meine Freundinnen. (Aber meine beste Freundin hatte ich an dem Abend kaum gesehen – sie war früh gegangen, hatte mir einen Kuss auf die Wange gedrückt und eine Entschuldigung gemurmelt, irgendwas mit Felix' Babysitter.)

»Ich tanze nicht«, rief ich Lucy zu.

»Du hast ein Kleid an, das wie gemacht ist zum Tanzen«, rief sie zurück. »Man kann nicht so ein Kleid tragen und dann nicht tanzen. Das wäre sträflich! Komm, Anya!«

Elizabeth, die unsere Pressearbeit machte, winkte mir zu und sagte: »Wenn du nicht mit uns tanzt, glauben wir, dass du dich für etwas Besseres hältst, und werden hinter deinem Rücken über dich lästern.«

Noriko war auch auf der Tanzfläche. »Anya! Wer einen Tanzclub aufmacht, muss auch tanzen.«

Sie hatten alle recht, und so begab ich mich zu ihnen. Noriko schlang die Arme um mich und gab mir einen Kuss.

Vor Jahren war ich öfter mit Scarlet, die gerne tanzen ging, im Club Little Egypt gewesen. Damals hatte ich zu ihr gesagt: »Je mehr ich übers Tanzen nachdenke, desto weniger verstehe ich es.«

»Hör auf zu denken«, hatte sie erwidert. »Das ist der Trick.«

In jener Nacht in der Dunkelkammer begriff ich endlich, was sie gemeint hatte. Tanzen bedeutete, sich seinen Gefühlen, der Musik, dem Jetzt hinzugeben.

Als ich schon länger auf der Tanzfläche war, drängte sich ein Mann mit vollen Lippen und Schlafzimmerblick in unseren Kreis. Er war ungefähr Mitte zwanzig.

»Du kannst super tanzen«, sagte er.

»Das hat noch niemand zu mir gesagt«, erwiderte ich ehrlich.

»Kaum zu glauben. Darf ich vielleicht mit dir tanzen?«

»Wir leben in einem freien Land.«

»Interessanter Laden, nicht?«

»Yeah.« Er hatte offensichtlich keine Ahnung,

dass ich die Inhaberin war, aber das störte mich nicht.

»Mädel, dieses Kleid ist so was von sexy«, sagte er.

Ich errötete. Zuerst wollte ich sagen, es sei eigentlich gar nicht mein Geschmack, jemand anders habe es für mich ausgesucht, doch dann überlegte ich es mir anders. Für ihn war ich genau das, was ich nach außen hin darstellte. Ich war ein sexy Mädchen in einem sexy Kleid. Ich war in den Club gegangen, um mit meinen Freundinnen Spaß zu haben. Ich legte ihm die Hand in den Nacken und küsste ihn. Er hatte volle dunkle Lippen, die geradezu danach riefen, geküsst zu werden.

»Wow!«, sagte er. »Verrätst du mir, wie du heißt?«

»Du machst einen netten Eindruck und siehst total süß aus, aber momentan habe ich kein Interesse an Beziehungen.«

»*Pour la liberté!*«, rief Brita und ballte die Faust.

»Freiheit! Freiheit!«, jubelte Lucy. Ich hatte gar nicht gemerkt, dass sie zugehört hatten.

»Okay«, sagte der Typ. »Verstehe.«

Wir tanzten noch ein bisschen länger zusammen, dann verschwand er.

Wie seltsam es für mich war, einen Mann in dem Bewusstsein zu küssen, dass er mir nichts bedeutete, dass ich ihn niemals wiedersehen würde, und dass ich das, was ich in dem Moment fühlte, nur einmal im Leben fühlen würde. Wie sehr es sich davon unterschied, Win zu küssen – mit ihm wirkten Küsse bedeutungsschwer, ja sogar überladen. Doch als ich diesen Mann küsste, gab ich mich voll und ganz meinen Gefühlen hin. Ich hatte immer versucht, ein braves Mädchen zu sein, und bis zu diesem Abend war ich noch nie auf die Idee gekommen, dass man auch mal jemanden küssen konnte, ohne dass man mit ihm zusammen war, und dass es auch völlig in Ordnung war. Vielleicht sogar erstrebenswert.

Ich tanzte immer noch, als plötzlich jemand nach meiner Hand griff. Es war Natty. »Ich kann doch deinen großen Abend nicht verpassen«, sagte sie. »Tut mir leid, dass ich dir nicht von Pierce erzählt habe.«

Ich gab ihr einen Kuss auf die Wange. »Darüber sprechen wir später. Ich bin froh, dass du hier bist. Komm, tanz mit mir, ja?«

Natty lächelte, und wir tanzten gefühlt stundenlang. Ich vergaß, wie müde ich eigentlich war. Die Blasen an den Füßen bemerkte ich erst am nächsten Tag.

Als Natty und ich schließlich nach Hause gingen, dämmerte es bereits. Sie fragte, ob wir vielleicht kurz in unserer Kirche vorbeisehen könnten, es sei nur ein kleiner Umweg.

Mit sechzehn war ich noch überzeugt gewesen, dass Frömmigkeit mich und die Meinen vor dieser Welt und vor der Tatsache beschützen würde, dass alles einmal ein Ende hatte. Nach allem, was mir passiert war, glaubte ich mit achtzehn an so gut wie gar nichts mehr.

Aber ich hatte natürlich nichts gegen den Glauben meiner Schwester. Ganz im Gegenteil fand ich ihn sogar tröstlich.

In St. Patrick zündeten wir Kerzen für unsere Mutter, unseren Vater, Nana und Imogen an. »Sie können uns sehen«, sagte Natty.

»Glaubst du das wirklich?«

»Weiß nicht, aber ich möchte es gerne glauben. Und selbst wenn nicht, kann es auch nicht schaden.«

೮೨

Am Nachmittag wachte ich auf. Mein Geschäft machte mich zum Nachtmenschen. Im ersten Jahr mit der Dunkelkammer sollte ich mein gesamtes Leben in dunklen Räumen verbringen, was aber vielleicht ganz gut passte. Ich schlenderte ins Wohnzimmer, wo Theo mit unglaublich strahlenden Augen auf der Couch saß. Ich hatte ihm angeboten, in Nanas altem Zimmer zu wohnen, so lange er in New York war.

»Anya, ich warte schon seit Stunden auf dich.« Das stimmte wahrscheinlich sogar; für seine Arbeit auf der Kakaoplantage musste Theo bei Sonnenaufgang aufstehen, es konnte ihm nicht leicht gefallen sein, diese Gewohnheit zu ändern. »Hör zu, wir müssen etwas besprechen.«

»Ich weiß«, sagte ich und zog den Morgenmantel enger um mich. »Aber können wir vielleicht zuerst frühstücken?«

»Es ist schon nach Mittag«, sagte Theo. »Deine Küche ist der traurigste Ort, den ich kenne.« Er zog eine Orange aus der Tasche und hielt sie mir hin. »Hier, iss die! Hab ich von zu Hause mitgebracht.«

Ich nahm die Orange und begann sie zu schälen.

»Ich habe die Kakaolieferung für den nächsten Monat bereits bestellt«, sagte Theo. »Nach einem Blick in deine Bücher und nach dem Verlauf des gestrigen Abends würde ich sagen, dass du deinen Bedarf um die Hälfte zu niedrig angesetzt hast.«

»Ich erhöhe meine Bestellung. Danke, Theo.« Ich legte die Orangenschale zu einem ordentlichen Häuflein zusammen.

»Das ist keine reine Nächstenliebe von mir, Anya!

Ich will in deinem Club arbeiten. Nein, das ist gelogen. Ich will *mit dir* zusammenarbeiten. Ich sehe, wie erfolgreich dein Club sein könnte, und wenn es so bleiben soll, brauchst du jemanden, der dir den Kakao liefert. Und in der Küche brauchst du jemanden, der viel Ahnung von Kakao hat. Ich könnte das beides übernehmen.«

»Was willst du damit sagen, Theo?«

»Damit will ich sagen, dass ich dein Geschäftspartner werden will. Ich möchte in New York bleiben und Produktionsleiter der Dunkelkammer werden.«

»Aber wirst du nicht auf der Plantage gebraucht, Theo?«

»Darum geht es jetzt nicht. Tu mal so, als wüsstest du nichts über mich. Als würden wir uns nicht kennen. Aber um deine Frage zu beantworten, nein, die brauchen mich nicht. Ich verdiene einen Haufen Geld damit, dass wir dir den Kakao liefern, und seit ich letztes Jahr so lange krank war, kümmert sich Luna fast allein um die Geschäfte.« Er sah mich an. »Hör zu, Anya, du brauchst mich. Und zwar nicht, weil ich der schönste Junge bin, den du kennst. Aber ich habe mich gestern Abend umgesehen. Delacroix organisiert dir das Kapital. Er pflegt die Kontakte zur Presse und kümmert sich ums Juristische. Aber du tust das auch, und alles andere machst du noch obendrein. Das soll keine Kritik an dir sein, aber du hast ein junges Unternehmen und brauchst jemanden, der dir in der Küche und beim Einkauf hilft. Ich würde dafür sorgen, dass alles, was wir servieren, lecker, legal und von höchster Qualität ist. Ohne mich wäre die letzte Nacht in einer Katastrophe geendet ...«

»Du bist immer so bescheiden!«

»Ich würde mich um die Organisation kümmern, so dass du nie wieder irgendwo ein Defizit hast. Egal, was passiert – *la plaga, el apocalipsis, la guerra* –, die Dunkelkammer wird immer Getränke servieren können.«

»Und was hast du davon?«

»Ich liefere den Kakao und biete dir meine Dienste für zehn Prozent vom Gewinn an. Außerdem will ich ein Teil des Ganzen sein. Ich möchte etwas mit eigenen Händen aufbauen. Ich finde das hier aufregend. Mein Herz klopft ganz wild!« Er nahm meine nach Orange duftende Hand und presste sie an seine Brust. »Fühl mal, Anya! Wie es schlägt! Gestern Abend war ich so müde, aber ich konnte nicht schlafen. Mein ganzes Leben lang warte ich schon darauf, bei so einer Sache mitzumachen.«

Sein Vorschlag erschien mir nicht unvernünftig. Kakao war einer unserer größten Posten, und Theo war seit seiner Ankunft am Vortag unverzichtbar gewesen (War er erst seit gestern hier?). Wenn ich zögerte, dann wohl aus dem Grund, dass ich nur sehr wenige Menschen zu meinen wahren Freunden zählte, und Theo war einer davon. »Ich möchte nicht, dass unsere Freundschaft darunter leidet, wenn das Geschäft nicht laufen sollte«, sagte ich.

»Anya, wir sind uns ähnlich. Egal, was passiert, ich weiß, welches Risiko ich eingehe, und werde dir keine Schuld geben. Außerdem werden wir immer Freunde sein. Ich könnte dich genauso wenig hassen wie meine Schwester. Also, meine Schwester Luna. Nicht Isabelle. Isabelle könnte ich schon hassen. Du weißt, wie sie sein kann.«

Er hielt mir seine raue Bauernhand hin, und ich schlug ein. »Ich lasse Mr Delacroix einen Vertrag für uns aufsetzen«, sagte ich.

Das war nur recht und billig. Theo Marquez hatte mir alles beigebracht, was ich über Kakao wusste; ohne ihn hätte es wohl keine Dunkelkammer gegeben.

Am Abend vor meinem Geburtstag war ich von
Mr Kipling streng gemahnt worden, nicht damit
zu rechnen, dass der Club sofort ein Erfolg würde –
wenn überhaupt. »Bars sind schwierig«, hatte
mein Anwalt gesagt. »Nachtclubs noch schwieri-
ger. Weißt du, wie viel Prozent der Nachtclubs bei
dieser Wirtschaftslage pleitegehen?«

Hatte Chai Pinter nicht von 99 Prozent gesprochen? Die Zahl kam mir sehr hoch vor. »Weiß ich
nicht genau«, sagte ich.

»Und genau das macht mir Sorgen, Annie«, hatte
Mr Kipling erwidert. »Du hast keine Ahnung,
worauf du dich da einlässt. Der Anteil der Pleiten
liegt übrigens bei 87 Prozent. Dabei sind die meisten Menschen gar nicht so dumm, überhaupt einen
Nachtclub aufzumachen.«

Doch mit der Dunkelkammer lag Mr Kipling
falsch. Aus welchem Grund auch immer schlug
mein Konzept ein wie eine Bombe. Vom ersten Tag
an war jeder Tisch besetzt, jeden Abend wurde
die Schlange vor dem Eingang länger. Menschen,

von denen ich seit Jahren nichts gehört hatte, riefen bei mir an, in der Hoffnung, dass ich ihnen einen Tisch reservierte. Mrs Cobrawick, die ehemalige Aufseherin von Liberty, wollte ihren fünfzigsten Geburtstag in meinem Club feiern. Sie war eine furchtbare Frau, aber sie hatte mir einst einen Gefallen getan. Ich überließ ihr einen Tisch am Fenster und schickte ihr sogar eine Runde Theobromas aufs Haus. Die Staatsanwältin Bertha Sinclair wollte mit ihrer Lebensgefährtin kommen, aber durch die Hintertür gelotst werden, um der Presse zu entgehen, die immer am Haupteingang stand. Bertha Sinclair war auch nicht gerade meine beste Freundin, aber es war von Vorteil, einflussreiche Bekannte zu haben. Ich wies ihr unseren abgeschiedensten Tisch zu. Bei mir meldeten sich Leute, mit denen ich zur Schule gegangen war, Lehrer (von denen so einige meinen Rauswurf an der Schule befürwortet haben mussten), Freunde meines Vaters und selbst die Polizisten, die mich 2082 verhört hatten, als ich im Verdacht stand, Gable Arsley vergiftet zu haben. Ich hieß sie alle willkommen. Daddy hatte gerne gesagt: *Großzügigkeit ist immer eine gute Investition.*

Mein ganzes Leben lang hatte man über mich geredet, weil ich die Tochter meines Vaters war, doch nun war zum ersten Mal ich selbst die Attraktion.

Ich wurde nicht mehr als »Mafia-Prinzessin« bezeichnet, sondern war plötzlich die »Nachtclublegende«, die »schwarzhaarige Szenegröße«, sogar das »Kakao-Wunderkind«. Man interessierte sich dafür, welche Kleidung ich trug, wer mir die Haare schnitt, mit wem ich ausging. (Ich ging übrigens mit niemandem aus). Wenn ich über die Straße lief, wurde ich manchmal erkannt, dann winkten mir wildfremde Menschen zu und riefen meinen Namen.

In dieser Zeit hielt sich die Familie im Hintergrund. Nach der Zerstörung meines Kakaovorrats hatte ich mich auf weitere Störungen eingestellt, aber es kam nichts.

Ende Oktober nahm Fats Kontakt zu mir auf. Er fragte, ob er zu einem Gespräch in den Club kommen könne, und ich war einverstanden.

Fats brachte jemanden mit zu unserem Treffen, und das war Mouse, das Mädchen, mit dem ich mir in Liberty ein Etagenbett geteilt hatte. »Mouse«, begrüßte ich sie, »wie geht's dir?«

»Sehr gut«, antwortete sie. »Danke, dass du mich bei Fats empfohlen hast.«

»Sie ist unverzichtbar geworden«, sagte mein Cousin. »Ich habe unbegrenztes Vertrauen zu ihr. Bester Fang, den ich je gemacht habe. Du hast ein gutes Näschen, Annie.«

Sie saßen auf der kleinen Couch in meinem Büro, Noriko brachte Getränke herein. Ich fragte, was ich für sie tun könne.

»Nun«, sagte Fats, »ich habe meine Meinung geändert. Ich möchte, dass das böse Blut zwischen uns Vergangenheit ist. Du hast hier offensichtlich Riesenerfolg, und ich kann durchaus zugeben, wenn ich mich geirrt habe.«

Ich lehnte mich auf dem Schreibtischstuhl meines Vaters zurück. Es war mir nicht so wichtig, meinen Cousin auf den zerstörten Kakaovorrat anzusprechen. Ich wusste, dass er dahintersteckte, und er wusste ebenfalls, dass es mir klar war. Es war klüger, nach vorne zu schauen. »Danke«, sagte ich.

»Von nun an hast du meine hundertprozentige Unterstützung. Aber ich muss dir noch etwas sagen.«

»Was denn?«

»Die *Balanchiadze*, die Balanchines in Russland, sind sehr wütend auf dich.«

»Warum?«

»Weil sie deinen Erfolg bedrohlich finden. Wenn Gäste in deinem Club Kakao probieren, schmeckt ihnen vielleicht anschließend die Schokolade vom Schwarzmarkt nicht mehr. Dass ausgerechnet du, die Tochter von Leonyd Balanchine, das Gesicht dieses neuen Geschäftszweigs bist, finden sie noch bedrohlicher. Sie machen mir Druck, ich solle dich sabotieren, aber das tue ich nicht. Einmal habe ich nachgegeben, aber das weißt du wahrscheinlich längst.«

Ich nickte.

»Seitdem habe ich alles in meiner Macht Stehende getan, um dich aus der Schusslinie zu halten. Sowohl ich als auch Mouse. Und das werde ich weiterhin tun, bis ich sterbe oder jemand anders Familienoberhaupt wird. Außerdem wollte ich dir sagen, dass ich stolz auf dich bin, Mädchen. Es tut mir leid, dass ich so lange dafür gebraucht habe, das zu erkennen. Hoffentlich klingt das jetzt nicht anmaßend, aber vielleicht hast du damals ja auch ein wenig von mir gelernt, wie man einen Club führt. Früher warst du so oft mit deinen Freunden in meinem Mondscheincafé.«

»Kann sein«, sagte ich, verschränkte die Hände und legte sie auf den Tisch. »Was willst du von mir?«

»Nichts, Anya. Ich wollte dir nur sagen, was los ist und dass du von mir nichts mehr zu befürchten hast.«

Er erhob sich und gab mir links und rechts einen Kuss auf die Wange. »Gut gemacht, Mädchen.«

Es ist allseits bekannt, dass irgendetwas im Leben mit Sicherheit schiefgeht, sobald es mal richtig gut läuft.

Ich saß gerade mit Lucy und Theo in einer Besprechung, als mein Handy klingelte. Ich besaß es noch nicht sehr lange – man durfte sich eh erst mit achtzehn eins zulegen –, daher vergaß ich ständig, den Klingelton abzustellen. Ich schaute aufs Display: meine ehemalige Schule, Holy Trinity. Im ersten Moment fragte ich mich, was *ich* angestellt hätte, dann wandte ich mich den anderen beiden zu: »Tut mir leid, das ist furchtbar unhöflich, aber die Schule meiner Schwester ruft an.«

Ich ging rüber ans Fenster, um das Gespräch anzunehmen. Es meldete sich Mr Rose, der Sekretär von Holy Trinity. »Sie müssen kommen und Natty abholen. Sie wurde suspendiert«, verkündete er.

Ich entschuldigte mich, sprintete nach unten auf die Straße und fuhr mit einem Taxi zur Schule. Dort schlug ich den vertrauten Weg zum Büro der Rektorin ein, blieb aber in der Tür zum Vorzimmer stehen und betrachtete meine Schwester, die dort wartete. Sie trug ihre weiße Fechtkleidung, nur ein einziger Blutstropfen an ihrem Ärmel störte ihre unschuldige Erscheinung. Allerdings saß sie nicht besonders damenhaft auf dem Stuhl. Sie hatte die Beine weit gespreizt, als wollte sie eine Grenzlinie zwischen sich und allen anderen ziehen. Vornübergebeugt hockte sie da – die Bürde auf ihren Schultern war greifbar und belastete sie offenbar schwer. Auf der Wange hatte sie einen Kratzer. Ihr Blick war stolz und aggressiv. Ich glaube, jeder kann sich denken, an wen sie mich erinnerte.

Eine Schülerin mit roter Nase und getrocknetem Blut auf der Oberlippe kam aus dem Büro der Rektorin. Ihre Mutter hatte den Arm um sie gelegt.

»Ihre Schwester ist ein Tier«, schleuderte die Mutter mir entgegen.

Ich wusste zwar nicht, was passiert war, wollte aber nicht zulassen, dass diese Frau Natty beleidigte. »Ihre Bemerkung ist völlig überflüssig«, sagte ich. »Offenbar haben sich doch beide verletzt.«

»Jeder weiß, was für Leute Sie sind«, setzte die Frau nach und wandte sich zum Gehen.

Ich hätte sie in Ruhe lassen sollen, doch im letzten

Moment rief ich ihr nach: »Ach ja, und was für Leute bitte?«

»Abschaum!«, giftete sie.

Ich ballte die Hände zu Fäusten, aber rief mir in Erinnerung, dass ich erwachsen und eine bekannte Geschäftsfrau war und dass solche Streitereien unter meiner Würde waren. Ich öffnete die Fäuste wieder. Während ich mich zusammenreißen konnte, stürzte sich Natty auf die Frau. Ich konnte sie kaum noch zurückhalten.

»Verschwinden Sie!«, herrschte ich die Frau an. »Verschwinden Sie einfach!«

»Bevor du irgendwas sagst«, begann Natty, als wir allein waren, »das Mädchen hat angefangen.«

»Was ist denn passiert?«

»Wir hatten Unterricht bei Mr Beery, es ging um die Prohibition.«

O Gott, ich ahnte schon, worauf das hinauslaufen würde.

»Da meinte er: ›Die raffiniertesten Verbrecher sind diejenigen, die Gesetze zu ihren Gunsten auslegen. Zum Beispiel Nattys Schwester ...‹ Da habe ich gerufen, dass du genau das Gegenteil von einem Verbrecher bist. Und er hat mich zur Rektorin geschickt.«

Warum hatte die Schule diesen Mann nicht längst rausgeworfen? »Natty«, sagte ich, »du kannst

nicht mit jedem Streit anfangen, der mich irgendwie beschimpft.«

Sie verdrehte die Augen. »Das *weiß* ich, Anya.«

»Und ich verstehe es trotzdem noch nicht. Was ist
dann mit dem anderen Mädchen passiert?«

»Nach Beery war Mittagspause, danach Fechten
für Anfänger. Während des gesamten Fechtunter-
richts hat sie über mich hergezogen, ich wäre ein
großes Baby, weil ich mich nicht unter Kontrolle
hätte, und Pierce wäre bestimmt ein großer Fan
von kleinen Babys. Sie ist seine Exfreundin, musst
du wissen, deshalb hat sie es auf mich abgesehen.
Dann mussten wir gegeneinander antreten, und
sie redete die ganze Zeit so einen Mist, da hab ich
ihr die Maske runtergenommen und ihr ins Gesicht geschlagen. Sie hat meine weggerissen und
mich gekratzt.«

Der Sekretär schob den Kopf aus dem Büro: »Die
Balanchines. Die Rektorin ist jetzt so weit.«

Schon oft hatte ich in diesen Gesprächen mit der
Schulleiterin die Hauptrolle gespielt. Natty wurde
für eine Woche suspendiert. Wenn sie nicht so
hervorragende Noten gehabt hätte, wäre ihre Strafe
sicherlich härter ausgefallen.

Ich brachte meine Schwester nach Hause. »Ich
muss zurück zur Arbeit. Wir reden später darüber. Du bleibst so lange hier. Verstanden?«

»Mir doch egal.«

»Ich stehe auf deiner Seite, Natty, mehr noch, ich kann das gut nachvollziehen. Weißt du noch, mein erster Tag im vorletzten Schuljahr?«

»Du hast Gable Arsley ein ganzes Tablett Lasagne über den Kopf gekippt.« Sie lachte in sich hinein. »Aber er hatte es verdient.«

»Hatte er auch, und trotzdem hätte ich es nicht tun sollen. Ich hätte mit meinem Kummer zu ihm oder zu seinen Eltern, zu Nana oder zu Mr Kipling gehen sollen. Bitte, Natty, schau mich an. Nichts in meinem Leben oder in dem Leben anderer wurde jemals besser durch Gewalt oder Kampf.«

»Eine Moralpredigt von dir kann ich jetzt gebrauchen wie ein Loch im Kopf.« Natty seufzte. »Warum sind wir nur so? Warum haben wir so wenig Selbstkontrolle?«

»Weil uns schlimme Dinge zugestoßen sind, als wir noch klein waren. Aber es wird leichter, Natty, das verspreche ich dir. Und für dich wird es noch einfacher sein, weil du viel klüger bist als ich. Abgesehen davon hast du von Natur aus glattes Haar.«

»Was hat das denn damit zu tun?«

»Hast du eine Ahnung, wie viel Arbeit es ist, mein Haar glatt zu bekommen? Ständig kämpfe ich gegen das Gekrissel an. Es ist ein Wunder, dass ich vor Frust noch niemanden umgebracht habe.« Ich gab meiner Schwester einen Kuss auf die Wange. »Alles wird gut, glaub's mir.«

»Ich bin müde, Annie. Ich denke, ich schlafe jetzt ein bisschen, wenn das in Ordnung ist.« Ich war nicht gerade besonders zuversichtlich, dass ich ihr mit meiner Ermunterung geholfen hatte, und nahm mir deshalb vor, mich später noch mal gründlich um Natty zu kümmern.

Als ich nachts nach Hause kam (eigentlich sollte ich »morgens« sagen, es war fast drei Uhr), war Natty nicht da. Sie hatte eine Nachricht auf meinem Tablet hinterlassen, obwohl sie wusste, dass ich ihn nie mitnahm: *Bin mit Pierce unterwegs.* Es herrschte längst Ausgangssperre, sie hatte meine Anweisungen schlicht ignoriert.

Ich ging im Flur auf und ab und überlegte, was ich tun sollte. Als Minderjährige besaß Natty kein Handy; wenn ich die Polizei rief, bekäme sie Ärger mit dem Gesetz. Ich sah mich in ihrem Zimmer nach Pierce' Nummer um. In ihrem Nachtschrank entdeckte ich ein Päckchen Kondome – hatte meine kleine Schwester etwa Sex mit diesem Jungen? In gewisser Hinsicht wollte ich es nicht mal wissen. Schließlich fand ich Pierce' Telefonnummer in ihrer Schreibtischschublade.

Verschlafen meldete er sich.

»Hallo, Pierce. Ist meine Schwester bei dir?«

»Ja, die ist hier. Ich gebe ihr mal das Telefon.«

»Was ist?«, sagte Natty.

»Soll das ein Witz sein? Wo bist du? Hast du eine Ahnung, wie spät es ist?« Ich bemühte mich gar nicht, ruhig zu bleiben.

»Entspann dich, Anya! Ich bin bei Pierce …«

»Offensichtlich.«

»Ich bin hier eingeschlafen. Ist doch keine große Sache. Es ist nichts passiert. Morgen früh bin ich wieder da.«

»Willst du mich veräppeln? Du bist vierzehn Jahre alt! Du kannst nicht einfach losgehen und die Nacht bei deinem Freund verbringen.«

Sie legte auf. Ich ging ins Wohnzimmer und warf mein Handy auf die Couch, ohne zu bemerken, dass dort jemand lag.

»Autsch!«, rief Theo. »Was ist los mit dir?«

»Geht dich gar nichts an.« Ich wollte das nicht mit ihm besprechen. »Wann suchst du dir endlich eine eigene Wohnung?«

»Wenn meine böse Chefin mir mal frei gibt«, sagte Theo.

»Wieso bist du überhaupt zu Hause? Heute nicht verabredet?« Theo war beliebt in New York, gelinde ausgedrückt. Ich weiß nicht, woher er die

Zeit nahm, aber er war jeden Abend mit einem anderen Mädchen unterwegs.

»Nein, heute gönne ich mir meinen Schönheitsschlaf.« Er gab mir mein Handy zurück.

»Du Glückspilz.«

Im meinem Zimmer versuchte ich gar nicht erst zu schlafen. Ich starrte unter die Decke und hoffte, die Risse im Putz könnten mir Ideen liefern, was ich tun sollte. Ich dachte daran zurück, wie ich mit sechzehn Jahren in diesem Bett gelegen hatte, in dem Jahr, ab dem alles so furchtbar schieflief. Wovon hätte ich mir damals gewünscht, dass es jemand für mich getan hätte?

Ich wartete bis fünf Uhr morgens, dann rief ich Mr Kipling an. »Ich muss eine neue Schule für Natty finden. Sie muss streng sein, aber einen hohen Standard haben. Und sie muss weit weg sein.«

Mr Kipling reagierte schnell. Einige Stunden später meldete er sich, er hätte eine Klosterschule in Boston ausfindig gemacht, die sich bereit erklärt hätte, Natty mitten im Schuljahr aufzunehmen.

»Bist du dir auch ganz sicher, Anya?«, fragte Mr Kipling. »Das ist eine wichtige Entscheidung, die solltest du nicht übereilen.«

Ich ging in Nattys Zimmer und packte ihren Koffer. Als ich ihn zumachen wollte, kam sie herein. Fragend schaute sie von mir zum gepackten Koffer. »Was soll das?«

»Hör zu«, sagte ich, »wir wissen beide, dass ich momentan nicht richtig auf dich aufpassen kann. Ich bin zu sehr mit dem Club beschäftigt, um ein Auge auf dich zu haben ...«

»Ich brauche niemanden, der auf mich aufpasst!«

»Doch, Natty. Du bist noch ein Kind, und ich mache mir Sorgen, dass du dein ganzes Leben zerstörst, wenn ich jetzt nicht handele. Sieh dir an, was mit Scarlet passiert ist.«

»Pierce ist völlig anders als Gable Arsley!«

»Ich sehe doch, dass du neben der Spur bist, seit du mit ihm gehst. So langsam gerätst du auf die schiefe Bahn.« Ich holte tief Luft. »Ich habe eben gesagt, dass ich nicht will, dass du wie Scarlet endest, aber in Wirklichkeit möchte ich nicht, dass du so endest wie« – es war sehr schwer zuzugeben – »wie ich.«

Meine Schwester sah mich mit einem unheimlich traurigen Gesichtsausdruck an. »Annie! Annie, so was darfst du nicht sagen! Sieh dir den Club an, den du auf die Beine gestellt hast!«

»Ich hatte ja keine andere Wahl. Ich habe mich damals so unmöglich benommen, dass ich von der Schule flog. Vielleicht sieht es im Moment so aus, als würde ich was aus meinem Leben machen, aber ich möchte, dass du mehr Möglichkeiten hast als ich. Ich möchte nicht, dass du irgendwann in einem Nachtclub arbeiten musst. Ich möchte nicht, dass du irgendwas mit Schokolade oder unserer kaputten Familie zu tun hast. Ich bin davon überzeugt, dass du zu Besserem berufen bist.«

Natty wischte sich mit dem Ärmel über die Augen. »Jetzt muss ich weinen.«

»Das tut mir leid. Die Schule, die Mr Kipling für dich ausgesucht hat, ist hervorragend auf dem Gebiet der Naturwissenschaften, viel besser als Holy Trinity.« Ich bemühte mich, begeistert zu klingen. »Und wäre es nicht toll, an einer Schule zu sein, wo niemand etwas über dich weiß? Wo niemand eine vorgefertigte Meinung hat?«

»Hör auf, mir das schmackhaft zu machen, Anya! Vielleicht willst du mich dir einfach nur vom Leib schaffen. Sollen sich doch andere Leute mit mir herumschlagen.«

»Das stimmt nicht! Hast du eine Vorstellung, wie unglaublich einsam ich ohne dich sein werde? Du bist meine Schwester, und es gibt niemandem in dieser lausigen Welt, den ich mehr liebe als dich. Aber ich habe Angst, Natty. Ich habe Angst, dass ich es vermassele. Ich weiß nicht, was momentan das Richtige für dich ist. Meistens weiß ich noch nicht mal, was für mich selbst das Richtige ist. Wenn Daddy doch noch leben würde! Oder Mom oder Nana! Ich bin erst achtzehn, und ich habe keine Ahnung, was ich zu dir sagen soll oder was du brauchst. Ich weiß nur, dass ich mir damals, als es mir in Holy Trinity so richtig schwergemacht wurde, gewünscht habe, man würde mich von New York wegschaffen. Ich hätte mir gewünscht, dass man mich vor Mr Beery und Leuten wie ihm, aber auch vor unserer Verwandtschaft in Sicherheit bringt.«

Auf der Taxifahrt zur Penn Station und am Fahrkartenschalter stritt Natty mit mir (zur Belustigung einer Gruppe junger Sportler – sie hatten ein Netz mit Bällen dabei, aber ich bekam die Sportart nicht heraus). Selbst als wir auf die Ankunft des Zuges warteten, hörte sie nicht auf. Ein Bettler stieß Natty an und sagte: »Lass sie doch mal in Ruhe.« Mit »sie« war übrigens ich gemeint. Sogar die Obdachlosen fanden inzwischen, ich müsse vor diesem vierzehnjährigen Teufelchen geschützt werden.

»Ich fahre nicht«, sagte Natty. »Egal, was du sagst, ich steige nicht in diesen Zug.« Sie hatte die

Arme vor der Brust verschränkt und die Unterlippe vorgeschoben. Man sah ihr genau an, was sie war: ein Teenager, der die Welt und jedes Lebewesen darauf hasste. Ich wirkte wahrscheinlich wie eine Jugendliche, die in einer Schulaufführung eine Erwachsene mimte.

»Doch, du fährst«, sagte ich. »Zu Hause warst du noch einverstanden. Wieso hast du es dir jetzt anders überlegt?«

Über den Lautsprecher kam die Ansage, der Zug nach Boston fahre nun ein. Natty schniefte und weinte, ich reichte ihr mein Taschentuch. Sie putzte sich die Nase und richtete sich dann gerade auf.

»Wie willst du mich denn dazu bringen, in den Zug zu steigen?«, fragte sie ganz ruhig. »Körperlich zwingen kannst du mich nicht. Ich bin größer als du und wahrscheinlich auch stärker.«

Das Spiel war aus. Der Löwe hatte die Ohnmacht des Tierpflegers erkannt. »Ich kann dich nicht zwingen, Natty. Ich kann dir nur sagen, dass ich dich lieb habe und ich diese Lösung für das Beste halte.«

»Tja, und ich denke, du irrst dich«, gab sie zurück. Wir sahen uns in die Augen. Ich blinzelte nicht, sie ebenso wenig. Dann machte sie auf dem

Absatz kehrt und steuerte auf die Treppe zu, die zu den Bahnsteigen führte.

»Auf Wiedersehen, Natty!«, rief ich ihr nach. »Ich liebe dich! Ruf mich an, wenn du was brauchst!«

Sie würdigte mich keiner Antwort, drehte sich nicht einmal um.

Eine Woche später rief sie mich schluchzend an.

»Bitte, Anya, bitte hol mich wieder nach Hause!«

»Was ist denn passiert?«

»Ich kann hier überhaupt nichts machen. Es gibt tausend Vorschriften, und für mich noch mehr, weil ich neu bin. Wenn du mich nach Hause holst, verspreche ich dir, dass ich total lieb sein werde. Ich weiß, dass ich Fehler gemacht habe. Ich hätte nicht bei Pierce schlafen sollen. Ich hätte nicht unverschämt zu dir und Mr Beery sein dürfen.«

Ich musste mich zusammenreißen, um nicht weich zu werden. »Halte noch ein paar Wochen durch.«

»Das schaffe ich nicht, Anya! Dann sterbe ich. Wirklich, dann sterbe ich.«

»Hat dir irgendjemand was getan? Wenn ja, musst du es mir sofort sagen.«

Natty antwortete nicht.

»Geht es um Pierce?«, fragte ich. »Fehlt er dir?«

»Nein! Das ist … du hast überhaupt keine Ahnung. Du weißt gar nichts!«

»Warte bis Thanksgiving. Dann kannst du nach Hause kommen und Leo treffen.«

Sie legte einfach auf.

Ich hätte sie auch gerne gesehen. Wenn die Schule doch nicht so weit weg gewesen wäre und ich weniger mit dem Club zu tun gehabt hätte! Wenn ich doch nur jemanden in Boston kennen würde ...

Aber ich kannte ja jemanden, auch wenn ich ausgerechnet mit ihm nicht sprechen wollte. Ich wollte ihn schon gar nicht um irgendwas bitten.

Außerdem war ich nicht im Besitz seiner Handynummer.

Ich holte meinen Tablet aus der Schublade. Eigentlich nutzten nur Schüler Tablets, aber im Gegensatz zu mir war Win ja noch in der Ausbildung. Obwohl wir uns nie groß Nachrichten über den Tablet geschickt hatten (das tat niemand in meinem Alter; unsere Großeltern beziehungsweise *Urgroßeltern* hatten diese Form der Kommunikation genutzt), sprach mich die alte Technik in dem Moment an. Sie erschien mir respektvoller und unkomplizierter, als tatsächlich mit ihm zu reden.

anyeschka66: *Bist du da? Verschickst du hierüber Nachrichten?*

Er antwortete erst nach fast einer Stunde.

win-win: *Nicht so oft. Was willst du?*
anyeschka66: *Bist du auf dem College?*
win-win: *Ja.*
anyeschka66: *Boston, oder? Gefällt es dir?*
win-win: *Ja und ja. Ich muss auch gleich zum Unterricht.*
anyeschka66: *Du bist mir überhaupt nichts schuldig, aber du könntest mir einen Gefallen tun. Natty geht neuerdings auf eine Schule in Boston, und ich wollte dich fragen, ob du sie für mich besuchen kannst. Bei unserem letzten Telefonat klang sie ziemlich fertig. Ich weiß, dass das viel verlangt ist …*
win-win: *Na gut, für Natty.* Wo ist sie?*
anyeschka66: *Auf dem Sacred Heart, Commonwealth Avenue.*

(**will sagen: nicht für* mich)

Am nächsten Tag schickte er mir eine Nachricht.

win-win: *Hab N. heute Nachmittag besucht. Ihr geht's eigentlich ganz gut. Mag den Unterricht und die anderen Mädchen. Vielleicht hat sie ein bisschen Heimweh, aber das überlebt sie schon. Sie durfte meine Mütze behalten.*

anyeschka66: *Danke. Ganz herzlichen Dank.*

win-win: *Kein Problem. Muss jetzt los.*

anyeschka66: *Wenn du über Thanksgiving nach Hause fahren solltest, könntest du ja in meinem Club vorbeikommen. Nur so zum Plaudern. Geb dir einen aus.*

win-win: *Ich komme über Thanksgiving nicht nach Hause. Ich besuche die Familie meiner Freundin in Vermont.**

anyeschka66: *Hört sich gut an. Ich war noch nie in Vermont. Finde ich super. Ich freue mich wirklich ganz doll für dich.***

win-win: *Mein Vater sagt, du hast großen Erfolg. Glückwunsch, Annie. Sieht ja aus, als hättest du alles bekommen, was du wolltest.****

anyeschka66: *Tja. Danke jedenfalls. Nochmals danke, dass du Natty besucht hast. Ein schönes Thanksgiving, falls ich dich nicht sehe. Wahrscheinlich eher nicht.*

win-win: *Alles Gute!*

(*Vermont? Das ging aber schnell. Vielleicht aber auch nicht. Unsere Trennung lag schon fünfeinhalb Monate zurück. Hatte ich erwartet, dass er wie ein Mönch leben würde?)

(**Vielleicht haben die Nachrichten auf dem Tablet doch einen Vorteil. Ich war froh, dass er we-

*der mein Gesicht sehen noch meine Stimme hören
konnte, als ich schrieb, wie* doll ich mich für ihn
freute.)
(***Sagen wir einfach: nicht wirklich alles.)

Zwei Tage vor Weihnachten erhielt ich einen Te-
lefonanruf von Keisha, der Frau von Mr Kipling.
»Anya«, sagte sie unter Tränen. »Mein Mann ist
gestorben.« Mein Anwalt war erst vierundfünfzig
Jahre alt. In meinem dritten Jahr an der Highschool hatte er einen schweren Herzinfarkt gehabt.
Etwas über zwei Jahre später hatte der zweite
Herzinfarkt ihm nun den Rest gegeben. Die Sterb-
lichkeit in meinem Umfeld war schon immer hoch
gewesen, aber in jenem Jahr war es ganz besonders schlimm. Im Januar hatte ich Imogen verloren, mein Cousin Mickey starb im September, und
jetzt auch noch Mr Kipling. Fast in jeder Jahreszeit ein Sterbefall.

Vielleicht weinte ich aus dem Grund nicht, als
Keisha mir die Umstände schilderte. »Das tut mir
unglaublich leid«, sagte ich.

»Ich rufe dich an, weil ich dachte, du könntest
vielleicht ein paar Worte bei seiner Beerdigung
sagen?«

»Das ist wirklich nicht gerade meine Stärke.« Ich

fühlte mich unwohl dabei, wenn Gefühle öffentlich zur Schau gestellt wurden.

»Aber es hätte ihm so viel bedeutet. Er war unglaublich stolz auf dich und den Club. Er hat jeden einzelnen Zeitungsartikel über dich aufbewahrt.«

Das erstaunte mich. In den letzten neun Monaten seines Lebens hatte ich mich oft mit Mr Kipling gestritten, hauptsächlich wegen meiner Entscheidung, den Club zu eröffnen, auf den er jetzt angeblich so stolz gewesen sein sollte. (Es hatte auch noch andere Auslöser gegeben.) Andererseits hatte Mr Kipling seit dem Tod meines Vaters im Jahre 2075 bis zu meiner Volljährigkeit im vergangenen Sommer jede meiner finanziellen Entscheidungen und sogar einige persönliche überwacht. Ich bin mir nicht sicher, ob mir sein Rat immer zum Vorteil gereicht hatte, aber er hatte stets sein Bestes gegeben und mich nie hängenlassen, selbst als es aussah, als sei die ganze Welt gegen mich. Ich wusste, dass er mich geliebt hatte. Auch ich hatte ihn geliebt.

Noriko, Leo (endlich aus dem Gefängnis entlassen) und Natty, die in Sacred Heart eigens Urlaub bekam, begleiteten mich zur Kirche St. Patrick. Ich war als dritte an der Reihe – nach Simon Green und einem Mann namens John Burns, der offenbar der Squashpartner von Mr Kipling gewesen war. Nach mir sollten seine Tochter Grace und sein Bruder Peter sprechen. Als ich dran war, bekam ich feuchte Hände und Achselhöhlen. Obwohl Winter war, bereute ich aufrichtig meinen Entschluss, ein schwarzes Sweatshirtkleid angezogen zu haben.

Ich nahm meinen Tablet mit hoch zum Podium. »Hallo«, begann ich. »Ich habe mir ein paar Notizen gemacht.« Ich stellte den Computer an, der ewig zu brauchen schien, und überflog, was ich mir notiert hatte.

1. Mr K: Dads bester Freund. Witz machen, dass es schwer sein muss, der beste Freund eines Kriminellen zu sein?

2. Mr K: Witz machen über seine Glatze?

3. Mr K: Vielleicht nicht der beste Anwalt, aber immer loyal. Geschichte dazu?

4. Mr K war ein sehr pflichtbewusster Mensch.

Mehr hatte ich nicht. Ich hatte diese Punkte aufgeschrieben, als ich spätnachts von der Arbeit kam, aber als ich nun in der Kirche stand, wirkten die Stichworte völlig unangemessen. Ich stellte den Tablet aus. Ich würde frei sprechen müssen, eine Herausforderung, die ich immer zu vermeiden suchte.

»Ich weiß nicht, was ich sagen soll«, begann ich, einfältig. »Er war …« – meine nichtigen Notizen gingen mir durch den Kopf: *ein Glatzkopf? Der beste Freund meines Vaters? Ein mittelmäßiger Anwalt?* – »ein guter Mann.« Mein Fuß wackelte, ich atmete schwer. »Danke.«

Als ich durch den Gang an meinen Platz zurückkehrte, konnte ich Keisha Kipling nicht in die Augen sehen. Ich setzte mich in die Bank, und Natty drückte mir die Hand.

Nach der Beerdigung kam Simon Green, dem ich normalerweise aus dem Weg ging, auf meine Geschwister und mich zu. Natty schloss ihn in die Arme. »Er war wie ein Vater für dich«, sagte sie verständnisvoll. »Du musst untröstlich sein.«

»Ja, danke, Natty.« Simon nahm seine Brille ab und putzte sie mit seinem Hemd. Dann nickte er mir zu. »Anya«, sagte er. »ob ich wohl kurz mit dir sprechen könnte?«

Ich hätte es lieber vermieden, aber welche Wahl hatte ich schon? »Das fällt mir ganz schön schwer«, sagte Simon, als wir draußen waren.

Ich verschränkte die Arme. Schon jetzt gefiel mir sein Tonfall nicht.

»Mr Kipling hat mir seine Kanzlei hinterlassen, aber sein Mandantenstamm ist in letzter Zeit leider enorm geschrumpft. Ich weiß nicht, ob ich die Kanzlei am Laufen halten kann. Du kannst natürlich Nein sagen, aber ich wollte dich fragen, ob du vielleicht in deinem Club einen Job für mich hättest.«

»Ich habe bereits einen Anwalt«, sagte ich. Außerdem wollte ich Simon nicht in meiner Nähe haben.

»Ich weiß. Ich dachte nur, weil dein Unternehmen doch schon so groß ist. Wenn es vielleicht noch weiter wächst, brauchst du bestimmt einen zweiten Anwalt. Und ein Mann wie Charles Delacroix hat sich doch wohl nicht darauf eingestellt, für den Rest seines Lebens der juristische Berater eines Nachtclubs zu sein.«

»Ich habe festgestellt, dass es sinnlos ist, darüber zu spekulieren, was Charles Delacroix durch den Kopf geht.«

»Gut, Annie. Ich merke, dass ich dir auf den Geist gehe. Aber fragen darf man ja wohl.«

Ich wusste, dass ich unhöflich war. »Hör zu, Simon, das ist nicht persönlich, sondern geschäftlich.«

»Klar, Annie. Verstehe ich.« Er überlegte. »Leo ist aus dem Gefängnis entlassen, wie ich sehe.«

Das sagte er nicht einfach so. Es war eine Erinnerung daran, dass ich bei Simon hinsichtlich der Rückkehr meines Bruders aus Japan im vergangenen Jahr noch in der Schuld stand. Oder auch nicht. Je nach Betrachtungsweise. Hätte Simon offen gesprochen, hätte ich mehr Respekt vor ihm gehabt. »Wenn sich die Lage ändert, sage ich dir Bescheid.«

Und so wurde es Ende 2084. Ich war versucht, nur das Schlechte zu sehen (die Todesfälle, die Trennung von Win, die Streitereien mit meiner Schwester usw. usf.), doch ausnahmsweise entschied ich mich dagegen. Die Tragödien, die ich erlebt hatte, ließen meine Triumphe irgendwie stärker erstrahlen. Mein Unternehmen florierte; ich hatte die Beziehung zu Fats und zur Familie geklärt; zum ersten Mal in meinem Leben stand ich auf der richtigen Seite des Gesetzes; ich hatte mehr als genug Geld, war Taufpatin geworden und unglaublich geschickt darin, auf hohen Absätzen herumzulaufen.

Und vielleicht ist das auch die Erklärung, warum die nicht gerade feierwütige Heldin dieses Buchs etwas tat, was völlig untypisch für sie war: Sie veranstaltete eine Silvesterparty in der Dunkelkammer.

Ich ließ ein Schild aufstellen: PRIVATE GESELL-SCHAFT – GESCHLOSSEN. Dann öffnete ich die Türen meines Clubs und drehte die Musik auf.

Es war der erste Abend, den Leo in meinem Laden erlebte. »Und, was hältst du davon?«, fragte ich ihn.

Er nahm meinen Kopf in die Hände und küsste mich auf die Stirn, auf die Wangen, auf den Scheitel. »Ich kann wirklich kaum glauben, dass meine kleine Schwester das alles allein auf die Beine gestellt hat.«

»Ich hatte Unterstützung«, sagte ich. »Von Noriko. Und Theo. Und von Mr Delacroix.«

»Du bist wirklich umwerfend, Schwesterherz. Hey, kann ich hier vielleicht auch arbeiten?«

»Klar«, sagte ich. »Was würdest du denn gerne übernehmen?«

»Keine Ahnung. Ich will mich einfach nur nützlich machen.«

Ich würde mir etwas einfallen lassen. Vielleicht konnte er zusammen mit der äußerst akkuraten Noriko arbeiten. Noch während ich darüber nachdachte, griff Natty nach meiner Hand.

»Win ist hier! Ich habe ihn eingeladen. Wir sollten ihn begrüßen.«

»Was? Wer ist hier?« Ich war mir nicht sicher, sie bei der lauten Musik richtig verstanden zu haben.

»Als wir mit dem Zug von Boston herkamen, habe ich ihm gesagt, er müsste sich unbedingt deinen Club ansehen, er wäre wirklich umwerfend. Ich habe argumentiert, dass die Dunkelkammer ja letztendlich der Grund gewesen ist, warum ihr euch getrennt habt, so dass er wahrscheinlich erst einen Schlussstrich ziehen könnte, wenn er den Laden gesehen hätte.«

»Natty, das hättest du wirklich nicht tun sollen!«, schimpfte ich.

»Ehrlich gesagt, hatte ich nicht damit gerechnet, dass er auch kommt, aber jetzt ist er da.«

Ich fuhr mir mit den Fingern durchs Haar. Mit der neuen Frisur hatte Win mich noch nicht gesehen.

Natty führte mich zu einem Tisch am Fenster. Win war tatsächlich da, zusammen mit seiner Mutter, seinem Vater und einem Mädchen in ungefähr meinem Alter. Ich wusste sofort, dass es seine neue Freundin aus Vermont war. Sie war klapperdürr und riesengroß und hatte blonde Haare, die ihr bis zur Hüfte reichten. Mr Delacroix und Win standen auf. Ich lächelte liebenswürdig (hoffte ich wenigstens) in die Runde und setzte meine beste Gastgeberstimme auf. »Mr Delacroix, Mrs Delacroix, es freut mich sehr, Sie zu sehen. Was für eine Überraschung, Win! Und du bist bestimmt

Wins Freundin?«< Ich hielt der Wikingerbraut die Hand hin.

»Astrid«, stellte sie sich vor.

»Anya«, sagte ich. »Freut mich total.«

»Dieser Club ist so reizend«, sagte sie. »Gefällt mir ganz toll.« Ihre Hand lag auf seinem Oberschenkel. Er schob ihr die langen blonden Haarsträhnen aus dem Gesicht.

»Reizend ist genau das richtige Wort«, stimmte Mrs Delacroix zu. Als ich das letzte Mal mit ihr gesprochen hatte, wirkte sie überrumpelt von dem Club und der Rolle, die ihr Mann dabei spielte, doch sie schien mit beidem ihren Frieden gemacht zu haben. »Das hast du ganz toll hinbekommen. Du und Charlie, ihr beide.« Sie schaute ihren Mann an. Sein Gesichtsausdruck war schwer zu deuten, dafür kannte ich Mr Delacroix nicht gut genug. Er hatte mich nicht mal begrüßt, als ich an den Tisch trat, sondern hatte den Blick aufs Fenster gerichtet, als würde die wahre Party ganz woanders stattfinden.

»Danke«, sagte ich. »Wir sind auch wirklich stolz darauf.«

»Echt super«, sagte Win ohne große Begeisterung. »Ich freue mich, dass ich mir das hier angucken konnte.« Er machte eine Pause. »Du hast eine neue Frisur.«

»Stimmt.« Ich legte die Hand in den Nacken.

»Na, zumindest zu diesem Club passt sie gut.«

»Zum Wohl«, sagte ich zu allen am Tisch. »Und einen guten Rutsch!«

Ich ging zur Theke. »Tut mir leid«, sagte Natty. »War unangenehm, nicht? Ich konnte nicht ahnen, dass er seine Freundin mitbringt.«

»Schon in Ordnung«, gab ich zurück. »Ich freue mich, dass er den Club jetzt gesehen hat, und von seiner Freundin wusste ich schon.«

Natty wollte etwas erwidern, doch dann schüttelte sie den Kopf und bestellte uns zwei Theobromas. »Hab mich aber gewundert, Mrs Delacroix hier zu sehen. Win meinte, seine Eltern würden sich scheiden lassen.«

»Oh, das wusste ich nicht.« Mr Delacroix war sehr verschlossen, was sein Privatleben betraf.

»Doch. Aber es stört Win nicht so sehr. Er meint, das hätte er schon lange kommen sehen. Es war wohl die Entscheidung seiner Mutter.«

»Redest du viel mit Win?«

»Schon. Ich hab ihn ja immer gemocht, weißt du ja«, sagte sie. »Und wenn er mich in Boston besucht, habe ich weniger Heimweh.« Sie trank ihren Kakao. »Danke übrigens, dass du ihn zu mir geschickt hast.«

»Natty, ich weiß gar nicht, ob du auf diese Frage

überhaupt antworten kannst, aber glaubst du, dass Win es inzwischen versteht? Ich meine: Versteht er, warum ich das hier tun musste?«

»Glaub schon«, sagte sie langsam. »Er ist offensichtlich darüber weggekommen, und er wirkt nicht mehr so verbittert.« Sie legte das Kinn in die Hände. »Ich dachte, du würdest für immer mit ihm zusammenbleiben.«

»Na, weil du noch so jung warst, als wir zusammenkamen«, sagte ich. »Ich habe viel darüber nachgedacht. Manche Beziehungen müssen wohl zu viel aushalten, und dann bleibt nichts mehr zu tun oder zu sagen. Dann gehen sie kaputt.«

»Aber zwischen uns kann das nicht geschehen, oder?«, fragte sie.

»Natürlich nicht, Dummerchen! Du könntest so gemein zu mir sein, wie es nur geht, ich würde dich trotzdem lieben. Läuft es denn gut in der neuen Schule?«

Natty trank einen großen Schluck, dann lachte sie. »Ich sage es ja nicht gerne, aber du hattest recht. Es wurde zu ernst mit Pierce. Erst als ich weg war, konnte ich das erkennen. So langsam wird er immer unwichtiger für mich.«

»Komisch«, sagte ich. »Vielleicht wäre es bei mir dasselbe mit Win gewesen, wenn ich irgendwo auf ein Internat geschickt worden wäre.«

Natty schüttelte den Kopf. »Nein, das glaube ich nicht. Win ist irgendwie was ganz Besonderes, Pierce ist nur ein Durchschnittstyp.«

Ich musste lachen. »Du kannst Win nicht haben«, sagte ich. »Er ist zu alt für dich. Außerdem hat er eine Wikingerbraut.«

»Sie sieht wirklich wie eine Wikingerin aus. Win würde ich eh nicht haben wollen. Ich würde nicht mit einem Typen gehen, der meiner Schwester das Herz gebrochen hat.«

So war es nicht gewesen. Das wusste ich genau. Wenn ich ehrlich war, lag die Schuld bei mir. (*Ganz nebenbei: Wer braucht schon ein Herz?*) Ich fand es wichtig, dass Natty das erfuhr. »Er hat mir nicht das Herz gebrochen. Das kann man nur selbst tun.«

»Vielleicht sieht sie doch eher wie eine isländische Prinzessin aus«, sagte Natty.

Theo gesellte sich zu uns an die Theke. »Wer sieht wie eine isländische Prinzessin aus?«, wollte er wissen.

Natty wies auf den Tisch der Delacroix'.

»Lass das!«, schimpfte ich. »Sie brauchen doch nicht wissen, dass wir über sie reden.«

Natty winkte hinüber. »Schon gut. Die können uns ja nicht hören. Hallo, isländische Prinzessin!«

»Sehr hübsches Mädchen«, bemerkte Theo. »Aber

ihr liegt beide falsch: Sie sieht aus wie eine Meer-
jungfrau.«

»Heute ohne Begleitung?«, fragte ich.

Er nickte.

»Wie das? Hast du schon alle Mädchen in New
York durch? Theo ist voll die Schlampe«, erklärte
ich Natty.

»*Sí*. Du musst einen neuen Laden in einer anderen
Stadt aufmachen, damit ich neue Frauen zum Ausgehen finde.«

»Ja, mache ich sofort.«

»Vielleicht in Kanada. Ich möchte gerne mal in Kanada gewesen sein, bevor ich sterbe«, sagte Theo.

»Oder in Paris!«, warf Natty begeistert ein.

»Leider ist Schokolade da nicht verboten. Also
sinnlos.«

Ich entschuldigte mich und ging zur DJane. Sie
hatte zu viele langsame, romantische Stücke gespielt. Dies war schließlich eine Party, ich wollte
Partymusik. Auf dem Weg zurück stieß ich mit
Win zusammen. Er war allein.

Er sah nicht aus, als wollte er mit mir reden, aber
das interessierte mich nicht. Ich hatte mich noch
nicht persönlich bei ihm bedankt, dass er Natty
hin und wieder besuchte. »He, Fremder!«, rief
ich.

»Hey.« Er würdigte mich kaum eines Blickes, sondern schaute hinüber zu dem Tisch mit seinen Eltern und der Wikingerbraut.

»Ich wollte dir noch mal persönlich danken, dass du Natty besuchst.«

»Schon gut«, sagte er. »Ihre Schule ist nicht so weit von meiner entfernt.«

»Trotzdem«, beharrte ich. »Die Sache mit uns ist nicht gerade gut ausgegangen – deshalb weiß ich es zu schätzen, dass du das machst.«

»Dir einen Gefallen zu tun, ist eine schlechte Angewohnheit von mir. Ich muss jetzt los.«

»Warte noch.« Ich suchte krampfhaft nach einem Thema, um unser Gespräch in die Länge zu ziehen. »Win, wie gefällt dir das College?«

»Gut.«

Eine einsilbige Antwort, dennoch ließ ich nicht locker.

»Astrid sieht wirklich toll aus. Ich freue mich, dass du jemanden gefunden hast«, sagte ich. »Ich hoffe, dass wir irgendwann mal Freunde sein können.«

Schweigen. »Einen Freund wie dich brauche ich nicht«, sagte er schließlich. Er klang wütender als bei unserer Trennung. »Ich hätte heute nicht herkommen sollen.«

»Warum bist du immer noch so sauer auf mich? Ich habe dir doch sonst nichts getan.«

Er holte tief Luft. »Und was ist mit der Scheidung meiner Eltern?«

»Das hat nichts mit mir zu tun, Win. Deine Eltern sind schon seit Jahren unglücklich. Hast du selbst gesagt.«

»Nach der verlorenen Wahl lief es aber besser. Erst nachdem du mit deiner super Idee kamst, ging alles den Bach runter.«

»Das meinst du doch nicht ernst!«

»Ich bereue es, dich überhaupt kennengelernt zu haben, Anya. Ich bereue, dass ich dir nachgestellt und dich nicht in Ruhe gelassen habe, als du mich darum gebeten hast. Wenn ich doch nie von Albany hierhergezogen wäre! Es war es nicht wert, für dich angeschossen zu werden. Es war es nicht wert, auf dich zu warten. Du warst den ganzen Ärger nicht wert. Du bist das Schlimmste, was mir je passiert ist. Du warst wie ein Orkan in meinem Leben, und das meine ich nicht positiv!« Er schrie mich beinahe an, aber vielleicht lag es auch an der lauten Musik. Die DJane war auf meine Bitte eingegangen, Partymusik zu spielen, der Bass war ohrenbetäubend. »Aber es ist ja nicht so, als ob mich niemand gewarnt hätte. Allein mein Vater hat mir so ungefähr – keine Ahnung – eine Million Mal gesagt, ich solle mich von dir fernhalten. Also: Nein, ich will nicht mit dir befreundet sein! Das Beste an der Trennung von dir ist, dass wir keine Freunde bleiben müssen.«

Und damit war er fort. Es wäre armselig gewesen, ihm nachzulaufen, ihn anzuflehen, mein Freundschaftsangebot anzunehmen, wo er doch offensichtlich so wenig davon hielt. Auch wenn ich am liebsten gegangen wäre, konnte ich das nicht tun. Ich konnte nicht nach Hause fahren, mich ins Bett legen, mir die Decke über den Kopf ziehen und weinen. Ich setzte ein Lächeln auf und ging zurück zu meinen Freunden an der Theke.

Die DJane verkündete, dass das Jahr 2085 in nur zwei Minuten offiziell beginnen würde.

Leo und Noriko gesellten sich zu uns. Natty schlug ihnen vor, sie sollten doch noch einmal heiraten, richtig feierlich, jetzt wo Leo aus dem Gefängnis entlassen sei.

Als es nur noch dreißig Sekunden waren, nahm Theo meine Hand und sah mich mit strahlenden, wohl leicht berauschten Augen an. »Abuela meint, es bringt Unglück, wenn man Silvester niemanden küsst.«

»Du bist ja so was von verlogen«, sagte ich. »Mit Sicherheit hat deine Abuela nichts dergleichen gesagt.«

»Doch, hat sie«, widersprach Theo. »Sie sorgt sich, dass ich in New York nicht genug geküsst werde.«

Ich verdrehte die Augen. »Dann hast du ihr nicht die ganze Geschichte erzählt.«

»Zwölf … elf … zehn …«

Theo nahm meine Hand und drehte meinen Barhocker zu sich herum.

»Das Leben ist kurz, Anya. Möchtest du gerne in dem Bewusstsein sterben, dass du die Möglichkeit verpasst hast, einen umwerfend attraktiven Latin Lover zu küssen?«

»Von welchem attraktiven Latin Lover redest du?«

»Neun … acht … sieben …«

Er legte mir die Hand aufs Knie. »Einmal in deinem Leben, *Chica*, solltest du von einem Mann geküsst werden, der weiß, wie man es richtig macht.«

»Sechs … fünf … vier …«

Theo sah mich mit seinem glühenden Schlafzimmerblick an, und das katholische Schulmädchen in mir kniff die Beine zusammen.

»Drei … zwei …«

Ich würde lügen, wenn ich behauptete, mir sei nicht der Gedanke gekommen, dass mein Exfreund auf der anderen Seite des Raumes von einer Wikinger-Meerjungfrau geküsst wurde.

»… eins! Frohes neues Jahr! Auf 2085!«

»Na gut, Theo«, sagte ich. »Da das Jahr noch so jung ist, kannst du mir meinetwegen zeigen, was du mit ›richtig küssen‹ meinst.«

Ich habe eine Idee und lasse mich aus
zweifelhaften Gründen auf eine Beziehung ein

An Neujahr erwachte ich noch vor der Morgendämmerung. Eine Idee hatte sich in meinem Kopf festgesetzt, und wenn das passierte, fand ich keine Ruhe mehr.

Theo und ich waren auf dem Sofa eingeschlafen. Ich löste mich aus seinen Armen und ging nach draußen, um Mr Delacroix anzurufen.

»Anya, hast du eine Vorstellung, wie spät es ist?«

»Ungefähr sechs Uhr?«

»Es ist 5:13 Uhr.«

»Sie schlafen doch eh nie, deshalb dachte ich, es wäre kein Problem.«

»An Neujahr wollte ich vielleicht mal ein wenig schlafen. Zumindest hätte ich gerne die Möglichkeit.«

»Können wir uns heute treffen? Ich möchte Ihnen gerne eine Geschäftsidee vorstellen.«

»Klar, wie wär's mit zehn Uhr?«

»Sie sind doch schon wach«, gab ich zurück. »Sagen wir, um sieben.«

»Du bist ganz schön brutal geworden, seit du so viel Erfolg hast«, bemerkte er.

»Theo kommt auch.« Damit legte ich auf.

Ich ging ins Wohnzimmer und weckte Theo. »Frohes neues Jahr, *Mamacita*«, sagte er schläfrig und spitzte die Lippen, ohne die Augen zu öffnen.

»Dafür haben wir keine Zeit«, sagte ich. »Wir müssen zu einem Meeting.«

Wir drei trafen uns in der Dunkelkammer, wo es nach der Party wie auf einem Schlachtfeld aussah.

»Du hast erschreckend strahlende Augen«, sagte Mr Delacroix zu mir. »Diesen Blick von dir kenne ich schon, er verheißt nichts Gutes.«

»Worum geht's eigentlich, Anya?«, fragte Theo.

»Also, ich habe darüber nachgedacht, wo der zweite Standort sein könnte.«

»Hast du Brooklyn schon wieder abgeschrieben?«, fragte Mr Delacroix. Wir hatten mal darüber gesprochen, in Brooklyn eine zweite Dunkelkammer zu eröffnen.

»Nein. Aber gestern Abend sagte mein Bruder, wie gerne er im Club arbeiten würde, und einen Tag vorher kam Simon Green auf der Beerdigung von Mr Kipling mit einer ähnlichen Bitte zu mir.« Ich sah Mr Delacroix an. »Er wollte Ihre Stelle, um ehrlich zu sein.«

»Dann soll er sie haben«, gab Mr Delacroix zurück. »Aber die Arbeitszeiten sind brutal. Und die Chefin stellt hohe Ansprüche.«

»Manchmal«, fuhr ich fort, »fragt mich auch Fats nach Jobs für Angehörige der Familie. Das Schwarzmarktgeschäft mit Schokolade läuft in den letzten Monaten nicht mehr so gut.«

»Wer kann schon mit Sicherheit sagen, warum das so ist?«, sagte Mr Delacroix. »Das kann viele Gründe haben und hat nicht unbedingt mit dir zu tun.«

»Vielleicht, aber ich denke trotzdem drüber nach. Und dann habe ich gestern Abend mit dir« – ich wies auf Theo – »und meiner Schwester gesprochen, und wir haben Witze gemacht über Dunkelkammern in Kanada und Paris ... Eigentlich waren es Länder, wo ihr gerne mal hinfahren möchtet. Wir haben darüber gelacht. Aber heute Morgen dachte ich: warum nicht? Warum nur einen zweiten Laden aufmachen und nicht zehn?«

»Ach, du meine Güte«, stieß Mr Delacroix aus.

»Wäre das möglich, Mr Delacroix? Könnten wir ein Franchise-System daraus machen?«

»Du hörst dich an, als wolltest du einen kleinen Hund von mir haben.«

»Ich frage Sie nicht um Erlaubnis«, erwiderte ich kühl.

»Das habe ich auch nicht so verstanden. Aber mal ehrlich, ich möchte nicht sehen, was du für ein Gesicht machst, wenn du Weihnachten nicht das bekommst, was du dir gewünscht hast.«

»Ich habe Weihnachten noch nie das bekommen, was ich mir gewünscht habe, Mr Delacroix. Ich bin an Enttäuschungen gewöhnt.«

»Was ist mit dem Weihnachtsfest, als ich dir die Machete geschenkt habe?«, fragte Theo.

»Das Jahr ausgenommen«, sagte ich. »Was ich wissen möchte, Mr Delacroix, ist Folgendes: Ist es möglich, dass wir genug Geld dafür aufbringen?«

»Ja, aber dabei geht's nicht nur um Geld. Da muss auch die Logistik stimmen, dann gibt es die Besonderheiten der Gesetzgebung und Behörden vor Ort, unterschiedliche Verfügbarkeiten von Produkten oder Zutaten in bestimmten Gegenden, dann den besonderen Geschmack und die Gewohnheiten der Bevölkerung und noch vieles mehr«, sagte Mr Delacroix. »Egal, was du tust, du solltest auf keinen Fall damit ins Ausland gehen. Nur Standorte im Inland. Und eigentlich redest du nicht von einem Franchise-System, sondern von einer Kette.«

Kette klang deutlich weniger glamourös. »Was ich

von dir wissen will, Theo, ist Folgendes: Könnten wir unsere Speisekarten überall verwenden, und könnten wir genug Kakao für mehrere Standorte bekommen?«

»Wenn du willst, dass die Ware von La Granja stammt, würden wir mehr Land dazukaufen müssen, allerdings könnte ich auch die Augen nach anderen Lieferanten aufhalten«, sagte Theo. »Wegen der Speisekarte? Doch, die ist schon ziemlich ausgereift. Die kann ich mir an vielen verschiedenen Orten vorstellen.«

»Anya«, sagte Mr Delacroix. »Das ist eine wirklich kühne Idee, und allein schon deshalb halte ich viel davon. Aber du solltest auch wissen, dass sie enorm riskant ist.«

Ich zuckte mit den Achseln. »Ich habe das hier nicht gemacht, um mich zu verstecken. Sie haben mal zu mir gesagt, man könnte diese Welt nur verändern, wenn man etwas Gewaltiges tut.«

»Hab ich?«

»Allerdings.

»Klingt anmaßend.«

Theo meinte, wir bräuchten etwas zu trinken. Er ging los und ließ mich mit Mr Delacroix allein am Tisch zurück.

»Wir können das auf die Beine stellen«, sagte mein Anwalt. »Und ich helfe dir auch dabei. Aber warum lehnst du dich nicht einfach zurück und genießt mal eine Zeitlang deinen Erfolg?«

»Wo wäre denn da der Spaß?«

»Weiß nicht. Manche Mädchen haben Hobbys oder einen Freund oder irgendwelche anderen Ablenkungen.«

»Mr Delacroix, Sie müssen das verstehen. Ich fühle mich verantwortlich gegenüber meiner Familie und gegenüber DER Familie, aber darüber hinaus glaube ich an das, was ich hier mache. Ich möchte mein Unternehmen immer weiter vergrößern, um mehr Menschen Arbeit bieten zu können. Wäre das nicht eine sehr große Leistung?«

»Aber ja. Natürlich wäre das eine sehr große Leistung.« Er lachte. »Manchmal klingst du so wie ich. Wie ein jüngerer – logisch –, aber auch hoffnungsvollerer, hübscherer Charles.«

Ich registrierte die dunklen Ringe unter seinen Augen. Sie sahen nicht so aus, als stammten sie lediglich von einer schlaflosen Nacht. Ich legte die Hand auf seine, eine Geste, die sehr ungewöhnlich für mich war.

»Ich weiß, dass wir normalerweise nicht über solche Themen sprechen, aber es tat mir leid, von Ihrer Scheidung zu hören«, sagte ich.

Seine Augen blitzten wütend auf, er entzog mir

die Hand. »Wird jetzt in aller Öffentlichkeit meine schmutzige Wäsche gewaschen?«

»Es tut mir leid. Win hat es Natty erzählt. Und sie mir.«

»Ehrlich, Anya, ich möchte lieber nicht …«, begann er.

»Toll«, sagte ich. »Sie dürfen mir Ratschläge erteilen. Sie dürfen Ihre Meinung zu allem sagen, was in meinem Leben vorgeht, aber ich darf mit Ihnen über nichts reden, was mit Ihnen zu tun hat.«

Er antwortete nicht.

»Das ist lächerlich, Mr Delacroix. Wir sind befreundet.«

»Bist du dir da ganz sicher? Wir sind vielleicht Kollegen. Davon habe ich viele. Aber Freunde? Wir können nicht befreundet sein, weil ich keine Freunde habe.«

»Doch! Wir haben keine normale Freundschaft, aber es ist eine. Und es ist gemein von Ihnen zu behaupten, dass wir nicht befreundet wären. Ich bin Waise, ganz allein auf der Welt, und ich weiß sehr genau, wer meine Freunde sind. Also: Wir sind befreundet, Mr Delacroix, und als Ihre Freundin darf ich mein Mitgefühl ausdrücken, wenn ich klar und deutlich sehe, dass es Ihnen schlecht geht.«

Er stand auf. »Wenn das alles ist, bin ich jetzt weg. Ich werde mich nach Investoren umsehen.«

Als Theo an den Tisch zurückkam, verschwand Mr Delacroix. »Auf Wiedersehen!«, rief Theo ihm nach, aber er antwortete nicht. »Wo will er hin?«

»Investoren besorgen.«

»Jetzt? Es ist Neujahr.«

Ich zuckte mit den Schultern.

Theo stellte die Gläser auf den Tisch. »Also machen wir das?« Er stieß mit mir an und beugte sich vor, um mir einen Kuss zu geben.

»*Moooment mal*, Theo«, sagte ich und entzog mich ihm.

»Was ist?«

»Gestern Abend war gestern Abend, und heute Morgen ist ein neuer Tag.«

Theo trank einen Schluck. »Wie du willst«, sagte er. »Gehen wir was essen. Der Club macht erst in ein paar Stunden wieder auf, und Makkaroni mit Erbsen kommen mir schon zu den Ohren raus.«

Der Toro Supper Club war ein Restaurant in der Erdgeschosswohnung eines Sozialbaus in Washington Heights. Ein Herr mit lederner Haut und einem eindrucksvollen pechschwarzen Schnäuzer schob den Kopf aus dem Fenster und rief: »Theo, altes Haus! Schön, dich zu sehen!«

»Dalí, ich habe Anya dabei!«, rief Theo von der Straße zurück.

»Es ist eiskalt draußen«, sagte Dalí. »Kommt doch rein!«

Er begrüßte Theo mit einem Kuss auf beide Wangen. »Anya«, sagte Dalí, »ich bewundere deinen Club, aber Theo hat mir gar nicht erzählt, was für eine Schönheit du bist.«

An Neujahr gab es im Supper Club Frühstück oder Brunch, vielleicht war es auch ein spätes Mitternachtsbüffet für alle, die es nach den Feierlichkeiten der vergangenen Nacht noch nicht nach Hause geschafft hatten. Der Geruch aus der Küche kam mir bekannt vor. Es dauerte nicht lange, da wusste ich, was es war. »Theo, wie um alles in der Welt hast du herausbekommen, wo man in Manhattan *Mole* bekommt?«, fragte ich.

»In *Mole* ist Kakao, und der wird von La Granja geliefert«, erklärte Theo. »Außerdem bin ich sehr beliebt in dieser Stadt.«

Der Laden hatte nur drei Tische, zwei von ihnen waren bereits besetzt, als wir hereinkamen. Auf den Tischen lagen blau-weiß karierte Decken, in blauen Glashaltern standen Kerzen. Neben dem Kamin neigte eine vertrocknete Rose in einer Vase ihren schlanken Hals.

Die *Mole* war vielleicht nicht ganz so gut wie in

Granja Mañana, aber sie kam schon nah heran. Sie schmeckte lecker und würzig. Mir stiegen Tränen in die Augen.

»Anya«, sagte Theo, »du weinst ja. Du musst wirklich einen Riesenhunger gehabt haben.«

»Das liegt an dem heißen Essen. Alles gut.« Ich wedelte mit der Hand vor meinem Gesicht herum. »Ich mag es, wenn es heiß ist.«

Ich aß noch drei Teller. Mir war gar nicht klar gewesen, wie viel Hunger ich gehabt hatte. Theo lachte über mich, als ich mich zurücklehnte und überlegte, ob ich noch ein viertes Mal nachbestellen solle.

»Ich kann nicht mehr«, sagte ich schließlich, schob den Teller von mir und verkniff mir einen Rülpser. Ich war so zufrieden, mir war so mollig warm – ein ungewöhnliches Gefühl für mich.

Da wir kein Taxi bekamen, gingen wir zu Fuß zurück zum Club. Es dauerte Stunden, aber wir waren jung und stark und hatten genug Zeit.

»Besonders sicher ist das nicht«, warnte ich Theo.

»Aber es ist ja hell, und ich habe meine Machete dabei.«

Als wir den südlichen Rand des Central Park erreichten, begann es zu schneien. Es war ein wenig kalt, weshalb ich mich nicht wehrte, als Theo mir den Arm um die Schultern legte.

»Theo«, sagte ich schuldbewusst, »ist es nicht besser, wenn wir Freunde bleiben?«

»Wer sagt denn, dass wir keine Freunde sein können, nur weil wir hin und wieder mal im Park knutschen?«

Ich beugte mich vor, um ihn zu küssen, aber hielt dann inne. »Du musst wissen, dass ich dich nicht auf diese Weise liebe.«

»Was macht das schon? Ich liebe dich auch nicht. Lass uns einfach ein bisschen Spaß haben. Ich mag dich, du magst mich. Wir müssen nicht von *amor* reden oder von so was *estúpido*. Wir sind beide allein und sehen gut aus. Warum also nicht?«

Ja, warum eigentlich nicht?

Ich roch bestimmt nach *Mole* aus dem Mund, aber was machte das schon? Theo betete mich nicht an. Er sah in mir keine Prinzessin. Will sagen: Er wusste, dass mein Atem nicht immer nach Minzkaugummi und Zimt roch. Ich beugte mich vor und gab ihm einen leidenschaftlichen Kuss. Manchmal macht es Spaß, jemanden zu küssen, nur weil er niedlich ist und es sich *so gut* anfühlt.

Seit der Geburt von Felix hatte ich Scarlet höchstens vier- oder fünfmal gesehen. Sie war zwar zur Eröffnung des Clubs gekommen, aber früh wieder gegangen, bevor es anfing, lustig zu werden. Auf meiner Silvesterfeier war sie nicht gewesen, weil sie die Feiertage mit Gables Eltern verbracht hatte. In dem Versuch, eine gute Patentante zu sein, war ich mit ihr und Felix in die Mitternachtsmette gegangen. Aber das war es auch schon. Die Schule verband uns nicht mehr, Scarlet wohnte jetzt viel weiter entfernt als vorher – fast am anderen Ende der Stadt.

Einige Tage nach Ostern kam ich aus dem Club nach Hause, und da saß sie mit Felix auf dem Arm auf der Couch im Wohnzimmer. Sie sah genauso hübsch aus wie immer, auch wenn sie dünner war als vor dem Kind. Zwischen ihren Augenbrauen hatte sich eine kleine Falte gebildet. »Gable ist abgehauen«, sagte sie. »Seine Eltern geben mir die Schuld. Ich kann da nicht länger bleiben.«

»Wo ist Gable denn?«, fragte ich.

»Keine Ahnung«, antwortete Scarlet. »Wir streiten uns ständig. Er hasst die Arbeit im Krankenhaus. Seine Eltern machen uns Druck, dass wir heiraten sollen, aber das wollen wir beide nicht. Und jetzt ist er weg.«

»Das tut mir leid, Scarlet.« Eigentlich tat es mir für Felix leid, nicht so sehr für sie. Die ganze Situation war übel, aber ich wunderte mich nicht. Wenn man nur lange genug wartete, wurde Gable »Arschley« seinem Nachnamen immer gerecht.

»Können wir nicht eine Zeitlang hier bleiben? Ich will nicht wieder bei meinen Eltern wohnen, und bei Gables kann ich auch nicht bleiben, wo seine Mutter mich so hasst.«

»Natürlich kannst du hier unterkommen.« Obwohl im Moment ziemlich viele Personen in meiner Wohnung lebten: Noriko, Leo, Theo und Natty, wenn sie zu Hause war. »Du kannst Nattys Zimmer haben, so lange sie im Internat ist.«

»Außerdem muss ich mir Arbeit suchen. Ich habe für einige Theaterstücke vorgesprochen. Ein paarmal war ich kurz davor, genommen zu werden …«

»Das ist ja super, Scarlet!«

»Aber jetzt, wo Gable weg ist, kann ich es mir nicht leisten, noch länger zu warten. Ich muss

eine Möglichkeit finden, um Geld zu verdienen.«
Sie verzog das Gesicht. »Ich frage ja nicht gerne,
aber würdest du mir eine Stelle im Club geben?
Als Bedienung oder Kellnerin oder so? Ich weiß,
dass ich keine anderen Qualifikationen habe. Wenn
ich einen Job mit Trinkgeld und flexibler Arbeits-
zeit hätte, könnte ich sogar hin und wieder für
Stücke vorsprechen.«

Ich setzte mich neben Scarlet. In Gegenwart von
Felix war ich noch immer unbeholfen, doch er
kletterte trotzdem auf meinen Schoß.

»Gut so«, sagte Scarlet. »Setz dich mal auf deine Patentante! Du wirst eh zu schwer für mich, Felix.«

»Hallo, Felix!«

»Hi!«, sagte der Kleine.

»Wow! Der kann ja sprechen!«, rief ich und
grüßte ihn erneut: »Hi.«

Er winkte und lachte.

»Wir können auf jeden Fall noch eine Kellnerin im
Club gebrauchen, aber wäre das nicht seltsam für
dich? Ich meine, ich würde dir lieber etwas Besseres anbieten.«

»Es gibt nicht gerade massenweise Arbeit in der
Stadt, und ich habe keine großen Ansprüche.
Kann ich mir nicht leisten.«

»Wer passt denn auf Felix auf, wenn du arbeiten
bist? Ich bin nicht oft zu Hause.«

»Nein, darum würde ich dich niemals bitten. Das könnte mein Vater übernehmen. Dad versucht immer, mir zu helfen, wo er nur kann. Eigentlich ist es meine Mutter, die mir ständig Vorwürfe macht. Deshalb kann ich auch nicht bei denen wohnen.«

»Wenn du willst, fahre ich mit dir zu Gables Wohnung, damit du eure Sachen abholen kannst.«

Scarlet lachte. »Das hört sich jetzt ganz furchtbar an. Und ich weiß, dass ich dich schon um vieles gebeten habe. Aber würdest du … würde es dir etwas ausmachen, ohne mich hinzufahren? Ich will mit Felix nicht noch mal in die Wohnung von Gables Eltern. Die regen sich immer so auf. Ich will nicht, dass er das mitbekommt.«

In dem Moment kam Theo ins Wohnzimmer. »Ich passe auf den Kleinen auf«, bot er sich an, »dann könnt ihr beide fahren.« Er musste gelauscht haben.

Theo ging zur Couch und nahm Felix von meinem Schoß. »Guck mal! *Los niños,* die lieben mich.«

Felix griff nach Theos Schnäuzer, den er sich seit seinem Umzug nach New York stehen ließ.

Er hielt Scarlet die Hand hin. »Wir kennen uns noch nicht. Ich bin Theo.«

»Scarlet«, stellte sie sich vor. »Und das ist Felix.«

»Ah, Anyas beste Freundin. Ich bin ihr Freund.«

Scarlet sah mich an. »Was? Seit wann hast du einen Freund?«

»Er ist nicht mein Freund.«

»Mein Englisch ist nicht so gut«, sagte Theo. »Ich wollte nur sagen, ich bin mit ihr befreundet.«

»Das verstehe ich jetzt nicht«, sagte Scarlet. »Ist er nun dein Freund oder ein Freund?«

Ich seufzte. »Das sind doch nur Wörter! Wir fahren jetzt besser los, wenn du das heute Abend noch erledigen willst.« Ich wandte mich an Theo. »Außerdem wird Scarlet deine neue Kellnerin.«

»Moment mal! Was?«, rief Theo. »Du bist ja wirklich hübsch anzusehen, aber hast du auch Erfahrung?«

»Ich lerne schnell«, erwiderte sie lächelnd.

Scarlet schloss die Tür zur Wohnung von Gables Eltern auf. »Vielleicht sind sie ja nicht zu Hause.«

Wir gingen hinein, es war niemand da. Scarlet wies mich an, alle Sachen aus ihrem Zimmer einzupacken, und kümmerte sich ums Kinderzimmer. Ich warf ihre Klamotten in einen Koffer, ihre Schminksachen und den Schmuck in eine Kiste. Als ich fast fertig war, hörte ich, wie die Wohnungstür geöffnet wurde.

»Scarlet?«, rief eine Frau. Es war die Stimme von Gables Mutter.

»Ich bin im Kinderzimmer!«, antwortete Scarlet.

Ich stellte Koffer und Kiste neben der Wohnungstür ab und wartete draußen vor dem Kinderzimmer. Ich vermutete, es könne Ärger geben, und wollte deshalb in der Nähe sein.

»Du kannst uns nicht unser Enkelkind wegnehmen!«, rief Gables Mutter.

»Ich nehme ihn euch nicht weg. Das würde ich niemals tun. Aber wir können hier nicht mehr wohnen. Das tut keinem von uns gut. Und da Gable verschwunden ist, ist es auch nicht gerade sinnvoll.«

»Gable kommt zurück«, behauptete seine Mutter. »Er ist durcheinander.«

»Nein«, entgegnete Scarlet. »Er kommt nicht zurück. Er hat mir gesagt, dass er nicht zurückkommt, und ich glaube ihm.«

»Gable ist ein guter Junge«, beharrte seine Mutter. »Er würde die Mutter seines Kindes nicht verlassen.«

»Das hat er schon längst«, sagte Scarlet. »Vor einem Monat.«

Ich war bestürzt, dass Scarlet einen ganzen Monat gebraucht hatte, um mir vom Ende ihrer Beziehung zu erzählen.

»Tja, aber meinen Enkelsohn kannst du nicht mitnehmen«, wiederholte Gables Mutter. »Das lasse ich nicht zu. Ich rufe die Polizei.«

Nun ging ich ins Kinderzimmer. »Ehrlich gesagt, hat sie jedes Recht, Ihren Enkelsohn mitzunehmen.«

»Was will *die* denn hier?« Gables Mutter war kein großer Fan von mir.

»Scarlet ist die Mutter, die Rechte von Großeltern werden nicht automatisch von der Stadt anerkannt«, erklärte ich.

»Warum sollte ich dir das glauben?«, fragte Gables Mutter. »Du bist keine Anwältin. Du bist ein billiges Mädchen mit einem Nachtclub.«

»Sie sollten mir glauben, weil billige Mädchen wie ich ein hartes Leben hinter sich haben.« Ich schob mich ganz dicht an das hässliche Gesicht von Gables Mutter heran. »Seit meiner Kindheit stehe ich vor Familien- und Jugendgerichten. Ich weiß alles, wenn es darum geht, wer das Sorgerecht für wen zugesprochen bekommt.«

»Das ist alles deine Schuld!«, kreischte Gables Mutter mich an. »Wenn du ihn nicht vergiftet hättest ...«

»Ich habe ihn nicht vergiftet. Und Ihr Sohn war ein furchtbarer Freund, weshalb es mich nicht überraschte, dass er auch ein furchtbarer Vater und

Verlobter ist. Komm, Scarlet, wir gehen!« Gables Mutter wollte uns die Tür versperren, aber ich drängte sie beiseite.

Es dauerte ewig, ein Taxi zu bekommen, und fast genauso lange, um Scarlets Habseligkeiten im Kofferraum und auf der Rückbank zu verstauen. Schweigend fuhren wir los. »Danke«, sagte sie, als das Taxi am Central Park entlangfuhr. »Ich weiß es wirklich zu schätzen, dass du mitgekommen bist.«

»Ich bin froh, dass du mich angerufen hast, auch wenn ich es nicht fassen kann, dass du einen Monat gewartet hast, um mir von Gables Verschwinden zu erzählen.«

»Ehrlich gesagt, war ich ein bisschen sauer auf dich«, gestand Scarlet.

»Warum?«

»Ist wahrscheinlich nicht nur deine Schuld, aber wir haben uns nicht oft gesehen, und dann hab ich in der Zeitung gelesen, wie gut das alles mit dem Club für dich läuft. Da war ich schon ziemlich verbittert. Weißt du, ich hab immer versucht, ein guter Mensch und eine gute Freundin zu sein, aber jetzt guck dir an, was aus meinem Leben geworden ist.«

»So kannst du das doch nicht sehen.«

»Tu ich meistens auch nicht, aber manchmal schon. Und dann werde ich sauer, weil ich das Gefühl habe, dass du deinen Weg ohne mich machst. Dass du tolle neue Freunde hast und mit mir nichts mehr zu tun haben willst.«

»Scarlet, ich hatte viel zu tun, das ist alles, und ich weiß, wie schwer es für dich ist, mit dem Baby irgendwelche Pläne zu machen. Wenn du mich gebraucht hättest, wäre ich da gewesen.«

Scarlet seufzte. »Ich weiß, aber deshalb ist es wohl auch so schwer, mit dir befreundet zu sein. Manchmal würde ich auch gerne von dir hören, dass du mich brauchst. Ich meine, habe ich dir überhaupt gefehlt? Wir haben dieses Jahr so ungefähr dreimal miteinander gesprochen.«

Ich legte den Arm um sie. »Scarlet, es tut mir leid, dass ich nicht … Es tut mir leid, dass ich mein Herz nicht auf der Zunge trage.«

»Tja, das kann man wohl sagen. Irgendwann habe ich mir sogar vorgenommen, mich überhaupt nicht mehr bei dir zu melden. Weißt du, wie lange es gedauert hat, bis du mich angerufen hast?«

Ich wollte es gar nicht wissen.

»Vier Monate.«

»Es tut mir leid. Ich bin eine schlechte Freundin.«

»Bist du nicht. Du bist die beste Freundin. Du bist

meine beste Freundin. Aber du hast so deine Fehler.«

»Ich weiß.«

»Ach, du brauchst nicht beleidigt zu sein. Eigentlich wollte ich dir sagen, dass mir klar geworden ist, wie dumm ich mich verhalten habe. Auch wenn wir uns nicht mehr so oft sehen wie früher, gibt es doch niemanden sonst, den ich heute Abend hätte bei mir haben wollen. Und ist das nicht lustig? Man kann einen Jungen verlieren – wir haben weiß Gott schon so einige verloren. Aber selbst wenn ich wollte, könnte ich dich niemals verlieren.«

In den ersten sechs Monaten des Jahres 2085 umwarb Mr Delacroix neue Investoren, während Theo und ich auf der Suche nach perfekten Orten für neue Filialen quer durch die Vereinigten Staaten reisten. Wenn wir unterwegs waren, führten Noriko und Leo den Club in New York. Ich war zwar schon im Ausland gewesen, aber in Amerika kannte ich nur Manhattan und die umgebenden zweihundert Quadratkilometer. Es interessierte mich zu sehen, wie die Menschen in anderen Städten lebten. Ich machte den für die Jugend typischen Fehler zu glauben, überall sei es wie bei uns: Man wohnte in einem Apartment, fuhr mit dem Bus und ging am Samstag zum Markt. Dem war aber überhaupt nicht so. In Illinois gab es noch immer Lebensmittelgeschäfte. In Kalifornien wuchsen überall Obst und Blumen. (Meine Nana hätte es herrlich gefunden.) In Texas roch es nach Feuer. In Pennsylvania besuchten Theo und ich eine Geisterstadt, die das Motto »süßester Ort der Welt« trug. Früher hatte es in Hershey eine Schokoladenfabrik und sogar einen Schokoladen-Vergnügungspark gegeben. Ich hätte es nicht geglaubt, wenn ich nicht mit eigenen Augen die alte Statue eines vermenschlichten Schokoriegels gesehen hätte. Er hatte Glubschaugen, grinste wie ein Irrer und trug weiße Handschuhe und Sattelschuhe. Ich nehme an, er war zur Kinderbelustigung gedacht, doch ich fand ihn furchterregend. Trotzdem: ein Schokoladen-Vergnügungspark! Wer kann sich so was vorstellen?

Im Juli hatten Mr Delacroix und ich so viel Geld zusammengetrommelt, dass der Club in fünf Städte expandieren konnte: San Francisco, Seattle, Brooklyn, Chicago und Philadelphia. »Herzlichen Glückwunsch, Anya«, sagte Mr Delacroix, als die letzten Verträge unterzeichnet waren. »Jetzt bist du offiziell eine Ladenkette, die in unserem großartigen Land sehr bald an sechs Orten vertreten sein wird. Ist es das, was du dir gewünscht hast? Bist du jetzt eine ganz neue Frau?«

»Ich bin dieselbe geblieben«, sagte ich. »Und am liebsten hätte ich zehn neue Läden.«

»Das musste ja kommen. Was wohl der Grund dafür ist, dass Anya Balanchine nie aufhören kann?«

»Das Übliche«, gab ich locker zurück. »Ich versuche, die große Last von meinen Schultern zu wälzen, die ich seit dem Tod meiner Eltern trage. Das ständige Gefühl, dass nicht genug Liebe für mich da ist. Jedem etwas beweisen zu wollen, der sich mir in den Weg gestellt hat oder mich niedermachen wollte. Zum Beispiel meine Lehrer, meine Ex-Freunde, die *Semja*, die Polizei, die Staatsanwälte.«

»Die *amtierende* Staatsanwältin«, sagte Mr Delacroix. »Aber versuch doch trotzdem, dich ein bisschen zu freuen, ja? Den Moment zu genießen.«

»Das ist nicht meine Art, Kollege«, sagte ich lächelnd.

An dem Abend, als der letzte Vertrag abgeschlossen war, gaben Noriko und Leo ein kleines Abendessen, um die Expansion der Firma zu feiern. Ich weiß nicht, ob es an Leos Gefängnisaufenthalt oder an Norikos Einfluss lag, aber mein Bruder war ein neuer Mann, seit er entlassen worden war. Zum einen besaß er plötzlich ungeahnte Fähigkeiten: Er wusste, wie man eine Weinflasche öffnet, wie man einen Fisch anbrät, wie man Vorhänge anbringt, wie man den Abfluss repariert. Er freundete sich mit den anderen Leuten in unserem Haus an – vielleicht bin ich ja ungesellig, aber abgesehen von einem hingebrummten Gruß hatte ich in den achtzehneinhalb Jahren, die ich hier wohnte, noch nie ein Wort mit unseren Nachbarn gewechselt. Leo erschien mir fähiger (in gewisser Weise sogar fähiger als ich), er wirkte nicht mehr wie ein Kind, das von mir überwacht und umsorgt werden musste. Wenn er Frust bekam, was nur noch selten vorkam, legte Noriko ihm die Hand auf den Rücken, und es dauerte nicht lange, dann war er wieder ruhig. (Natty witzelte, Noriko sei ein Leo-Flüsterer.) Zwischen mir und meinem Bruder hatte es früher öfter Reibereien gegeben, doch jetzt hatte ich zum ersten Mal in meinem Leben das Gefühl, ihn als Mensch würdigen zu können.

Noch etwas: Noriko und Leo begeisterten sich für Inneneinrichtung. Einmal, als ich nach Hause kam, hatten sie die Wände in einem dunklen Violett gestrichen, ein andermal unser altes Sofa mit grauem Wollstoff neu bezogen. Zum ersten Mal seit dem Tod meiner Eltern wurde unsere Wohnung ein Heim.

Zu dem Abendessen eingeladen waren Lucy, Scarlet, Felix, Theo und Mr Delacroix mit seiner neuen Freundin Penelope, die eine schrille Stimme hatte, so dass jeder Satz, den sie von sich gab, einem Schauer über den Rücken jagte. Penelope besaß eine sehr erfolgreiche PR-Agentur, wie sie mir an dem Abend mindestens zehnmal erzählte. Sie war völlig anders als Wins Mutter, die hübsche dunkelhaarige Farmerin.

Alle gingen davon aus, Theo und ich seien ein Paar, auch wenn ich ihn nie als meinen Freund bezeichnete. Abgesehen von dem einen Mal bei Scarlet nannte er sich selbst auch nicht mehr so. Ich fühlte mich wohl in seiner Gesellschaft, mochte seine Neckereien, seinen Zimtgeruch. Ich mochte ihn und mich selbst, wenn ich mit ihm zusammen war. Ich war von Natur aus zurückhaltend und Theo genau das Gegenteil. Andere Menschen schienen besser mit mir klarzukommen, wenn sie mich mit ihm zusammen trafen. Seine Wärme und gute Laune gaben mir Auftrieb. Dennoch wollte ich ihn nicht besitzen; ich erwartete nicht einmal von ihm, dass er aufhörte, sich mit anderen Mädchen zu treffen (ich wusste, dass er das tat). Wenn wir getrennt waren, brach es mir nicht das Herz, auch wenn ich mich immer freute, ihn wiederzusehen.

Ich verstand natürlich, warum man zu dem Schluss kommen konnte, Theo sei mein Freund. Wir arbeiteten zusammen und lebten sogar unter einem Dach – Nana wäre entsetzt gewesen. Ich hatte nicht vorgehabt, in Sünde zu leben; die Vorstellung gefiel mir nicht besonders. Aber Theo war

nun mal in einem Notfall nach New York gekommen und dann nicht mehr ausgezogen.

(Rückblickend hätte ich ihn wohl besser dazu gezwungen.)

Nach dem Abendessen sagte ich Noriko und Leo,
sie könnten ins Bett gehen, ich würde aufräumen.
Noriko zog sich zurück, aber Leo blieb noch auf,
um mir zu helfen. »Annie«, sagte er, als wir mit
dem Abtrocknen fast fertig waren, »was würdest
du davon halten, wenn Noriko und ich nach San
Francisco gingen, um den neuen Club dort aufzubauen?«

»Fühlst du dich denn nicht wohl in New York?«,
fragte ich.

»Doch, natürlich, Annie. Ich liebe es hier zu sein.
New York ist meine Heimat. Aber ich würde das
wirklich sehr gerne machen.«

»Warum?« Ich hängte das Küchentuch über die
Rückenlehne des Stuhls.

»Ich glaube, ich möchte gerne etwas auf die Beine
stellen, so wie du in New York. Das könnte ich in
San Francisco tun, wenn du einverstanden wärst.
Ich weiß, dass ich früher große Fehler gemacht
habe und du sie für mich ausbügeln musstest.
Aber jetzt bin ich klüger, Annie. Ich mache nicht
mehr so viele Fehler.«

»Und was ist mit Noriko?«, fragte ich. »Was hält sie von diesem Plan?«

»Sie findet ihn spannend, Annie. Sie ist so klug und hat so tolle Ideen. Zusammen mit ihr fühle ich mich auch klüger.« Es ist mir peinlich zuzugeben, aber ich hatte Sorge gehabt, wenn sich Norikos Englisch verbesserte, würde sie das Interesse an meinem Bruder verlieren und ihn womöglich sogar verlassen.

Ich sah Leo an. Sein Gesicht, das ich so gut kannte, war gleichzeitig das eines kleinen Jungen und eines erwachsenen Mannes. Ich wusste, dass es ihn große Überwindung kostete, mich um etwas zu bitten. »Wenn ich mich einverstanden erkläre, muss ich dich genauso behandeln wie alle anderen Angestellten auch. Wenn es nicht funktioniert, werfe ich sowohl dich als auch Noriko raus.«

»Das weiß ich, Annie! Nichts anderes würde ich erwarten. Aber es wird nicht schiefgehen.«

»Na gut«, sagte ich. »Das einzige Problem wird wohl sein, wie sehr ihr mir fehlen werdet.« Ich war gerne in dem Bewusstsein nach Hause gekommen, ihn und Noriko dort vorzufinden.

Begeistert schlang Leo die Arme um mich. »Danke, dass du mir vertraust! Ich werde dich nicht enttäuschen. Das schwöre ich.« Wieder drückte er mich an sich. »Moment, ich habe noch eine andere Idee. Was hältst du davon, wenn wir Simon Green mit uns nach San Francisco nehmen? Wir brauchen einen Anwalt, und ich weiß, dass Simon eine Stelle gebrauchen könnte.«

Leo war auf jeden Fall ein besserer Mensch als ich. Ehrlich gesagt, war das nicht der schlechteste Vorschlag, und zumindest würde so ein ganzer Kontinent zwischen mir und Simon Green liegen.

»Das musst du selbst wissen, Leo«, sagte ich. »San Francisco ist euer Ding. Noriko und du könnt einstellen, wen ihr wollt.«

Ungefähr eine Woche nach meinem neunzehnten Geburtstag brachen die drei gemeinsam auf. Ich weinte am Flughafen, keine Ahnung, warum. Ich hatte nicht damit gerechnet, aber der Anblick meines Bruders mit seiner Frau, die mir sehr ans Herz gewachsen war, erfüllte mich plötzlich mit unerwarteten Emotionen. Leo erinnerte mich so sehr an meinen Vater. Alles, was ich geopfert hatte, um ihn in Sicherheit zu bringen, schien sich auf einmal auszuzahlen.

»Ich komme schon klar, Annie«, sagte Leo.

»Ich weiß.«

»Aber du hörst trotzdem niemals auf, dir Sorgen um mich zu machen, oder?«

»Das ist es ja gerade, Leo. Ich mache mir keine

Sorgen mehr. Deshalb weine ich. Ich bin erleichtert. Ich glaube wirklich, dass du allein klarkommst.«

Da Leo und Noriko nicht mehr da waren, konnten Theo und ich nicht mehr gleichzeitig verreisen – ich musste mich um den Club in New York kümmern, sozusagen das Mutterhaus des Unternehmens, und Theo war damit beschäftigt, die Küchen in den neuen Filialen aufzubauen. Dementsprechend sah ich in der zweiten Hälfte des Jahres 2085 weniger von ihm als im ersten Halbjahr. Eines Abends im Oktober rief er mich aus einem Hotelzimmer in Chicago an. »Du fehlst mir, Anya. Sag, dass ich dir auch fehle.«

»Du fehlst mir«, antwortete ich gähnend.

»Das hört sich nicht an, als würdest du mich auch nur im Geringsten vermissen«, sagte er.

»Ich bin bloß müde, Theo. Natürlich vermisse ich dich.«

»Gut, dann musst du Weihnachten mit mir nach Hause kommen.«

»Ich weiß nicht. Natty und ich haben die Feiertage immer in New York verbracht.«

»Sie kann auch mitkommen.«

»Flüge sind teuer.«

»Du bist eine reiche Frau. Wir beide sind doch inzwischen ständig beruflich mit dem Flugzeug unterwegs.«

»Werde ich nicht von deiner gesamten Familie gehasst, weil ich ihr den geliebten Theo weggenommen habe?«

»Nein. Sie werden sich freuen, dich zu sehen. Du bist seit fast zwei Jahren nicht mehr in Chiapas gewesen. Außerdem ist die *Mole* nicht schlecht, die wir bei Dalí essen können, aber sie kommt nicht an die von meinen Abuelas heran.«

»Du bist ganz schön hartnäckig«, sagte ich.

»So muss man sein, wenn man Kakao anbaut. Kakao ist eine anspruchsvolle Pflanze, wie auch du wohl weißt. Bei zu viel Nässe schimmelt sie. Zu wenig Wasser lässt sie vertrocknen. Man kann sie auch nicht einfach mit Zuneigung überschütten. Manchmal muss sie in Ruhe gelassen werden, damit sie gedeiht. Wenn man es ihr zu leicht macht, bringt sie keine reiche Ernte hervor. Manchmal macht man alles richtig, und sie ist trotzdem nicht zufrieden. Man muss sich ständig in Erinnerung rufen, nichts krumm zu nehmen – denn so ist sie nun mal. Aber sie ist die Mühe wert, ich sage dir, Anya, das ist sie. Macht man alles richtig, wird man mit einer ungewöhnlichen Süße belohnt, mit einem vollmundigen Geschmack, den man nirgends sonst findet. Der Anbau von Kakao hat mich hartnäckig gemacht, wie du sagst, aber ebenso geduldig und bedächtig. Alles, was wert ist, geliebt zu werden, ist schwierig. Aber ich schweife vom Thema ab. Kommst du Weihnachten mit mir nach Chiapas, ja? Meine Bisabuela wird nicht jünger, und du hast schon oft gesagt, dass du Natty unsere Plantage zeigen willst.«

X. Ich kehre zurück nach Chiapas: Weihnachten in
Granja Mañana und ein Antrag, oder
das Zweitschlimmste, was mir je auf einer
Kakaoplantage passiert ist

Das Jahr war schnell und schmerzlos vergangen,
ohne die Tränen, das Blut und die Tragödien, die
vom Leben zu erwarten ich gelernt hatte. Das
Schlechteste, was ich über 2085 sagen konnte,
war, dass die Arbeit mich müde machte. (Das
Schlechteste, was ich über meine Taten in dem
Jahr *nicht* zugeben wollte, war vielleicht, dass es
ein Fehler gewesen war, mich auf Theo einzulassen.) In der letzten Dezemberwoche ließ ich meinen Nachtclub in den fähigen Händen meiner Angestellten und stieg zusammen mit Theo und
Natty in ein Flugzeug nach Chiapas.
Bei meiner ersten Reise nach Mexiko war ich als
Passagier mit angeklebtem Schnurrbart und fal-
schem Namen auf einem Frachtschiff gefahren.
Versteht sich von selbst, dass der Flug glatter verlief. Seit Jahren hatte ich mir gewünscht, mit
Natty in Chiapas zu sein, und es war herrlich, das
Land mit ihren Augen zu sehen. Sie freute sich
über die klare Luft und den blauen Himmel, über
die ungewöhnlichen Formen und Farben der Blu-

men, über die Schokoladenläden, die sich nicht verstecken mussten. Ich genoss es richtig, sie Theos Familie vorzustellen: seiner Mutter Luz, seiner Schwester Luna, seinem Bruder Castillo, dem Priester, und natürlich seinen beiden Abuelas. (Theos zweite Schwester Isabelle verbrachte die Feiertage in Mexico City.) Schade war nur, dass die ältere der beiden Abuelas, Theos Bisabuela, ihr Zimmer nicht mehr verlassen konnte. Sie war siebenundneunzig Jahre alt, und man ging davon aus, dass sie nicht mehr sehr lange leben würde.

Als wir ankamen, marschierte Luna an ihrem Bruder vorbei und schloss mich in die Arme. »Warum hast du so lange auf dich warten lassen?«, fragte sie. »Du hast uns ganz schrecklich gefehlt.«

»Hey, Luna«, sagte Theo. »Dein dich liebender Bruder ist auch hier.«

Luna ignorierte ihn. »Und du bist bestimmt Natty. Die schlaue Schwester, nicht?«

»Meistens«, sagte Natty.

Luna flüsterte Natty verschwörerisch zu: »Ich bin auch die Schlaue in unserer Familie. Das kann furchtbar lästig sein, nicht?« Dann sprach sie ihren Bruder und mich an: »Nett von euch, dass ihr *nach* der großen Kakaoernte auftaucht. Vor einer Woche hätten wir eure Hilfe gut gebrauchen können.«

Natty und ich hatten unser Gepäck gerade in unserem Zimmer abgestellt, als man mir sagte, Bisabuela wolle mich sehen. Ich zog mir ein Kleid an und ging hoch zu ihrem Zimmer, wo Theo bereits an ihrer Seite saß.

»*Aan-ju*«, sagte sie mit rauer Stimme, dann folgte etwas auf Spanisch, das ich nicht verstand. Meine Sprachkenntnisse waren eingerostet. Sie drohte mir mit ihrem knorrigen Finger. Hilfesuchend schaute ich Theo an.

»Sie sagt, sie freut sich, dich zu sehen«, übersetzte Theo. »Du siehst sehr gut aus, bist weder zu dick, noch zu dünn. Sie ist traurig, dass es so lange gedauert hat, bis du auf die Plantage zurückgekehrt bist. Sie möchte noch einmal sagen, dass es ihr leid tut, was Sophia Bitter dir angetan hat. Sie … Nana, das werde ich nicht übersetzen!«

»Was denn?«, fragte ich.

Theo und seine Urgroßmutter wechselten mehrere Sätze miteinander. »Na gut. Sie sagt, wir wären beide fromme katholische Kinder, sie fände es nicht gut, dass wir in Sünde leben. Und Gott würde es auch nicht mögen.« Theos Kopf wurde rot wie eine überreife Erdbeere.

»Sag ihr, dass sie das falsch versteht«, erwiderte ich. »Dass wir beiden nur Freunde sind. Sag ihr, dass meine Wohnung sehr groß ist.«

Theo schüttelte den Kopf und verließ das Zimmer. Ich nahm die Hand seiner Urgroßmutter. »Er ist nur ein Freund. Das ist keine Sünde.« Ich wusste, dass das nicht ganz der Wahrheit entsprach, aber schämte mich nicht für eine Lüge, die das Gewissen einer lieben alten Dame erleichterte.

Bisabuela schüttelte den Kopf. »*El te ama, Aanju. El te ama.*« Sie legte eine Hand aufs Herz und zeigte dann auf die Tür, durch die Theo gerade gegangen war.

Ich gab ihr einen Kuss auf die faltige Wange und tat so, als hätte ich keine Ahnung, was sie gesagt hatte.

Bei meinem letzten Weihnachtsfest auf La Granja hatte ich zu viele Sorgen gehabt, um es wirklich zu genießen. Damals war ich auf der Flucht gewesen, fern von allen, die ich liebte. Aber in diesem Jahr, da Natty mich begleitete und meine Sorgen auf einem Rekordtief waren, erlaubte ich mir, mich unter Theos Familie wohlzufühlen.

Am Vormittag überreichten wir uns die Geschenke. Natty und ich hatten Seidenschals für die Marquez-Frauen mitgebracht. Für Theo hatte ich einen neuen Lederkoffer gekauft, den ich ihm bereits vor unserer Abreise gegeben hatte. Er war so viel für mein Unternehmen unterwegs, dass ich dachte, er könne ihn gut gebrauchen. Ich bekam von ihm ein Etui für meine Machete, in die mein ehemaliger Deckname ANYA BARNUM gebrannt war. »Jedes Mal, wenn du diese Machete aus deinem Rucksack ziehst, muss ich lachen«, sagte er.

Zum Essen gab es *Mole* mit Truthahn und als Dessert *Tres Leches*. Natty aß so viel, dass sie sich anschließend ins Bett legte – Siesta war eine heilige Tradition auf La Granja. Während meine Schwester ihr Nickerchen hielt, fragte mich Theo, ob ich mit ihm einen Gang über die Kakaoplantage machen wolle.

Das letzte Mal, als Theo und ich über diese Felder gelaufen waren, hatte uns ein Attentäter angegriffen, der mich umbringen wollte. (So absurd es auch klingt, davon zu erzählen, aber das gehört zu meinem Leben.) Theo war dabei schwer verletzt worden, und ich hatte dem Angreifer die Hand abgetrennt. Auch zwei Jahre später wusste ich noch genau, wie es sich angefühlt hatte, die Klinge in das Fleisch und den Knochen zu schlagen.

Aber die Plantage barg nicht nur schlechte Erinnerungen. Hier hatte Theo mir alles über Kakao beigebracht. Wenn ich nicht hierhergekommen wäre, hätte ich niemals den Club eröffnet.

Ich sah eine Kakaofrucht mit Anzeichen von Pilzbefall. Aus Gewohnheit zog ich meine Machete hervor und schlug sie ab.

»Du hast dein Gespür nicht verloren«, bemerkte Theo.

»Kann sein.« Ich schob die Machete zurück in die Hülle.

»Ich werde sie für dich schleifen, bevor wir zurückfliegen«, erbot sich Theo und schob seine Finger in meine. Schweigend liefen wir eine Weile nebeneinander her. Es war kurz vor Sonnenuntergang, aber ich war froh, draußen zu sein und die letzten Strahlen der warmen mexikanischen Sonne auf der Haut zu spüren.

»Freust du dich, dass du hergekommen bist?«, fragte Theo.

»Ja. Danke, dass du mich eingeladen hast. Ich musste wirklich mal raus aus der Stadt.«

»Ich kenne dich, Anya«, sagte er. »Ich kenne dich besser als du selbst.«

Wir schlenderten weiter, hielten hin und wieder an, um uns um einzelne Pflanzen zu kümmern. Als wir das Ende des Feldes erreicht hatten, blieb Theo stehen.

»Wir drehen besser um«, schlug ich vor.

»Noch nicht«, entgegnete er. »Ich muss dir etwas sagen.« Aber er sagte nichts.

»Was ist denn, Theo? Raus damit! Mir wird kalt.«
Im Dezember wurde die Luft in Mexiko abends schlagartig eisig, auch wenn es vorher noch warm gewesen war. Theo griff nach dem Ledergürtel, mit dem ich mir die neue Machetenhülle um die Taille gebunden hatte. Er löste die Schnalle.
»Was machst du da?«, fragte ich.
Er zog die Machete aus der Scheide. »Hände weg von meiner Waffe!«, schimpfte ich und gab ihm einen spielerischen Klaps auf den Arm.
»Streck mal die Hand aus«, sagte Theo.
Er drehte die Scheide um, und ein kleiner Ring, silbern mit einer weißen Perle, fiel heraus und kullerte in meine Hand. »Du hast nicht richtig reingeschaut.«
Perplex stand ich da. Ich hoffte aufrichtig, dass es nicht das war, wonach es aussah. »Theo, was ist das?«
Er nahm meine Hand und schob mir den Ring auf den Finger. »Ich liebe dich, Anya.«
»Nein, tust du nicht! Du findest mich hässlich. Wir streiten uns ständig! Du liebst mich nicht.«
»Ich ärgere dich doch nur. Du weißt ja, wie ich bin. Ich liebe dich wirklich. Ich habe noch nie jemanden kennengelernt, den ich so liebe wie dich.«
Vorsichtig bewegte ich mich von ihm fort.

»Ich finde, wir sollten heiraten. Wir sind uns so ähnlich, und Bisabuela hat recht. Es ist falsch, dass wir zusammen leben, so wie im letzten Jahr, und dabei nicht verheiratet sind.«

»Theo, wir können nicht heiraten, nur weil unsere Wohnsituation deiner Urgroßmutter nicht gefällt.«

»Das ist nicht der einzige Grund, und das weißt du auch. Ich liebe dich. Meine Familie liebt dich. Und niemand wird jemals mehr mit mir gemein haben als du.«

»Aber Theo, ich liebe dich nicht, und das habe ich auch nie behauptet.«

»Was macht das schon? Du belügst dich selbst, was die Liebe angeht. Ich kenne dich, Anya. Du hast Angst davor, verletzt oder kontrolliert zu werden, deshalb redest du dir ein, nicht verliebt zu sein. Du hast Angst, glücklich zu sein, deshalb zerstörst du das Glück und vertreibst es, wann immer es auftaucht.« Er nahm meine Hand. »Sind wir dieses Jahr nicht glücklich gewesen?«

»Ja, aber ...«

»Gibt es denn jemanden, den du mir vorziehst?«

»Nein, Theo, ich mag niemanden lieber.«

»Natürlich nicht. Dann heirate mich, Anya. Gebe dich dem Glück hin.« Er schlang die Arme um mich.

»Theo«, sagte ich. »Ich will dich nicht heiraten. Ich will niemanden heiraten. Sieh dir meine Eltern an. Sieh dir Wins Eltern an.«

»Bei uns wird es anders sein. Ich kann dich schon als kleine alte Frau und mich als kleinen alten Opa sehen. Wir kochen zusammen und hänseln uns den lieben langen Tag. Und wir sind glücklich, Anya. Ich verspreche dir, dass wir glücklich sein werden.«

Er hörte mir nicht zu. Ich wusste nicht, wie ich es ihm beibringen sollte. Ich fühlte mich von ihm in die Falle gelockt, getäuscht, hereingelegt. Aber ich wollte den kleinen Ganoven auch nicht verlieren. Ich sah ihn an. Was stimmte eigentlich nicht mit mir, dass mir dieser gutaussehende, lustige Junge nicht genügte? »Theo, lassen wir es langsam angehen«, sagte ich.

»Meinst du damit eine Verlobung vor der Hochzeit?«

»Ich bin noch sehr jung. Ich brauche Zeit zum Nachdenken.«

»Du bist nicht jung«, sagte er. »Du warst noch nie jung. Du bist als alte Seele geboren, und du hast deinen eigenen Kopf, so lange ich dich kenne.«

»Theo«, wandte ich ein, »selbst wenn ich dich lieben würde, glaube ich nicht, dass Liebe allein als Grund ausreicht, um zu heiraten.«

Theo lachte mich an. »Welchen Grund brauchst du denn noch? Erzähl!«

Ich überlegte krampfhaft. »Keine Ahnung.« Der Ring war zu eng, er schmerzte an meinem Finger. Als ich ihn abzog, klemmte er kurz, dann rutschte er mir aus der Hand und landete irgendwo auf dem Boden. Ich hockte mich auf alle viere und begann, die Erde nach dem Schmuckstück abzusuchen. »Verzeih mir, Theo. Ich glaube, ich habe den Ring verloren.«

»Immer mit der Ruhe!«, sagte er. »Ich finde ihn schon.« Durch die jahrelange Arbeit auf der Kakaoplantage hatte Theo gute Augen. Innerhalb kürzester Zeit hatte er den Ring entdeckt. »Nicht schwer, eine Perle im Dreck zu finden«, sagte er.

Er wollte ihn mir zurückgeben, aber ich weigerte mich, ihn anzunehmen, und ballte die Hände zu Fäusten. »Bitte, Theo«, sagte ich. »Ich flehe dich an. Frag mich ein andermal.«

»Gib zu, dass du mich liebst. Ich weiß, dass du mich liebst.«

»Theo, ich liebe dich nicht.«

»Was haben wir dann bitte im vergangenen Jahr getan?«

»Ich weiß es nicht«, sagte ich. »Es war ein furchtbarer Fehler. Ich mag dich wirklich sehr.

Ich küsse dich gerne, und ich könnte dir nicht dankbarer sein. Aber ich weiß, dass ich dich nicht liebe.«

»Woher willst du das wissen?«

»Weil ich ... weil ich schon mal verliebt war. Und dieses Gefühl habe ich bei dir nicht.«

»Meinst du vielleicht Win? Warum bist du denn nicht mehr mit ihm zusammen, wenn du ihn so sehr liebst?«

»Weil ich noch andere Dinge wollte, Theo. Vielleicht reicht die Liebe vielen Menschen, aber mir reicht sie nicht.«

»Du verlässt Win, den Jungen, den du angeblich liebst, weil dir die Liebe nicht reicht. Ich biete dir Freundschaft, einen gemeinsamen Beruf und Spaß, aber das ist dir auch nicht genug. Du willst keine Liebe, aber dann wieder doch. Bist du schon mal auf die Idee gekommen, dass du mit nichts wirklich zufrieden bist?«

»Theo, ich bin erst neunzehn. Ich muss noch nicht wissen, was ich will.«

Theo legte den Ring auf seinen Handteller und betrachtete ihn eine Weile. »Sollen wir uns vielleicht trennen? Ist es das, was du willst?«

»Nein. Ich sage doch nur ... Was ich sagen will, ist, dass ich dich nicht *jetzt sofort* heiraten kann. Mehr sage ich ja gar nicht.« Das war feige und egoistisch, aber ich wollte ihn nicht verlieren. »Komm, lass uns das einfach vergessen. Fahren wir zurück nach New York und machen wir so weiter wie bisher.«

Theo sah mich an. Dann nickte er und steckte den Ring in die Tasche. »Irgendwann, Anya, wirst du alt sein, alt wie deine Nana und meine Bisabuela. Du wirst krank werden und von anderen Menschen abhängig sein. Und vielleicht wird es dir dann leidtun, dass du jeden abgewiesen hast, der versuchte, dich zu lieben.« Er reichte mir die Hand und half mir aufzustehen. Ich bürstete mir die Erde vom Kleid, doch da der Boden feucht war, blieb das meiste haften.

Mit zwölf Jahren sprach ich mit Scarlet einmal darüber, was passieren würde, wenn ein Junge (oder vielleicht ein Prinz) uns einen Heiratsantrag machte und man in der ungenehmen Lage wäre, ihn zurückweisen zu müssen. »Der ist bestimmt am nächsten Tag weg«, hatte Scarlet gesagt. Jedenfalls hatte mir unser damaliges Gespräch den falschen Eindruck vermittelt, dass ein Nein die magische Kraft einer Vertreibung haben würde. Und wäre das nicht auch das Beste? Denn wie sollte ein Junge noch bleiben können, nachdem er einem sein Herz dargeboten, aber die Antwort bekommen hatte: *Danke für das Herz, aber ich hätte lieber ein anderes. Ach, nein, eigentlich will ich überhaupt kein Herz haben.*

Als wir nach New York zurückkehrten, rechnete ich insgeheim damit, dass Theo, den ich immer als stolzen Menschen gekannt hatte, ausziehen oder sogar das Land verlassen würde. Natürlich war das unpraktisch – er wohnte in meinem Apartment, und wir führten gemeinsam eine Firma.

Doch das tat er nicht. Stattdessen machten wir weiter, als wäre nichts geschehen, und das war furchtbar. Er sprach mich nicht mehr auf den Antrag an, obwohl er über uns schwebte wie eine Regenwolke im August. Vielleicht wollte Theo auf diese Weise seine Geduld unter Beweis stellen. Vielleicht dachte er, ich würde es mir noch anders überlegen. Ich hätte gerne zu ihm gesagt: *Bitte geh, mein Freund! Flieg davon! Ich gebe dich frei. Ich schulde dir so viel, und ich will dich nicht unglücklich machen. Du hast mehr Liebe verdient, als ich dir geben kann.* Aber ich war zu feige, glaube ich.

Gelegentlich machte er spitze Bemerkungen, die weniger lustig als früher waren. Als wir uns einmal darüber stritten, welche Mindestmenge an Kakao ein bestimmtes Getränk enthalten müsse, sagte er, ich hätte »ein hässliches Herz, passend zu meinem Haar«. Ich solchen Momenten hatte ich das Gefühl, wir ständen am Rande eines Streits, der zum endgültigen Bruch führen würde.

Im März konnte die erste Filiale der neuen Kette von Dunkelkammern eröffnen. Sie befand sich in Williamsburg, Brooklyn, und es war ziemlich einfach gewesen, den Laden ans Laufen zu bekommen, als wir das Geld erst mal beisammen hatten – die Gesetze und die Logistik waren dieselben wie in der Bar in Manhattan, und die Fahrt dahin mit dem L-Train war unkompliziert, auch wenn der Zug nur einmal pro Stunde fuhr. Der neue Club befand sich in einem Bauwerk, das früher eine russisch-orthodoxe Kathedrale gewesen war. Während mein Cousin Fats jahrelang ein Mondscheincafé in einer Kirche geführt hatte, war das *mein* erster »heiliger« Standort. Vielleicht hätte ich das spirituelle Element stärker beachten sollen, doch ich tat es nicht – es war nicht meine Religion, und wie schon erwähnt, hatte ich mich zu der Zeit meines Lebens mehr oder weniger vom Glauben abgewandt. Das Gebäude lag zentral und sah mit seinen gelben Backsteinmauern und den kupfernen Kuppeln im russischen Stil sehr malerisch aus. Ehrlich gesagt, machte mir seine Verbindung zu Russland mehr Sorgen als die zur Religion, da ich weiterhin null Interesse daran hatte, dass mein Club mit dem kriminellen russischen Ableger meiner Familie in Verbindung gebracht wurde. Doch die Dunkelkammer in Manhattan war so beliebt, dass ich annahm, die potentielle Querverbindung würde nicht so stark auffallen. Außerdem stimmte der Preis.

Ich zog mich gerade für die Eröffnung des neuen

Clubs um, als mein Handy klingelte. Es war Jones.
»Ms Balanchine, draußen vor dem Club in Manhattan liegt ein Toter. Die Polizei wurde bereits benachrichtigt, aber ich denke, Sie sollten auch herkommen.«

Damals war die Polizei langsam, deshalb wunderte ich mich nicht, dass sich noch niemand um die Leiche gekümmert hatte, als ich eintraf. Ein übergewichtiger Mann lag mit dem Gesicht nach unten auf der Treppe. Ich konnte keine Verletzung entdecken. Selbst von hinten kam er mir bekannt vor. Ich wusste, dass man eine Leiche an einem Tatort nicht berühren sollte, aber ich konnte einfach nicht anders. Ich bückte mich und hob den großen zwiebelähnlichen Schädel an, der mich an die Kuppeln des Clubs in Brooklyn erinnerte. Der Kopf war noch unnatürlich warm unter meinen Händen.
Es war mein Cousin Fats, das Oberhaupt der Familie.
Auch wenn ich keine gläubige Katholikin mehr war, bekreuzigte ich mich.
Ich wies Jones an, Fats abzudecken und Absperrungen aus Samtkordeln aufzustellen, um unsere Gäste in großem Bogen um die Leiche meines Cousins herumzuleiten. Während ich auf die Po-

lizei wartete, ging ich hinein und rief Mouse an, die es in ziemlich kurzer Zeit geschafft hatte, Fats' Stellvertreterin zu werden. »Mouse, Fats ist tot.«

Wie ich war Mouse keine Heulsuse. Eine Weile schwieg sie, was ihre Form der Verarbeitung von Ungemach war.

»Bist du noch da?«, fragte ich.

»Ja, hab bloß nachgedacht«, sagte sie mit völlig ruhiger Stimme. »Das müssen die Balanchiadze gewesen sein. Guck dir das Timing an. Sie wussten, dass du heute den zweiten Club eröffnest, sie wollten wohl ein Zeichen setzen, indem sie Fats umbringen. Das ist nur eine Theorie, aber Fats hatte seit Monaten Ärger mit ihnen. Er versuchte, dein Geschäft zu schützen.«

»Warum ist er damit nicht zu mir gekommen?«

»Er wollte dich da raushalten, Annie«, sagte sie. »Jetzt, da Fats nicht mehr ist, gibt es bestimmt Gerangel um die Leitung der Familie. Ich frage mich ...«

»Ja?«

»Vielleicht solltest du das übernehmen? Alle in der *Semja* respektieren dich sehr.«

»Das kann ich nicht, Mouse. Ich habe einen Beruf und keinerlei Interesse, die Familie zu führen.«

»Na klar, du willst nicht. Warum solltest du auch?«

»Ich weiß, dass Fats dir nahe gestanden hat«, sagte ich. »Kommst du klar?«

»Ich komme immer klar«, gab sie zurück.

Die Polizei tauchte erst um acht Uhr abends auf, um Fats' Leiche abzuholen, geschlagene drei Stunden, nachdem Jones den Todesfall gemeldet hatte. Die Beamten steckten Fats in einen schwarzen Sack, und man teilte mir mit, dass die Ermittlung damit abgeschlossen sei.

»Wollen Sie nicht nach Beweisen suchen?«, fragte ich einen der Beamten. »Oder mir ein paar Fragen stellen?«

»Wollen Sie mir sagen, wie ich meine Arbeit zu tun hab, Missy?«, erwiderte er. »Hören Sie, Fats war ein hochrangiger Krimineller. Ich kann hier kein Verbrechen erkennen. Es war doch nur eine Frage der Zeit, bis er mit drei Kugeln in der Brust enden würde. Wir haben *echte* Notfälle, um die wir uns kümmern müssen, und höchstens vierzig Prozent des Personals, das nötig wäre, um wirklich allem nachzugehen.«

Ich wurde sauer. Genau dasselbe hatten wir uns anhören müssen, als mein Vater starb. Mein Cousin konnte genauso wenig wie ich dafür, dass er als Balanchine auf die Welt gekommen war. »Er war mein Cousin«, sagte ich. »Es gibt Menschen, denen er was bedeutet hat.«

»Ach, Sie kannten den Verstorbenen also, ja? Möchten Sie vielleicht, dass wir Sie mal genauer unter die Lupe nehmen?«, sagte der Polizeibeamte. »Das Opfer steht dem Täter meistens sehr nahe.«

»Ich habe Freunde, wissen Sie. Bertha Sinclair kommt jede Woche in meinen Club.«

Der Beamte lachte. »Meinen Sie, die Staatsanwältin weiß nicht, dass Ihr Cousin ermordet wurde? Sie ist diejenige, die angeordnet hat, dass wir den Toten ins Leichenschauhaus bringen und den Fall damit als beendet betrachten.«

Ich kam vier Stunden zu spät zur Eröffnung in Brooklyn. Als ich eintraf, löste sich die Party schon langsam wieder auf. Es sah aus, als wäre es lustig gewesen, aber ich war eh nicht in der Stimmung zu feiern.

»Was ist passiert?«, fragte Theo.

Ich schüttelte den Kopf und sagte, ich würde es ihm später erzählen.

Ich holte mir ein Getränk von der Theke, um einen klaren Kopf zu bekommen. Mr Delacroix setzte sich neben mich.

»Wo bist du gewesen?«

Ich berichtete, was geschehen war. Am Ende fragte ich: »Wenn das passiert wäre, als Sie noch Staatsanwalt waren, hätten Sie genauso gehandelt wie Bertha Sinclair? Hätten Sie Fats' Leiche in einen Sack gesteckt und mir gesagt, es gebe keine Ermittlung, weil mein Cousin ein schlechter Mensch aus einer schlechten Familie sei?«

»Ich würde gerne behaupten, dass ich auf jeden Fall hätte ermitteln lassen, aber das stimmt nicht«, erwiderte Mr Delacroix nach einer Weile. »Die Entscheidung wäre davon abhängig gewesen, was sonst noch gerade los gewesen wäre in der Stadt.«

»Und was ist mit mir? Wenn ich jetzt sterben würde, würde sich dann irgendjemand die Mühe machen, meinen Tod zu untersuchen?«

»Anya, du bist inzwischen eine wichtige Person. Du hast ein Unternehmen und bringst viel Geld in die Stadt. Dein Tod würde nicht unbemerkt bleiben.«

Ich fühlte mich ein klein wenig besser.

»Für die Stadt liegt das Problem nicht darin, dass dein Cousin tot ist, sondern in der Frage, wer sein Nachfolger wird. Wir wissen gerne, mit wem wir es zu tun haben. Hat deine Freundin was darüber gesagt?«

Ich zuckte mit den Schultern.

»Nun, irgendjemand wird das neue Oberhaupt der Familie werden, und es wäre wahrscheinlich klug von dir, wenn du dich dafür interessieren würdest. Du hast nichts davon, wenn jemand gewählt wird, dessen Interessen deinen eigenen zuwider laufen.«

So hatte ich das noch gar nicht gesehen.

»Anya«, sagte mein Kollege. »Wenn das Attentat als Warnung für dich gedacht war, dann solltest du vielleicht darüber nachdenken, dir einen Leibwächter zu besorgen ...«

»Mr Delacroix, über dieses Thema haben wir doch schon gesprochen. Ich habe meine Meinung nicht geändert. Ich würde lieber sterben, aber dabei wissen, dass ich als freier Mensch in dieser Stadt und auf diesem Planeten unterwegs war. Ich habe nichts zu verbergen, und ich brauche keinen Leibwächter.«

Er lächelte mich an. »Das erscheint mir edelmütig, aber wenig durchdacht. Du bist sicherlich ein freier Mensch, wie du sagst. Ich kann jedenfalls nicht kontrollieren, was du tust. Ich kann dir nur einen Rat geben. Meiner Meinung nach würde die Anstellung eines Bodyguards dich oder deine Leistungen in keiner Weise schmälern. Aber reden wir nicht weiter darüber.« Er stieß mit mir an. »Brooklyn ist wirklich gut angelaufen, nicht?«

Am nächsten Tag wurde ich zu einer Besprechung in den Pool bestellt, der Zentrale des Balanchine-Clans, die sich in einem ehemaligen Schwimmbad befand. Ich wusste, dass es ein Zeichen des Respekts war, eingeladen zu werden, da ich genau genommen nicht mehr zur Familie gehörte. Seit der Eröffnung des Clubs hatte ich es vermieden, mit meinen Verwandten zu tun zu haben. Doch das war nun nicht länger möglich, da Fats tot war. Mr Delacroix hatte recht: Ich sollte mich wirklich dafür interessieren, wer das nächste Oberhaupt der Balanchines werden würde.

Als ich in den Pool kam, wartete Mouse im Eingangsbereich auf mich. »Die sind schon alle unten.«

»Bin ich zu spät?«, fragte ich. »Du hast geschrieben, es fängt um vier an.«

»Nein. Du bist absolut pünktlich«, sagte sie. »Gehen wir.«

Das Gebäude kam mir unnatürlich still vor, ich fragte mich schon, ob ich nicht doch besser Leibwächter mitgebracht hätte. Früher hatte mich meistens Mr Kipling zu wichtigen Familientreffen begleitet. Vielleicht war es leichtsinnig gewesen, allein zu kommen und niemandem zu sagen, wo ich hinfuhr. Oben an der Treppe blieb ich stehen.

»Mouse, ich laufe doch nicht gerade in einen Hinterhalt, oder?«, fragte ich.

Sie schüttelte den Kopf. »Glaubst du, ich passe nicht auf dich auf?«

Im leeren Schwimmbecken saßen die Balanchines um den Tisch herum. Ich kannte gut die Hälfte von ihnen. Aber es gab immer neue Gesichter. Die Fluktuation innerhalb der Familie war groß – regelmäßig starb irgendjemand oder musste ins Gefängnis.

Als ich eintrat, standen alle auf, und ich sah, dass nur noch der Platz am Kopfende des Tisches frei war. Ich betrachtete den leeren Stuhl und fragte mich, was das zu bedeuten habe.

Was sollte ich anderes tun? Ich setzte mich.

Ein Cousin dritten oder vierten Grades namens Pip Balanchine wurde zum Sprecher der Familie ernannt. (Ich hatte viele Cousins, aber konnte mich an Pip erinnern, weil er einen Schnäuzer trug.)

»Danke, dass du gekommen bist, Anya. Vor zwei Jahren hast du dich einverstanden erklärt, dass Fats der Familie vorstehen soll. Damals waren schon viele von uns der Ansicht, du solltest das

Familienoberhaupt werden. Wie du vielleicht noch weißt, gehörte auch ich zu dieser Gruppe.«

»Ja«, sagte ich.

»Der Tod von Fats macht uns alle sehr traurig. Zum Zeitpunkt seines Todes hatte er eine Auseinandersetzung mit Iwan Balanchiadze. Wir glauben, dass das der Grund für seine Ermordung war. Bei dem Streit ging es um die Dunkelkammer.«

»Das tut mir leid zu hören.«

»Fats glaubte an dich und deine Sache und war bereit, für beides sein Leben zu lassen. Seit dem Mord an Fats diskutieren wir über die Situation. Wir sind der Ansicht, dass Iwan Balanchiadze und der russische Zweig der Familie Vergangenheit sind. Du, Anya, bist unsere Zukunft. Wir glauben, dass allein die Legalisierung der Schlüssel zu unserem Überleben ist.«

Ein Mann in einem violetten Anzug ergriff das Wort: »Viele von uns haben Frau und Kinder, und wir sind es leid, immer auf der Hut zu sein und Angst zu haben, wann uns das Gesetz einholt.«

Pip Balanchine nahm seine Rede wieder auf: »Wir fragen dich heute das, was wir schon vor zwei Jahren hätten fragen sollen: Anya, bist du bereit, die Balanchine-Familie ins zweiundzwanzigste Jahrhundert zu führen?«

Ich wollte diese Familie nicht führen.

Und dennoch ...

Ich schaute über den langen Steintisch in die bleichen Gesichter mit den hellen Augen, die auch mein Vater, mein Bruder und ich hatten, und ein unbekanntes Gefühl regte sich in mir.

Pflichtbewusstsein.

Ich fühlte mich diesen Männern verpflichtet (und den Frauen, aber es waren hauptsächlich Männer da). Als Balanchine geboren zu sein, war der bestimmende Faktor meines Lebens. Der Name hatte an mir geklebt und mir die Vorurteile eingebracht, gewalttätig, unbeherrscht, böse, faul, aggressiv und schwierig zu sein. Diese Verwandten trugen genauso schwer wie ich an diesem Geburtsrecht. Ich wusste, dass ich ihnen helfen musste. Wenn es in meiner Macht stand, ihnen beizustehen, konnte ich mich nicht weigern.

Ich sah mich über die Schulter nach Mouse um, die wie ein treuer Berater hinter mir stand. Ihr Blick war voller Hoffnung und Erwartung.

»Ich kann nicht offiziell die Familie leiten und gleichzeitig mein Unternehmen führen«, erklärte ich. »Das würde ich zwar gerne, aber es geht nicht.

Dennoch will ich alles in meiner Macht Stehende tun, um euch zu helfen. Deine Worte haben mich berührt, Pip, und ich werde euch nicht im Stich lassen. Ich möchte noch mehr Verwandten Arbeit in meinen Clubs geben. Ich will uns komplett unabhängig von den Schokoladenlieferungen der Balanchiadze machen. Wir können das Schwarzmarktgeschäft einer anderen Familie überlassen und unser aller Kräfte bündeln, um uns auf legale Einkommensquellen wie Kakao und Arznei-Schokolade zu konzentrieren.«

Meine Verwandten nickten.

»Aber wer wird die Familie führen?«, fragte der Mann im violetten Anzug. »Wer wird sicherstellen, dass deine Pläne auch ausgeführt werden?«

»Vielleicht einer von euch«, begann ich, doch schon als ich es aussprach, kam mir eine bessere Idee. Warum denn nicht das schmale, unverwüstliche Mädchen hinter mir? Mouse war meine einzige Vertraute in der Erziehungsanstalt gewesen, sie hatte mir sogar bei der Flucht geholfen und enorm dafür büßen müssen. Mouse war stumm und obdachlos gewesen, ein Opfer, von ihrer Familie verstoßen. Niemand hatte mehr zurückgelassen und sich weniger beschwert als sie. Niemand war mir treuer gewesen. Ich vertraute ihr wie einer Schwester. Natürlich müsste es Mouse sein. Ich musste nur die Familie von meiner Idee überzeugen. »Aber ich frage mich, ob ihr wohl bereit wärt, Mouse zum Familienoberhaupt zu wählen. Ich würde mich vor jeder Entscheidung mit ihr beraten. Ich weiß, dass sie keine Balanchine ist, aber sie war Fats' rechte Hand und ist meine treue Freundin aus dem Gefängnis, und ich traue ihr zu, mich zu vertreten. Ihr könnt mir glauben, wenn ich sage, dass niemand ein besserer Zuhörer und eine zuverlässigere Freundin für mich war als Mouse.«

Ich drehte mich zu ihr um. Ihre Augen strahlten.

»Ist das in Ordnung?«, fragte ich lautlos.

Automatisch griff sie sich an den Hals, wo früher immer ein Schreibblock gehangen hatte. Damals waren die Zettel die einzige Möglichkeit für sie, mit der Außenwelt Kontakt aufzunehmen. Dann sagte sie: »Ja.«

»Das ist ein wirklich spannender Vorschlag«, sagte Pip. »Wir werden wohl abstimmen müssen.«

»Davon bin ich ausgegangen«, erwiderte ich. »Doch ungeachtet des Ergebnisses werde ich alles tun, um euch zu helfen. Ich bin eine Balanchine und die Tochter meines Vaters.«

Ich stand auf, und alle erhoben sich mit mir.

Am nächsten Tag kam Mouse im Schlepptau von Pip Balanchine und einer mir unbekannten Frau in die Dunkelkammer nach Manhattan. Mouse teilte mir mit, dass sie einstimmig gewählt worden war. So unwahrscheinlich es auch klang, aber nun war ein ehemals stummes Mädchen von Long Island das Oberhaupt des kriminellen Balanchine-Clans. Als sie mein Büro betrat, senkte sie den Kopf. »Ich erwarte deine Anweisungen«, sagte sie.

In den folgenden zwei Monaten reduzierten wir die Menge der Kakaoimporte nach Amerika. Wir gaben Dealern neue Stellen als Lkw-Fahrer oder im Sicherheitsbereich. Wer so einen Job nicht wollte, bekam ein Abfindungspaket − etwas, was man im organisierten Verbrechen kaum kannte. (In unseren Kreisen war der Tod normalerweise die einzige Möglichkeit des Rückzugs aus dem Arbeitsleben.) Mit Hilfe der bestehenden Arbeitskräfte transportierten wir Kakao und andere Produkte zu neuen Clubs im ganzen Land.

In dieser Phase hielten sich die Balanchiadze bedeckt. Vielleicht dachten sie, wir litten noch immer unter Fats' Tod. »Wir sollten das Schweigen nicht als Akzeptanz verstehen«, empfahl Mouse. »Sie werden zuschlagen, wenn sie so weit sind. Und ich werde auf der Hut sein.«

»Trink doch etwas mit mir!«, sagte Mr Delacroix eines Abends im Club. »Man sieht dich so gut wie gar nicht mehr, es kommt mir fast schon vor, als würde ich das Ungeheuer von Loch Ness erblicken.«

Ich zuckte mit den Achseln. Ich hatte ihm nicht von meinen neuen Aufgaben erzählt. Als ich nur den Club leitete, hatte ich schon gedacht, mein Leben sei ausgefüllt, doch seit ich der Schatten hinter einem Clan des organisierten Verbrechens war, hatte ich nur noch lächerlich wenig freie Zeit.

»Ich weiß nicht, ob du es gehört hast, aber es wird erzählt, dass Kate Bonham das neue Oberhaupt der Familie Balanchine ist.«

»Aha?«

»Nun, das ist in vielerlei Hinsicht eine interessante Wahl. Zum einen ist sie keine Balanchine. Außerdem ist sie eine Frau. Sie ist erst zwanzig Jahre alt, und sie war in Liberty. Kennst du sie, Anya?«

Ich schwieg.

»Ich habe ihren Namen natürlich erkannt. Ich bin vielleicht alt, aber ich habe ein gutes Gedächtnis. Und im Sommer 2083 habe ich dich sehr genau beobachten lassen. Kate Bonham wurde damals ›Mouse‹ genannt, und ich glaube, sie kann sogar deine Bettnachbarin in Liberty gewesen sein. Was für ein außergewöhnlicher Zufall, dass Anya Balanchines Bettnachbarin unglaublicherweise das Oberhaupt des Balanchine-Clans wird.«

Ich konnte ihm nichts vormachen. Noch nie.

»Ich nehme an, du weißt, was du tust. Wahrscheinlich brauchst du keine Hilfe. Ich könnte meinen Vorschlag wiederholen, dass du dir einen Leibwächter besorgst, aber gewiss wirst du genau das tun, was du für richtig hältst, egal was ich sage.«

»Wie geht's eigentlich Win?«, fragte ich. Seit Monaten hatte ich den Namen meines Exfreunds nicht mehr in den Mund genommen, und dieses fliegengewichtige Hauptwort fühlte sich seltsam an auf meiner Zunge, als würde ich in einer fremden Sprache reden. »Er hatte vor ein, zwei Wochen Geburtstag, nicht?«

»Sieh an, ein Themenwechsel. Du denkst, durch Fragen nach meinem Sohn kämst du an mich heran. Das ist ein billiger Schachzug, aber ich werde freundlicherweise drauf eingehen.« Mr Delacroix verschränkte die Hände auf dem Knie. »Goodwin will Medizin studieren. Der Beruf gefällt mir gut für ihn, dir auch?«

»Das ist nichts Neues. Schon im letzten Jahr auf der Highschool wollte er Arzt werden.«

»Tja, ich nehme an, du kennst meinen Sohn besser als ich.«

»Früher ja, Mr Delacroix. Vor langer Zeit hielt man mich für eine Expertin auf dem Gebiet, aber dann habe ich meine Interessen verlagert.«

*Ich bekomme unerwarteten Besuch, eine
Geschichte wird erzählt und eine Bitte erneuert*

Zumindest in New York ist April nicht der grausamste Monat. Der Schnee schmilzt, schwere Mäntel und Stiefel werden zurück in den Schrank gepackt, und was vielleicht das Beste war: Ich konnte wieder zu Fuß von der Arbeit nach Hause gehen. Manchmal begleitete mich Scarlet, und es war fast wieder so wie damals auf Holy Trinity.

Theo war in San Francisco und half meinem Bruder beim Aufbau der dortigen Küche. Den ganzen Winter hatten wir uns über alle möglichen Themen gestritten, über Tiefkühlerbsen, seine Flirterei mit Lucy, über Wintermäntel, seine Schwester Isabelle und sogar über die Temperatur in der Wohnung. Ich wollte, dass er auszog, ohne zu wissen, wie ich ihn dazu bewegen sollte. Es war traurig, aber ich freute mich darauf, dass er nicht da sein würde. Vielleicht war das nicht seine Schuld. Vielleicht war ich von Natur aus ein Einzelgänger.

An einem Abend verließ ich den Club schon früh, gegen elf Uhr, als ein schwarzer Wagen am Bordstein hielt. Nicht zum ersten Mal fragte ich mich, ob ich nun erschossen würde, ob es so zu Ende ginge. (*Aber wir sind erst auf Seite 206 im dritten Band meines Lebens, also kann das natürlich nicht das Ende sein. Es sei denn, der Leser glaubt an den Himmel – ich bin mir da nicht immer so sicher.*)

Die Autotür schwang auf, und ein Mann in einem dunklen Anzug beugte sich heraus. »Mitfahrgelegenheit gefällig?«, fragte Yuji Ono. Seine Stimme war so vertraut, als sei es Tage her und nicht Jahre, seit ich ihn zum letzten Mal gesehen hatte.

Ich zögerte. Langsam (und hoffentlich unauffällig) griff ich zu meiner Machete.

Yuji Ono lachte. Dann sprach er erneut, aber seine Stimme war kratziger, als ich sie in Erinnerung hatte. »Glaubst du, ich bin gekommen, um dich umzubringen? Ich habe keine andere Waffe dabei als Kazuo, der im Hotel ist und schläft und in Wahrheit ein Pazifist ist. Außerdem wäre ich nicht persönlich gekommen, um dich zu treffen, wenn ich dich hätte töten wollen. Ich hätte jemanden geschickt, der den Job erledigt. Man sollte doch meinen, dass auch das frischgewählte Oberhaupt einer Verbrecherfamilie versteht, wie solche Sachen laufen.«

»Was willst du von mir?«

»Ein Gespräch. Ich denke, das bist du mir schuldig. Du hast mich einmal zurückgewiesen, deshalb stehst du noch in meiner Schuld.«

Obwohl Yuji mit Sophia Bitter befreundet war, hatte ich in diesem Moment keinen triftigen Grund zu glauben, dass er mich tot sehen wollte. Seinen Heiratsantrag (oder eher sein »Fusionsangebot«) vor drei Jahren hatte ich tatsächlich abgelehnt, und auch wenn ich sein Verhalten seitdem nicht wirklich verstanden hatte, konnte ich nicht mit Sicherheit behaupten, dass er mein Feind war. Außerdem war ich neugierig. »Komm mit in mein Büro«, sagte ich und wies auf den Club.

Er beugte sich noch weiter aus dem Auto ins Licht, und ich sah, dass er dunkle Ringe unter den Augen hatte und schmaler als bei unserer letzten Begegnung wirkte. Bildete ich es mir nur ein, oder musterte er tatsächlich die vier Treppen, die zum Eingang meines Clubs hinaufführten? »Ich würde die Dunkelkammer wirklich sehr gerne sehen, aber ich bin schon lange unterwegs«, sagte Yuji nach einer Pause. »Ich bin müde. Könnten wir uns den Club morgen nach unserem Gespräch ansehen? Vorausgesetzt, ich überlebe es.« Er grinste mich ein wenig schalkhaft an.

Tatsächlich wäre ich schon lange tot gewesen, wenn Yuji es gewollt hätte. Außerdem hatte ich in den letzten zwei Jahren so viel Glück gehabt, dass ich allmählich wirklich überzeugt war, unter einem Glücksstern zu leben. Ich glaubte, es könne nie wieder irgendetwas schiefgehen.

Und so stieg ich ins Auto.

Ich wies den Chauffeur an, uns zu meiner Wohnung zu fahren. Dort angekommen, hatte Yuji Mühe, aus dem Auto zu steigen. Der Weg von der Straße ins Foyer des Hauses schien ihn zu ermüden. Obwohl er versuchte, es vor mir zu verbergen, atmete er flach und mühselig.

Im Licht des Aufzugs betrachtete ich ihn genauer. Er sah immer noch gut aus, doch sein Körper, der seit eh und je dünn gewesen war, wirkte nun abgemagert. Seine Haut war fast durchsichtig, und ich entdeckte verstörende Ansammlungen blauer Äderchen. Yujis Augen leuchteten, vielleicht ein bisschen zu stark.

Das Letzte, was ich von Yuji bekommen hatte, war ein Brief gewesen, als er vorgab, mir die Asche meines Bruders zuzusenden, der sich dann aber doch als lebendig entpuppt hatte. In dem Brief hatte Yuji erwähnt, dass er bei schlechter Gesundheit sei, aber das war schon Jahre her. Dennoch sah er mir jetzt nicht gesund aus, ja nicht mal wie ein kranker Mensch. Ich hatte meine Nana in den

Tod begleitet und wusste, woran man einen Sterbenden erkannte.

»Yuji, du liegst im Sterben«, sagte ich geradeheraus.

»Und ich habe mir eingebildet, ich würde es ganz gut verbergen«, erwiderte er lachend. »Du bist immer noch unverblümt. Das freut mich. Ich hatte schon Sorge, dass du deine Ecken und Kanten jetzt, wo du erwachsen bist, verloren hättest. Aber es stimmt: Ich sterbe. Wie jeder irgendwann, aber das zu sagen, ist irgendwie ein Klischee.«

»Wie kommt das? Warum?«

»Das wirst du noch alles erfahren. Setzen wir uns erst mal. Da mein Geheimnis nun gelüftet ist, muss ich ja nicht mehr verbergen, dass ich inzwischen schnell ermüde, meine liebe Freundin.«

Ich war mir nicht so sicher, ob wir Freunde waren.

Ich führte Yuji zur Couch im Wohnzimmer, dann ging ich in die Küche, um ihm ein Glas Wasser zu holen.

»Wie lange hast du noch?«

»Die Ärzte sagen, ein paar Monate, vielleicht ein Jahr. Das kann sich hinziehen. Mir wäre es allerdings lieber, wenn es nicht zu lange dauerte.«

»Natürlich.« Bei meiner Großmutter hatte es lange gedauert.

»Komm mal zu mir!«

Ich gehorchte. Yuji nahm meine Hand. Seine Finger waren lang, knochig und kalt. Den kleinen Finger hatte er vor vielen Jahren verloren, aber er machte sich nicht mehr die Mühe, die Prothese anzulegen. Ich weiß nicht, warum mich das störte, doch es verunsicherte mich.

Ich hatte so viele Fragen an ihn. Warum lag er im Sterben? Warum hatte er damals behauptet, die Asche sei die meines Bruders? Was für eine Beziehung hatte er zu Sophia Bitter? Warum war er jetzt hier? Doch es schien nicht der richtige Zeitpunkt zu sein. Es war ein großer Schock, Yuji Ono in diesem Zustand körperlichen Verfalls zu sehen. Früher hatte ich ihn fast für einen Übermenschen gehalten.

»Anya, als Erstes möchte ich dir sagen, dass ich deine Karriere mit großem Interesse verfolgt habe. Mit der Eröffnung deines Clubs und der Filialen hast du all das getan, was ich mir von dir erhofft hatte, und noch mehr, als ich je zu träumen gewagt habe. Ich rechne mir das nicht als Verdienst an, aber mich befriedigt, dass ich dich vielleicht auf gewisse Weise auf den Weg des Erfolgs gebracht habe.«

Ich wusste, dass Yuji so ein Lob nicht leicht über die Lippen kam. »Danke. Ich habe nie so richtig verstanden, was zwischen uns gelaufen ist. Aber inzwischen weiß ich, dass du meinem Bruder das Leben gerettet hast, vielleicht sogar zweimal. Und mir hast du auch einmal das Leben gerettet. Und du hast mich auf die Kakaoplantage geschickt. Wenn ich dort nicht gewesen wäre, hätte ich vielleicht nie die Firma gegründet. Du warst immer unerbittlich zu mir. Du warst der Erste, der mir einbläute, ich hätte eine Verantwortung, mich in dem Geschäft auszukennen. Damals wollte ich das nicht einsehen, aber du warst ein richtiger Mentor für mich. Es hat mir oft leidgetan, wie wir damals in Chiapas auseinandergegangen sind«, fuhr ich fort. »Du hast – glaube ich heute – versucht, mich und meine Geschwister zu schützen, indem du mir den Heiratsantrag machtest.«

»Du greifst vor, Anya. Das Ganze fängt viel früher an.«

»Dann erzähl es mir.«

»Mache ich. Aber du sollst wissen, dass ich nicht nur hergekommen bin, um eine Geschichte zu erzählen. Meine Geschichte endet mit einer Bitte. Auch wenn du mir einmal ein Versprechen gegeben hast, bist du ein freier Mensch, und es ist ganz allein deine Entscheidung, ob du auf meine Bitte eingehst. Mit dem, was du erreicht hast, hast du deine Schuld eingelöst. Wenn du mir meine

Bitte abschlägst, brauchst du nicht um dein Leben zu fürchten. Ich werde New York verlassen und kann dir versichern, dass du mich niemals wiedersehen wirst.«

YUJIS GESCHICHTE

An welchem Punkt beginnt eine Geschichte, Anya? Wenn man ein selbstbezogener Mensch ist, dann beginnt sie wohl mit der eigenen Geburt. Ist man eher an anderen orientiert, dann vielleicht mit der ersten Liebe.

Ich habe immer versucht, mich dir gegenüber als starker Mann zu geben. Vielleicht kannst du mich daher nicht in dem Jungen erkennen, den ich dir nun beschreibe.

Als ich zwölf war, schickte mich mein Vater auf eine internationale Schule nach Belgien.

Das Schulleben war Folter für mich. Ich war zu schüchtern und, wenn ich das sagen darf, zu japanisch für meine Klassenkameraden. Ich wusste nicht, wie ich auf ihre Neckereien reagieren sollte, und ließ es deshalb ganz sein. Das machte alles nur noch schlimmer. Ich hatte Probleme mit der Sprache, und aus Nervosität begann ich zu stottern. Auch das war nicht gerade hilfreich. Ich war frustriert, weil ich meine Klassenkameraden nicht dazu bringen konnte, mich zu mögen. In meiner alten Schule in Japan war ich beliebt gewesen. Wenn man immer gern gemocht wurde, kann man nur schwer verstehen, warum man plötzlich unsympathisch geworden ist, obgleich man nichts an sich verändert hat. Ebenso schwer ist es, die Stimmung zu seinen Gunsten zu verändern, wenn die anderen einen für unzulänglich halten.

Mittags aß ich allein in der Mensa oder in der Bibliothek. Eines Tages – ich war seit ungefähr zwei Monaten im Internat – setzte sich ein Mädchen mir gegenüber und sprach mich an.

»Du siehst nicht schlecht aus«, sagte sie mit einem flachen, leicht deutschen Akzent. »Daraus könntest du was machen. Du bist groß. Du wärst mit Sicherheit gut im Sport, wenn dir das Spaß macht. Treibe eine Sportart, dann lassen dich die anderen in Ruhe. Dann hast du nämlich eine ganze Mannschaft hinter dir.«

»L-l-l-lass mich«, sagte ich.

Sie rührte sich nicht von der Stelle. »Ich versuche nur, dir zu helfen. Dein Englisch ist schlecht, aber das wird ja irgendwann besser. Du musst mit den Leuten reden. Du könntest dich mit mir unterhalten. Wir sollten aus verschiedenen Gründen Freunde werden. Ich bin übrigens Sophia.« Sie sah mich an. »Jetzt muss man sich vorstellen: Sophia Bitter, Yuji Ono.« Sie hielt mir ihre große verschwitzte Hand hin. Ihre Fingernägel waren bis zum rohen Fleisch abgekaut.

Ich betrachtete sie. Damals war sie groß, schlaksig und stark behaart. Sie bestand nur aus Augenbrauen, fettigem Haar, langen Gliedmaßen und Pickeln.

Das Schönste an Sophia waren ihre großen braunen, intelligenten Augen.

»Warum fehlt dir eigentlich der Finger?« Ich trug Lederhandschuhe, damit man die Prothese nicht sah, und dachte, sie sei keinem aufgefallen. Mit der Hand tippte Sophia auf den metallenen Ersatzfinger.

»Woher weißt du das?«, fragte ich.

Sie hob ihre raupenartige Augenbraue. »Ich habe deine Schulakte gelesen.«

»Die ist privat.«

Sie zuckte mit den Schultern. Privatsphäre oder Ähnliches, das interessierte sie nicht.

Ich erzählte ihr die Geschichte. Vielleicht kennst du sie ja schon. Als kleiner Junge war ich entführt worden. Als Beweis, dass ich noch am Leben war, schickten die Kidnapper meinem Vater meinen rechten kleinen Finger.

»Die Handschuhe sind ein Fehler«, sagte Sophia. »Das sieht aus, als wolltest du was Besonderes sein. Niemand würde sich über eine Prothese lustig machen, glaub mir. Die Schüler hier sind so verlogen, wie man es sich nur vorstellen kann.«

»Wenn du so viel weißt, wieso hast du dann keine Freunde?« Ich wusste, dass Sophia Bitter ebenso ein Außenseiter war wie ich.

»Ich bin leider hässlich«, antwortete sie. »Aber das hast du wahrscheinlich schon selbst gemerkt. Außerdem bin ich unhöflich und schlauer als alle anderen hier. Die anderen mögen einen nur, wenn man ein klein bisschen schlauer ist, allzu schlau darf man nicht sein. Meine Familie ist auch in der Schokoladenbranche. Ich glaube, wir sind beide auf diese Schule geschickt worden, um unsere Herkunft ein bisschen zu übertünchen.«

Ich hatte noch nie einen Menschen wie sie gekannt. Sie war sarkastisch und dreist. Ihr war egal, was die anderen dachten. Sophia konnte gemein sein, aber das störte mich anfangs nicht besonders. Ich war unter Menschen groß geworden, die einen freundlich anlächelten, aber hinterrücks mit dem Messer zustachen. Sophia wurde meine beste und auch einzige Freundin. Es gab nichts in meinem Leben, über das ich nicht mit ihr gesprochen hätte.

Meistens nahm ich ihre Ratschläge an, und das Zusammenleben mit den Schulkameraden verbesserte sich. Ich begann, Fußball zu spielen, freundete mich mit anderen an, zog die Lederhandschuhe nicht mehr über. Mein Englisch wurde besser. Als ich in die Oberstufe kam, wurden auch andere Mädchen auf mich aufmerksam. Eine Mitschülerin namens Phillippa Rose fragte mich, ob ich sie zum Abschlussball begleiten wolle. Sie war sehr beliebt und sah toll aus. Ich war ganz aufgeregt und sagte zu, ohne vorher mit Sophia zu sprechen.

Als wir abends zusammen lernten, erzählte ich ihr davon. Sie wurde ganz still. »Was hast du?«, fragte ich.

»Phillippa Rose ist eine dreckige *Schlampe*.« Sie spie das deutsche Wort aus wie Gift.

»Was heißt *Schlampe*?«

»Es heißt genau das, was du denkst.«

Ich gab kleinlaut zurück, Phil mache einen netten Eindruck auf mich. »Hast du einen Grund dafür, so etwas über sie zu behaupten?«

Sophia schnaubte verächtlich, als läge die Antwort auf der Hand. Dazu muss man wissen, dass sie überzeugt war, alle seien gegen sie.

»Sophia, ich habe sie nicht eingeladen. Sie hat mich gefragt.« Ich schaute auf meine Hände. »Wolltest du, dass ich mit dir zum Ball gehe?«

»Nein. Warum sollte ich das wollen? Ich bin nur enttäuscht, dass du dich freiwillig mit so einer falschen Schlange abgibst. Ich dachte, du wärst was Besseres.« Damit stand sie auf und ging.

Als ich sie das nächste Mal sah, sprach sie nicht mehr von Phil, und ich dachte, die Sache hätte sich erledigt.

Ein Tag vor dem Ball kam Sophia nicht zum Unterricht. Ich suchte im Schlafsaal nach ihr. Das Mädchen, das sein Zimmer auf der anderen Flurseite hatte, erzählte mir, Sophia sei wegen einer Lebensmittelvergiftung auf der Kranken-station.

Ich ging zur Krankenstation, doch dort war sie auch nicht. Die Vergiftung war so ernst, dass man Sophia ins Krankenhaus gebracht hatte.

Da das Krankenhaus weiter entfernt war, er-laubte die Schule mir erst am nächsten Abend, Sophia zu besuchen. Als ich das Zimmer be-trat, bekam sie gerade eine Infusion. Sie hatte sich die ganze Nacht lang übergeben und sah sehr blass und schwach aus. Nur ihr Blick war durchdringend. »Sophia«, sagte ich, »ich habe mir solche Sorgen um dich gemacht.«

»Gut«, sagte sie. »Das war der Sinn der Sache.«

»Niemand in der Welt ist mir wichtiger als du, meine Familie ausgenommen«, sagte ich. Man darf nicht vergessen, dass ich weit weg von zu Hause war, und wenn wir in der Fremde leben, erscheint uns freundschaftliche Nähe noch wichtiger.

Sie grinste mich an. »Dummer Junge«, sagte sie. »Heute Abend ist doch der Ball, oder? Du verpasst ihn gerade.«

»Das ist mir egal«, sagte ich.

Sophias Vater war ein kleiner Schokoladenfabrikant in Deutschland – das weißt du wahrscheinlich, Anya. Doch vorher hatte er eine Chemiefabrik, so ist er in die Branche hereingerutscht. Von klein auf kannte sich Sophia Bitter sehr gut mit Gift aus.

Yuji begann zu husten. Sein Gesicht lief blau an. »Soll ich einen Arzt rufen?«, fragte ich.

Er schüttelte den Kopf. Nach ein oder zwei Minuten ging es wieder, obwohl es mir deutlich länger vorkam.

»Was für eine Krankheit hast du eigentlich genau?«, fragte ich.

»Zu dem Teil der Geschichte kommen wir noch.«

»Hat Sophia sich selbst vergiftet, damit du nicht mit dem anderen Mädchen zum Ball gingst?«

»Gut geraten: ja.«

»Warst du sauer auf sie?«

»Nein. Ich verstand sie. Ich war jung, und damals verstand ich es als Zeichen ihrer großen Liebe zu mir. Ich fand – und das sehe ich in gewisser Weise bis heute so –, dass eine solche Hingabe belohnt werden sollte.«

Ich kann nicht behaupten, dass mich die Liebe zu Sophia wie eine Naturgewalt ergriff. Vielleicht bin ich zu einer solchen Liebe gar nicht fähig. Aber ich wusste, dass wir alles füreinander getan hätten, dass sie all meine Geheimnisse und Ängste kannte und ich ihre. Wir standen uns so nah, wie sich zwei Menschen nur nahe sein können.

Dann machten wir unseren Schulabschluss. Mein Vater war gestorben, so dass ich die Ono Sweets Company übernehmen musste. Sophia zog los, um sich in der Fabrik der Bitters einen Namen zu machen. Die Familie hatte immer Probleme gehabt, und zwar weil ihre Schokolade einfach ekelig schmeckte. Eine Ausbildung in Chemie ist nicht gerade die beste Voraussetzung für die Herstellung hochwertiger Schokolade. Sophia entwarf eine neue Strategie: Durch Übergriffe auf den amerikanischen Markt sollten sich die Bitters von den anderen abheben. Alle wussten, dass der amerikanische Schokoladenmarkt seit dem Tod von Leonyd Balanchine schwach war, und Iwan Balanchiadze, ein wirklich abartiger Mensch, hatte die Situation in Amerika ausgenutzt, um sich die Hände reinzuwaschen. Dein Vater und mein Vater waren befreundet gewesen, deshalb fragte Sophia mich um Rat. Ich schlug ihr vor, ein Treffen mit Mickey Balanchine zu organisieren, der in der Schule ein paar Jahre vor uns gewesen war. Offenbar verstanden sie sich von Anfang an super, und als Sophia sich das nächste Mal meldete, erzählte sie, dass sie sich verlobt hatten.

Es war, vermute ich, von beiden Seiten eine Vernunftehe. Dein Cousin glaubte wahrscheinlich, er stärke seine Position in der Familie mit dieser strategischen Verbindung.

»Ich habe da so eine Idee, Yuji«, sagte Sophia eines Abends zu mir, als ich in Deutschland war. »Wie wäre es, wenn ich einen kleinen Zwischenfall in Amerika organisiere?«

»Was für einen Zwischenfall?«

»Zeitgleich mit meiner Übersiedlung könnten die amerikanischen Balanchines Probleme mit dem Nachschub bekommen. Dann springe ich als Mickeys Verlobte ein und schlage vor, den Engpass mit Bitter-Schokolade zu überbrücken.«

»Was für Probleme?«

»Solche, die ich gut herbeiführen kann.«

»Dabei könnten Unschuldige sterben«, bemerkte ich.

»Niemand stirbt. Bevor es so weit kommen kann, haben wir alle informiert.«

Ich hielt es für zu riskant. Und wie ich schon erwähnt habe, waren dein Vater und meiner befreundet. Ich hatte kein besonderes Interesse daran, die amerikanischen Balanchines zu Fall zu bringen.

»Ich brauche deine Hilfe. Bitte, mein Süßer. Alleine schaffe ich das nicht. Das wünsche ich mir von dir zur Hochzeit.«

Ich konnte ihr die Bitte nicht abschlagen.

Ungefähr einen Monat später rief sie mich an.

»Es ist so weit, Yuji.«

Zu ihrer Hochzeit kam ich nach New York.

»Es ist der Horror«, sagte Sophia. »Mickey ist ein Idiot. Die Leute hier kann ich nicht ausstehen. Ich hasse dieses Land. Wenn ein paar Jahre vergangen sind, lasse ich mich scheiden. Dann heirate ich dich und werde Chefin der Balanchines und der Bitters. Dann haben wir alles, was wir immer wollten.«

Vielleicht fragst du dich, ob ich traurig war, weil meine liebste Freundin mit einem anderen Mann verheiratet war.

Wahrscheinlich hätte ich es sein sollen.

Doch zufällig lernte ich an jenem Nachmittag die Tochter von Leonyd Balanchine kennen. Also dich, Anya.

Wir hatten uns schon einmal gesehen, aber da warst du noch ein kleines Mädchen gewesen. Auf der Hochzeit warst du fast erwachsen – zumindest eine Heranwachsende. Sehr robust. Du gefielst mir. Und Sophias Vergiftung der Balanchine-Bestände hatte unbeabsichtigte Folgen gehabt. Die Krise hatte dich zum Star der Familie gemacht. An jenem Tag beobachteten dich alle ganz genau. Konntest du ihre Blicke spüren?

In der Nacht hatte ich eine Idee. Wäre es nicht klug, dich zum Kopf von Balanchine Chocolate in Amerika zu machen? Mickey und Sophia konnten den Clan einige Jahre kommissarisch leiten, um an dich zu übergeben, wenn du alt genug wärst. Mein Bauch sagte mir, du wärst eine starke Geschäftsfrau. Sogar eine noch stärkere Geschäftspartnerin als Sophia – auch wenn sie schlau war, so war sie doch auch skrupellos und egoistisch. Und im Geschäftsleben sind das Schwächen.

Diese Gedanken teilte ich nicht mit Sophia. Ich wusste, was sie davon halten würde.

Ich versuchte, dir davon zu erzählen, aber du warst natürlich noch sehr jung. Du warst mit deinem Freund auf der Hochzeit – bist du immer noch mit ihm zusammen? Du gingst zur Highschool und hattest ein anstrengendes Privatleben.

Sophia neckte mich mit meinem Interesse an dir, aber das war mir egal. Ich beschloss, dir zu helfen, wo ich nur konnte. Ich nahm deinen Bruder auf. Ich half dir, aus New York zu fliehen.

Von da an wurde es kompliziert.

Sophia ärgerte sich darüber, dass Yuri Balanchine so lange brauchte, um zu sterben. Sie wollte die Sache ein wenig beschleunigen und den Weg für Mickey ebnen, damit er das Familienoberhaupt würde. Es gab jedoch viele im Clan, die ihr Interesse daran bekundeten, dass du die Chefin von Balanchine Chocolate würdest. Ich war nicht der Einzige, der deinen Vater in dir erkannte. Sophia fand, Mickey hätte einen Fehler gemacht, als er zu dir ging und dich bat, das Geschäft mit ihm zusammen zu leiten. Ich bin mir nicht sicher, ob sie wusste, dass das ursprünglich mein Vorschlag gewesen war.

So begann Sophia dich zu hassen. Sie sah in dir nicht nur eine Rivalin in der Familie, sondern auch in Bezug auf die Zuneigung von mir und Mickey. Davon hast du wahrscheinlich überhaupt nichts gemerkt. So ist Sophia nämlich. Sie behält ihre Abneigungen für sich.

Ich glaubte, eine Möglichkeit zu wissen, wie ich dich vor Schaden bewahren und Sophia auf Abstand halten konnte.

Ich beschloss, dir einen Heiratsantrag zu machen.

Lange habe ich über diese Situation damals nachgedacht.

Im Rückblick habe ich alles falsch gemacht, was man falsch machen kann.

Ich versuchte, ein Abkommen mit dir auszumachen, aber heute bereue ich, nicht ehrlich mit dir gesprochen zu haben. Ich hätte sagen sollen: *Du bist vielleicht noch jung, aber ich sehe großes Potential in dir. Ich glaube an dich. Ich will alles in meiner Macht Stehende tun, um dich in Sicherheit zu wissen. Mir ist bewusst, dass es eine große Bitte ist, aber dafür gebe ich auch viel zurück. Ich glaube, wir könnten ein tolles Team sein. Ich glaube, wir könnten uns lieben.* Vielleicht hättest du mir trotzdem dieselbe Antwort gegeben, aber ich wäre gerne ehrlicher zu dir gewesen.

Ich erzählte Sophia nicht, dass ich dir einen Antrag gemacht hatte, dennoch fand sie es heraus. Sie hatte sich mit der älteren Schwester von Theobroma Marquez angefreundet, und ich nehme an, auf diesem Weg kam die Nachricht zu ihr. Noch nie hatte ich Sophia dermaßen wütend erlebt. »Wie kannst du mich nur so hintergehen?«, schrie sie mich an. »Ich werde der Polizei sagen, was du für Leo und Anya getan hast! Ich werde dafür sorgen, dass du nie wieder nach Amerika kommen kannst! Du wirst Anya Balanchine nie wiedersehen, du armseliger Spinner.«

Verzeih mir, Anya, wenn ich nicht mehr Fürsprache für dich eingelegt habe. Deine Antwort hatte mich verletzt. Vielleicht war es gelogen, als ich sagte, ich würde dich nicht lieben.

Aber gehen wir noch mal zurück. Als dein Bruder in Japan war, geschah dort etwas. Er verliebte sich in meine Schwester.

Genau genommen, ist Noriko meine Halbschwester, die Tochter von der Geliebten meines Vaters. Ich weiß nicht, ob ihr das bekannt ist. Wir sprechen nie darüber, und die Leute glauben fälschlicherweise, dass sie meine Cousine oder gar meine Nichte sei. Doch mein Vater bläute mir ein, dass ich für sie verantwortlich bin. Als Sophia damals Amok lief, machte ich mir Sorgen, sie könne Leo und Noriko etwas antun. Ich beschloss, die beiden zu verstecken, und wandte mich an Simon Green. Ich kannte seine Vergangenheit und wusste, dass er mir diskret helfen würde. Die beste Lösung war, Sophia glauben zu machen, sie sei erfolgreich gewesen. So verfiel ich auf diese Idee mit dem fingierten Unfall. Ich schickte dir Asche und schrieb in einem Begleitbrief, ich hätte die Leiche deines Bruders gesehen.

Später in dem Jahr verjagtest du Sophia aus Amerika, und sie ging zurück nach Deutschland. Und dann kam sie zu mir nach Japan.

Sie behauptete, sie hätte mir vergeben, aber ich glaube, sie hat einen meiner Diener bestochen, um mich vergiften zu können. Sie wollte, dass ich leide, weil ich sie nicht genug liebte. Niemand konnte sie genug lieben, Anya.

Ich wurde sehr krank. Zuerst dachte ich, es sei ein Infekt, den ich mir bei meinen Reisen geholt hätte.

Dann hatte ich einen Herzinfarkt. Und noch einen. Meine Organe stellten die Arbeit ein.

Ich lebte noch, aber mein Leben hing am seidenen Faden.

In der Zwischenzeit hattest du deinen Club in New York eröffnet. Ich hoffte, mich wieder so weit zu erholen, dass ich ihn mir persönlich ansehen konnte, und das habe ich jetzt getan. Ich freue mich, dass ich dir noch persönlich sagen kann, wie stolz ich auf dich bin, Anya. Du hast etwas geschafft, was keiner von uns zuvor zustande gebracht hat. Du hast Schokolade legal gemacht.

Ich hatte noch so viele Fragen an Yuji.

»Anya, ich bereue nichts, was ich zu deiner Unterstützung getan habe, selbst wenn es mich das Leben kosten sollte. Ich bedaure nur, dass ich nicht mehr für dich tun konnte. Du bist die Zukunft unserer Branche. Und deshalb bin ich heute gekommen.

»Ich werde sterben, Anya, und zwar bald. Wenn

es so weit ist, möchte ich, dass du die Ono Sweets Company übernimmst. Ich möchte, dass du in ganz Japan Kakao-Bars eröffnest.«

»Aber wie, Yuji?«

»Ich entschuldige mich, dass ich nicht vor dir auf die Knie fallen kann. Ich entschuldige mich, nicht mehr jung und gesund zu sein. Ich werde dir eine Frage stellen, die ich dir vor sehr langer Zeit schon einmal gestellt habe. Ich möchte, dass du mich heiratest, bevor ich sterbe. Ich habe noch sechs Monate, vielleicht ein Jahr, und wenn ich nicht mehr bin, wird alles dir gehören. Du wirst aus meiner Firma ein Unternehmen mit Zukunft machen. Es gibt viele in unserer Welt, die sich durch das, was du tust, bedroht fühlen, unter anderem der russische Zweig eures Clans. Diese Menschen können sich nur in einer Welt behaupten, in der Schokolade verboten ist. Sie haben Angst vor Veränderung. Wenn du Chefin der Ono Sweets Company wärst, könntest du sie viel erfolgreicher bekämpfen.«

»Yuji, ich ...« Ich wusste nicht, was ich sagen sollte.

»Baue mit mir ein Imperium auf«, sagte er. »Alles, was ich habe, meine Angestellten, mein Vermögen, alles steht dir zur Verfügung. Jeder deiner Feinde wird zu meinem, so lange ich lebe. Jeder

Feind der Balanchines wird ein Feind der Onos sein, auch lange über meinen Tod hinaus. Als dein Vater dich und deine kleine Schwester vor vielen Jahren zu uns nach Japan brachte, wollte er ein Bündnis zwischen unseren Familien schmieden. Mein Vater ließ sich nicht darauf ein. Er hatte seine Gründe, aber ich glaube, dass er es irgendwann bereut hat.«

»Was waren denn das für Gründe, Yuji?«

»Die russischen Balanchines waren der Ansicht, dein Vater hätte die falschen Entscheidungen getroffen. Er hatte versucht, das Geschäft in eine moralisch bessere Richtung zu führen, hatte Kakaoproduzenten gewechselt und die Arbeitsbedingungen in den Fabriken verbessert. Das hat deinem Vater viele Feinde verschafft.«

»Deshalb wurde er umgebracht?« Ich hatte meinen Vater also wegen einer Meinungsverschiedenheit unter Kakaoproduzenten verloren.

»Ja, das glaube ich, aber es ist nur eine Theorie. Ich weiß es nicht mit Sicherheit. Aber ich mache mir Sorgen um dich, Anya. Die Balanchiadze sind skrupellos, und du bist ihr Feind.«

»Meinst du, ich bin in Gefahr?«

»Ich weiß es sogar. Aber wenn du über meinen Einfluss und meine Mittel verfügen könntest, würden sie vorsichtiger sein.« Yuji nahm meine Hand.

»Ich bin so stolz auf dich«, sagte er. »Es tut mir leid, dass ich nicht mehr da sein werde, um selbst mit meiner Firma den Umbruch zu schaffen. Ich könnte dir auch einfach alles überlassen, ohne dich zu heiraten, aber die Ono Sweets Companay ist ein Familienbetrieb, und die Mitarbeiter werden dich nur respektieren, wenn du auch eine Ono bist.«

»Yuji, ich liebe dich nicht. Nicht auf diese Weise.«

»Aber du liebst auch niemand anderen, oder?«

Ich dache an Theo, aber die Sache mit ihm schien mir keine Erwähnung wert.

»Habe ich recht? Win Delacroix ist Vergangenheit, im Moment gibt es keinen Mann in deinem Leben?«

»Wenn du weißt, dass er Vergangenheit ist, warum hast du mich dann eben nach ihm gefragt?«

»Weil ich deine Augen sehen wollte. Ich wollte mir ganz sicher sein.«

Als Yuji zum ersten Mal um meine Hand angehalten hatte, war ich überzeugt gewesen, nur Win lieben zu können.

Er streckte mir die Hand hin. »Wir wüssten beide genau, worauf wir uns einließen. Es gibt deutlich schlechtere Gründe für eine Ehe.« Yuji sah mich an. »Außerdem bleibt mir nur noch sehr wenig

Zeit auf dieser Erde. Ich hätte nichts dagegen, sie mit dir zu verbringen.«

Ich erwiderte, ich bräuchte Zeit zum Nachdenken, dann brachte ich ihn nach draußen zu seinem Wagen.

In jener Nacht konnte ich nicht schlafen.

Ich dachte an Win, wie sehr ich ihn geliebt hatte und wie sehr er behauptet hatte, mich zu lieben, und dass es trotzdem nicht genug gewesen war, weil er nicht hatte begreifen können, warum ich den Club eröffnen musste.

Ich dachte an Theo und wie gut er sowohl mein Unternehmen als auch mich verstand. Wie unheimlich gern ich ihn mochte. Dass ich mich gemein und mies fühlte, weil ich ihn offenbar nicht so lieben konnte, wie er mich oder wie ich Win geliebt hatte. *Was ist so toll an dir, dass du die Liebe eines wirklich netten Jungen zurückweist?*, fragte ich mich.

Ich dachte daran, dass ich den ganzen Winter lang versucht hatte, meine Beziehung zu Theo zu beenden. Jetzt bot sich sicherlich eine gute Möglichkeit, Schluss zu machen.

Am meisten dachte ich an Yuji, der mir und meinem Bruder das Leben gerettet hatte. Ich überlegte, wie gut die Verbindung meinem Unternehmen tun würde und für wie viele Menschen ich dann verantwortlich wäre.

Ich dachte daran, dass Yuji nicht mehr sehr lange zu leben hatte.

Ich dachte, es würde mir schon nicht so weh tun, wenn er starb, weil ich ihn ja nie geliebt hatte.

Ich dachte an die vielen Menschen, die heirateten und sich irgendwann wieder scheiden ließen oder die ganz unglücklich miteinander waren. Ich dachte an Wins und an meine Eltern.

Ich dachte, romantische Liebe sei eh kein guter Grund, um zu heiraten. Menschen ändern sich; die Liebe stirbt. So stand man beispielsweise mit dem Jungen, den man liebte, an Silvester in einem Nachtclub, und er sagte einem, er würde es bereuen, einen überhaupt kennengelernt zu haben. So etwas konnte passieren.

Familie. Pflichtgefühl. Vermächtnis. Je länger ich darüber nachdachte, desto mehr schienen es mir gute, einleuchtende Gründe zum Heiraten zu sein.

Ich dachte, dass ich erwachsen sei.

Ich dachte, ich wüsste, was ich tue.

Und das alles waren nur ein paar der Lügen, die ich mir einredete.

»Wie kannst du das überhaupt in Erwägung ziehen?«, schrie Theo. Drei Wochen waren vergangen; er war aus San Francisco zurückgekehrt und traf mich nun dabei an, wie ich meine Sachen packte und Vorbereitungen traf, um über einen Zwischenstopp in Boston nach Japan zu fliegen. Natty hatte ihren Abschluss an der Highschool gemacht und würde die Abschlussrede in Sacred Heart halten, so schwer es mir auch zu begreifen fiel, dass sie schon so erwachsen war.

Theo zerrte meine Sachen aus dem Koffer und warf sie quer durchs Zimmer.

»Hör auf!«, sagte ich.

»Nein! Eigentlich müsste ich noch viel mehr ausflippen. Ich sollte dich fesseln oder im Schrank einschließen. Du machst einen furchtbaren Fehler.«

»Bitte, Theo, du bist mein bester Freund.«

»Aber dein bester Freund freut sich nicht für dich«, sagte er. »Du solltest mich nicht für jemanden verlassen, den du nicht liebst.«

»Liebe hat damit nichts zu tun.«

»Aus welchem Grund machst du es dann? Du hast jetzt schon mehr Geld als dein Vater. Du hast alles erreicht, was du schaffen wolltest. Es kann nicht sein, dass du diesem Mann dein Herz schuldest.«

»Ich gebe ihm nicht mein Herz. Nur meine Hand.«

»Wir sind doch glücklich, Anya. Seit über einem Jahr sind wir glücklich. Warum willst du unbedingt jemand anderen zu deinem Mann machen?«

»Wir sind nicht glücklich. Wir streiten uns seit Monaten. Aber unsere Streitigkeiten haben nichts mit dieser Sache zu tun. Ich heirate Yuji Ono, weil ich muss. Nein, weil ich *will*.«

»Yuji Ono hat meine Cousine Sophia zugrunde gerichtet.«

»Das stimmt nicht.«

Theo änderte seinen Ton. »Anya, *por favor*. Wir müssen darüber reden. Wenn du Yuji Ono danach immer noch heiraten willst, dann tu es. Aber überstürze es nicht. Warum diese Eile?«

»Weil er stirbt, Theo. Und er will, dass ich sein Unternehmen erbe, damit ich mit Ono Sweets das machen kann, was wir in New York auf die Beine gestellt haben.«

»*Puta!*«, zischte Theo.

»*Was?*«

»Das heißt ›Nutte‹.«

»Ich weiß, was das heißt. Nennst du mich etwa eine Nutte?«

»Ich nenne dich einen Menschen, dem Geld wichtiger ist als Liebe. Das ist eine Nutte.«

»Ich liebe dich nicht, Theo. Ich weiß nicht, wie oft oder auf welche Weise ich das noch sagen soll. Und selbst wenn ich dich lieben würde, wüsste ich nicht, ob es genug wäre.«

Theo murmelte etwas auf Spanisch.

»Was?«

»Du bist ein trauriger Mensch, Anya. Du tust mir leid.«

Mein Handy klingelte. »Das ist mein Taxi«, erklärte ich. »Ich bin jetzt weg.«

Theo antwortete nicht.

»Wünsch mir alles Gute! Das würde ich umgekehrt auch tun.«

»Das kann nicht dein Ernst sein. Manchmal habe ich das Gefühl, dich überhaupt nicht richtig gekannt zu haben.« Theo verließ mein Zimmer, schlug die Wohnungstür zu.

Ich sammelte meine Klamotten zusammen und stopfte sie zurück in den Koffer. Es wäre gelogen, wenn ich behauptete, Theos Worte hätten meine Laune nicht ein wenig gedämpft.

Als ich in den Flur trat, kam Scarlet aus ihrem Zimmer – sie wohnte jetzt mit Felix in dem alten Raum von Noriko und Leo. Meine Freundin trug noch ihre Uniform aus der Dunkelkammer, wo sie am Vorabend gearbeitet hatte; offenbar war sie darin eingeschlafen. Vor gut einem Monat war Scarlet für ein Theaterstück gecastet worden. Irgendwas Experimentelles in einem Black-Box-Theater. Es gab kein Geld dafür. Ihre Rolle trug den Namen »Wahrheit«. Durch Scarlets Job und das Stück sah ich sie so gut wie nie, obwohl wir in derselben Wohnung lebten. »Anya!«, rief sie. »Warte!«

»Versuchst du jetzt auch, mich aufzuhalten und mir zu erzählen, was für ein furchtbarer Mensch ich bin?«

»Natürlich nicht. Wie könnte ich mir ein Urteil über andere erlauben, schon gar nicht über dich, meine Süße? Ich wollte nur sagen: Pass auf dich auf und ruf mich an, wenn du kannst.« Sie schlang die Arme um mich. »Und wünsche Natty eine schöne Abschlussfeier von mir.«

Vor zwei Jahren hatte ich mein Zeugnis in einem Raum mit kaputter Klimaanlage bekommen. Natty dagegen feierte ihren Schulabschluss am schönsten Tag im Mai in einem Park. Markisen und Bäume

waren mit dunkelblauen und weißen Bändern ge-
schmückt. Die Rosen blühten, ihr Duft erfüllte
die Luft. Auf dem Grundstück liefen Pfauen um-
her; überall auf dem Boden waren Pfauenfedern
verstreut, was ungewöhnlich, aber reizend aussah. Natty hatte sich die Haare zu einem kurzen Bob schneiden lassen. Groß und schön wirkte
sie in ihrem blassgelben Talar mit dem Barett.
Im nächsten Jahr würde sie das Massachusetts
Institute of Technology besuchen. In ihrer Ab-
schiedsrede sprach sie über Wasser und die Bedeutung neuer Erschließungstechniken. Ich war
stolz darauf, wie die Zuschauer ihr lauschten.
Meine Schwester würde mal ein bedeutsamer
Mensch werden.

Als der formelle Teil vorbei war, drängten sich die
Leute um Natty. Ich hielt mich eher im Hinter-
grund, als mir plötzlich jemand die Hand auf die
Schulter legte.

»Annie«, sagte Win. »Wie geht es dir?«

Ich wusste, dass Natty ihn eingeladen hatte – in
Boston waren sie befreundet gewesen, und es war
meiner Aufmerksamkeit nicht entgangen, dass
ihre Freundschaft meine Beziehung zu Win über-
dauert hatte. Daher war ich nicht überrascht, ihn
zu sehen. Er trug einen hellgrauen Dreiteiler mit
schmal geschnittener Hose und sah so umwerfend

aus wie eh und je. Ich hielt ihm die Hand hin, er ergriff sie. »Freut mich, dich zu sehen«, sagte ich.

Win hatte eine Pfauenfeder in der Hand und roch nach Zitrusfrüchten und Moschus. »Wie geht es dir?«, fragten wir beide gleichzeitig.

Ich lachte. »Du zuerst. Dein Vater sagt, du überlegst immer noch, Medizin zu studieren?«

»Ich weiß schon genau, was für ein Gespräch das hier wird. Ja. Ja, das überlege ich.«

»Worüber würdest du denn lieber reden?«

»Egal. Übers Wetter«, sagte er.

»Das Wetter ist perfekt für eine Abschlussfeier.«

»Über deine Frisur.«

»Ich überlege, ob ich das Haar wieder wachsen lasse.«

»Auch wenn meine Meinung dazu nicht zählt, würde ich dieses Vorhaben doch unterstützen.«

Ich griff nach der Pfauenfeder. »Was ist das?«, fragte ich.

»Weiß nicht genau. Vielleicht schreibe ich damit einen Roman«, erwiderte Win.

»Ach, ja? Wovon handelt der denn?«

»Hm. Böses Mädchen trifft guten Jungen. Ehrgeiziger Vater mischt sich ein. Mädchen entscheidet sich fürs Geschäft und gegen den Jungen. So was Ähnliches.«

»Kommt mir irgendwie bekannt vor«, sagte ich.

»Liegt wahrscheinlich daran, dass es ein Klischee ist.«

»Wie geht es aus?«

»Das Mädchen heiratet einen anderen. Hab ich jedenfalls gehört.« Er machte eine Pause. »Stimmt das?«

»Ja«, sagte ich und wandte den Blick ab. »Aber es ist nicht so, wie es aussieht.«

»Wird es so aussehen, dass du den Gang in einer Kirche entlangschreitest?«

»Ja.«

Win räusperte sich. »Tja, du wusstest schon immer, was du willst. Du hattest schon immer deinen eigenen Kopf.«

»Meinst du?«

»Denke schon«, sagte er. »Ich … ich habe vor zwei Jahren einen Fehler gemacht, als ich dir vorschreiben wollte, was du zu tun hast. Ich denke immer noch, dass ich recht hatte, aber ich habe mich überhaupt nur in dich verliebt, weil du so unabhängig, so stur und so ganz du selbst bist. Man kann nicht die Meinung von Anya Balanchine ändern. Es war ein Fehler von mir, es überhaupt zu versuchen.« Win sah zu meiner Schwester hinüber, die neben dem Podium stand und mit einer ihrer Lehrerinnen sprach. »Du musst so stolz sein.«

»Bin ich auch.«

»Du hast alles richtig gemacht, Anya. Ich weiß, dass Natty das genauso sieht.«

»Ich habe mein Bestes getan, aber ich habe mit Sicherheit auch Fehler gemacht. Ich bin froh, dass wir endlich wieder miteinander reden können«, sagte ich. »Du hast mir gefehlt.«

»Wirklich? Ich kann mir nicht vorstellen, dass dir irgendjemand fehlt. Du schaust immer geradeaus in die Zukunft, du wirfst keinen Blick zurück. Außerdem weiß ich ja, dass es dir in den letzten beiden Jahren nicht an Gesellschaft gemangelt hat. Theo Marquez, Yuji Ono.«

»Dir ja wohl auch nicht! Natty sagt, du hättest jedes Mal eine andere Freundin, wenn sie dich sieht.«

»Das müsste dir doch das Gefühl geben, etwas Besonderes zu sein. Mir ist es mit keiner ernst.« Win sah mich an. »Du hast mich für andere verdorben«, sagte er so scherzhaft, wie man eine solche Bemerkung nur machen konnte. »Ich hatte gehofft, dich heute zu sehen. Ich will dir schon seit Längerem etwas sagen, aber die Zeit verfliegt nur so, und dann bleiben die Dinge unausgesprochen. Ehrlich gesagt, informiere ich mich manchmal in Zeitungen über deinen Club.«

»Wirklich?«

»Ich halte mich gerne auf dem Laufenden. Aber das sind nur Begleiterscheinungen, mir geht es um was anderes. Was ich dir eigentlich sagen will, ist, wie unglaublich stolz ich auf dich bin.« Er nahm meine Hand in seine. »Ich weiß nicht, ob es dir überhaupt was bedeutet, aber ich wollte es auf jeden Fall gesagt haben.«

Ich wollte gerade antworten, dass es mir natürlich etwas bedeutete, da gesellte sich Natty zu uns. »Win«, sagte sie, »kommst du mit uns essen?«

»Geht leider nicht«, erwiderte er. »Deine Rede war super, Mädchen!« Er holte eine kleine Schachtel hervor und reichte sie ihr. »Für dich, Natty. Und noch mal Glückwunsch.«

Er nahm meine Schwester in den Arm und gab mir zum Abschied die Hand. Wir sahen ihm nach. Ich hielt noch seine Pfauenfeder zwischen den Fingern. Kurz überlegte ich, ihm nachzurufen, aber ließ es sein.

Beim Mittagessen packte Natty Wins Geschenk aus. Es war ein kleines Silbermedaillon in Form eines Herzens. »Er sieht immer noch das kleine Mädchen in mir«, sagte sie und steckte die Schachtel in ihre Tasche. »Worüber habt ihr beide heute geredet?«

»Über alte Zeiten«, sagte ich.

»Na gut. Dann erzähl's mir halt nicht«, gab sie zurück. »Soll ich auch ganz bestimmt nicht mit dir nach Japan fliegen? Immerhin heiratest du.«

»Das wird eher so was wie ein Geschäftstermin.«

»Das ist das Traurigste, was ich je gehört habe.«

»Natty. Ich habe mich entschieden.« Ich holte meinen Kalender hervor. »Du bist erst im Ferienlager« – sie war Betreuerin – »und gehst dann zum College. Ich fliege im September zurück und helfe dir dann, dein Wohnheimzimmer einzurichten, in Ordnung?«

»Annie, ich mache mir Sorgen um dich. Ich habe das Gefühl, du weißt nicht, worauf du dich da einlässt.«

»Doch, das weiß ich, Natty. Hör zu, die Menschen heiraten aus allen möglichen Gründen. Es gibt nur zwei Dinge auf dieser Welt, dir mir etwas bedeuten, und das sind meine Familie – Leo und du – und meine Arbeit. Ich bin nicht romantisch veranlagt, deshalb stört es mich nicht so sehr wie andere, aus einem anderen Grund als aus Liebe zu heiraten. Aber dass du mich so tragisch ansiehst, das macht mir ein richtig schlechtes Gewissen.«

»Du bist romantisch. Du hast Win geliebt.«

»Damals war ich noch ein Teenager. Das war etwas anderes.«

»Bis August bist du immer noch ein Teenager«, erinnerte sie mich.

»Offiziell.«

Natty verdrehte die Augen. »Auch wenn es so was wie ein Geschäftstermin ist, mach doch bitte Fotos, ja? So wie es aussieht, könnte das meine einzige Chance sein, dich in einem Hochzeitskleid zu bewundern.«

Am Flughafen von Tokio empfing mich eine Abordnung von zehn Vertretern der Ono Sweets Company. Alle trugen dunkle Anzüge. Zwei Frauen hatten Schilder in der Hand, auf denen BALANCHINE stand. Nach unzähligen Verbeugungen wurde mir ein Strauß rosa Tulpen, ein Korb mit Orangen, eine Schachtel Pralinen von Ono und ein seidenes Täschchen überreicht, das mehrere Paare kunstvoll bestickter Strümpfe enthielt.

»Ist das Haus von Ono-san in der Nähe?«, fragte ich eine der Frauen.

»Nein, Anya-san, wir müssen erst in die Stadt fahren und dort den Shinkansen-Zug nach Osaka nehmen.«

Als Kind war ich schon einmal in Japan gewesen, aber konnte mich nicht mehr groß daran erinnern. Auf den ersten Blick wirkten die städtischen Gebiete so ähnlich wie New York, auch wenn der Zug (und die Luft) viel sauberer waren. Zunächst sah man nichts anderes als das vertraute Grau und die blitzenden Neonlichter einer in die

Höhe strebenden Stadt: rote Reklameschilder für Geschäfte, Bars oder Mädchen; eindrucksvolle Balkone aus Glas und Stahl, zwischen die altmodische Wäscheleinen gespannt waren. Den Anblick fand ich beruhigend, denn er erinnerte mich an meine Heimat, und so schlief ich ein. Als ich aufwachte, raste der Zug durch das dichte Grün eines Waldes. Zu viel Natur machte mich nervös; wieder schlief ich ein. Als ich zum zweiten Mal erwachte, hatte sich die Landschaft wiederum verändert: ich sah das Meer, bescheidene Hochhäuser. Wir waren in Osaka.

In langen schwarzen Limousinen mit getönten Scheiben fuhren wir zum Anwesen der Onos. Ich wurde das Gefühl nicht los, Teil eines Beerdigungszuges zu sein.

Schließlich gelangten wir an ein Tor aus zwei Eisentüren in einer Steinmauer. Ein Wachmann winkte uns durch.

Das zweistöckige Haus der Onos war mit dunklem Walnussholz verkleidet und hatte graue Dachpfannen. Weitläufig lag es vor mir, flach, aber irgendwie kraftvoll. Ein Mitglied meiner Entourage erklärte, es sei im traditionellen japanischen Stil gebaut. Auf dem Grundstück entdeckte ich künstlich angelegte Wasserläufe, mehrere Teiche und gestutzte Bäume. Als ich das Haus betrat, wusste ich, dass ich die Schuhe ausziehen musste. Vielleicht hatte man mir deshalb die Strümpfe zur Begrüßung geschenkt.

Kazuo, Yujis Leibwächter, erklärte mir, dass mein Gepäck in mein Zimmer gebracht würde und das Essen bereitstünde, falls ich Hunger hätte – hatte ich aber nicht. »Darf ich Yuji begrüßen?«, fragte ich. Mir wurde mitgeteilt, dass er sich bereits zurückgezogen hatte.

Eine Hausangestellte in einem braunen Kimono führte mich durch einen Korridor. Die Gänge zogen sich über die gesamte Länge des Gebäudes. Die Angestellte schob eine Tür auf, die gleichzeitig Teil der Wand war.

Ich betrat mein Zimmer, dessen Boden und Wände mit Tatami-Matten verkleidet waren, das Bett war jedoch westlich. In der Ferne konnte man einen Teich sehen. Eine Katze strich über das Grundstück, und ich überlegte, ob es vielleicht eine Nachfahrin der Katze war, die Natty und ich bei unserem Aufenthalt vor über zehn Jahren gestreichelt hatten. Oder war es sogar dieselbe? Katzen hatten ein langes Leben, manchmal lebten sie länger als Menschen.

Ich packte meinen Koffer aus und legte mich aufs Bett. Eigentlich war es albern, aber auf einmal schien es für mich von entscheidender Wichtigkeit zu sein zu erfahren, wie das Wetter am nächsten Tag sein würde, meinem Hochzeitstag. Ich stellte mein Handy an, aber es funktionierte nicht. Ich schaltete meinen Tablet ein; Tablets sollten zuverlässiger als Telefone sein, wenn man im Ausland war. Eine Nachricht erschien auf dem Bildschirm.

win-win: *Anya?*

anyeschka66: *Hier bin ich.*

win-win: *Hatte gehofft, du machst vielleicht deinen Tablet an, da du ja im Ausland bist. Du bist in Japan, stimmt's?*

anyeschka66: *Ja.*

win-win: *Das heißt, du heiratest morgen.*

anyeschka66: *Willst du mich vielleicht davon abhalten?*

win-win: *Ich würde nie mehr versuchen, dich von irgendetwas abzuhalten. Ich habe meine Lektion gelernt, wenn auch langsam.*

anyeschka66: *Kluger Junge.*

win-win: *Ich fand es nett, dass wir uns auf Nattys Abschlussfeier gesehen haben.*

anyeschka66: *Ich auch.*

win-win: *Mein Gott, ist das langweilig. Warum haben unsere Großeltern bloß so gerne Kurznachrichten geschickt? Warum haben sie nicht einfach telefoniert?*

anyeschka66: *Die hatten früher viel mehr Abkürzungen als wir. Meine Nana hat mir manchmal davon erzählt. Als sie fünfzehn oder vielleicht sechzehn war, hat sie einen Wettbewerb im Speed-Simsen gewonnen. OMG. LOL.*

win-win: *OMG kenne ich, aber was heißt LOL?*

anyeschka66: *Laughing out loud – lautes Lachen.*

win-win: *Das wirst du ja nicht oft brauchen.*

anyeschka66: *Was soll das denn heißen?*

win-win: *Du bist eher ernst. Du bist als Mädchen so eine Art Beerdigung.*

anyeschka66: *Ich bin witzig.*

win-win: *Aber nicht LOL.*

anyeschka66: *LOL.*

win-win: *Moment, soll das gerade heißen, dass du laut lachst?*

anyeschka66: *Ich lache nicht laut. Ich schätze mal, dass niemand laut lacht, wenn er gerade LOL schreibt. Ehrlich gesagt, bin ich ROTFL.*

win-win: *Was heißt das denn schon wieder?*

anyeschka66: *Erzähle ich dir beim nächsten Mal, wenn wir uns sehen.*

win-win: *Und wann ist das?*

anyeschka66: *In nächster Zeit wohl erst mal nicht. Zumindest in den nächsten Monaten werde ich von Japan aus arbeiten, auch wenn ich zwischendurch zu den anderen Clubs fliegen werde. Zu Nattys*

Einführungswoche am MIT werde ich kurz in Boston sein.

win-win: *Sag mir Bescheid, wenn du Zeit hast. Dann gratuliere ich dir zu deiner Hochzeit, und ich kann dir und Natty helfen, wenn ihr einen großen, starken Mann braucht, der Umzugskartons schleppt oder so.*

anyeschka66: *Wer ist denn dieser große, starke Mann, von dem du da redest?*

win-win: *LOL.*

anyeschka66: *Ich muss aufhören. Ich heirate morgen früh.*

win-win: *OMG.*

anyeschka66: *Guck mal, wie gekonnt du jetzt diese Abkürzungen benutzt.*

win-win: *DDT YLRPANG IS IMY IHTYMYO IKIDHARBIDWAETHY ITIMSLY IDHMR.*

anyeschka66: *Das hast du dir doch gerade ausgedacht.*

win-win: *Das hat alles eine Bedeutung, kannst du mir glauben.*

anyeschka66: *Ich bezweifele, dass auch nur eine der Abkürzungen eine Chance hat, sich durchzusetzen.*

win-win: *Glückwunsch, Annie. Glückwunsch, meine alte Freundin. Das meine ich ernst. Bleib gesund und munter, und egal, wie es mit uns beiden auch weitergeht, lass uns darauf achten, dass wir nie wieder so lange nicht miteinander sprechen. LOL.*

anyeschka66: *Ich glaube, du benutzt LOL doch falsch, Win. Es sei denn, der letzte Satz sollte ein Witz sein.*

Wahrscheinlich hatte er seinen Tablet schon ausgemacht, denn er antwortete nicht mehr. Ich schaltete den Computer ebenfalls aus und ging ins Bett.

Auf meinem Koffer auf der anderen Seite des Zimmers lag die Pfauenfeder. Es kam mir vor, als würde mich das Auge ansehen, deshalb stand ich auf und schob die Feder in das Etui meiner Machete.

In der Nacht konnte ich nicht schlafen. Vielleicht lag es am Jetlag.

Vielleicht war es einfach nur der Jetlag.

Als ich am Morgen erwachte, hatte ich nicht eine Stunde geschlafen. Mein Gesicht war aufgedunsen, ich konnte nur verschwommen sehen, meine Hände schwitzten, der Kopf pochte.

Eine Bedienstete von Yuji kleidete mich in einen Kimono aus beiger Seide, in dessen Saum und Ärmel zarteste rosa Kirschblüten gestickt waren. Mein Haar war wieder lang genug, um es im traditionellen Stil auf dem Kopf zum Knoten festzustecken. Erstaunlich scharfe kleine Dolche mit goldenen Verzierungen wurden in meinem Haar versenkt. Mein Gesicht wurde weiß gepudert, die Wangen rosa geschminkt, die Lippen blutrot angemalt. Schließlich wurde ein schwerer Seidenumhang um mich geschlungen. Ich kam mir vor wie in einem Kostüm, aber vielleicht fühlt sich jede Braut so, egal wie die Umstände ihrer Hochzeit aussehen.

Die Zehensandalen an meinen Füßen zwangen mich, winzig kleine Schritte zu machen. Ich trippelte ins Badezimmer und schloss die Tür hinter mir. Dort hob ich den Kimono an und befestigte meine Machete darunter. Vorsicht war besser als Nachsicht, dachte ich. Mit einem Blick in den Spiegel ließ ich den Kimono wieder hinunter.

Wir wurden in einem Shinto-Schrein, einem heiligen Gebäude, getraut. Das meiste von dem, was gesagt wurde, verstand ich nicht. Ich nickte, wenn ich darum gebeten wurde, sagte hier und da mein *hai*, wenn es angemessen schien. Wir tranken Sake aus kleinen Keramiktassen; eine atonale Gitarre begleitete die Zeremonie. Es folgte ein Ritual mit drei Zweigen, dann war das Ganze vorbei. Keine halbe Stunde, würde ich sagen.

Ich schaute meinem Mann in die Augen.

»Was denkst du jetzt?«, flüsterte er.

»Ich kann es gerade nicht fassen, dass ich … dass wir das gemacht haben.« Ich war kurz davor, in Ohnmacht zu fallen. Der Kimono war zu eng gewickelt, der schwere Stoff drückte mir die Machete in den Oberschenkel.

Yuji schmunzelte und wirkte gesünder, als ich ihn seit längerer Zeit gesehen hatte.

»Du siehst auf einmal viel gesünder aus«, bemerkte ich.

»Hast du Angst, dass ich zu lange lebe?«

»Natürlich nicht, Yuji.« Aber mir war tatsächlich

nicht die Idee gekommen, dass er auch genesen könnte.

Allmählich wurde mir unwohl. Ich wollte zu Hause in New York sein. Ich sagte meinem »Ehemann«, ich wolle mich hinlegen. Er führte mich in einen Raum in der Nähe des Schreins, der für frisch Vermählte reserviert war.

Kazuo folgte uns. Er rief Yuji etwas auf Japanisch zu.

»Kazuo will wissen, ob es mir schlecht geht«, übersetzte Yuji. »Zur Abwechslung ist es mal Anya«, erwiderte er fröhlich.

Yuji und ich gingen in das Brautzimmer. Ich legte mich aufs Bett. Yuji setzte sich daneben und beobachtete mich.

Was hatte ich mir nur dabei gedacht? Wie hatte ich mir eingeredet, dass das eine gute Idee sein könnte?

Ich hatte einen Mann geheiratet, den ich kaum kannte.

Ich hatte ihn geheiratet!

Das konnte ich nicht wieder rückgängig machen.

Es war so weit. Es war passiert. Ich war verheiratet.

Natty und Theo und alle anderen, die mich davor gewarnt hatten, sie alle hatten recht gehabt.

Ich begann zu hyperventilieren.

»Beruhige dich«, sagte Yuji liebevoll. »Ich werde sterben, wie versprochen.«

Ich musste weinen. »Ich will nicht, dass du stirbst.«

Noch immer atmete ich zu schnell.

»Soll ich deinen Obi lockern?«, fragte er.

Ich nickte. Yuji öffnete meinen Kimono, und langsam wurde mir besser. Er legte sich neben mich, sah mich an, streichelte mein Gesicht.

»Yuji, hältst du mich für einen schlechten Menschen?«

»Warum?«

»Weil du weißt, dass ich dich nicht liebe. In gewisser Weise heirate ich dich wegen des Geldes.«

»Das könnte man von mir auch behaupten. Du bist kurz davor, reicher zu sein als ich, oder? Ehrlich gesagt, beurteile ich dich nicht nach Kriterien wie gut oder schlecht.«

»Wie denkst du denn über mich?«

»Ich erinnere mich an dich als Kind, wie du mit deiner Schwester im Garten spieltest. Ich erinnere mich an dich als Jugendliche, aggressiv und waghalsig. Und ich sehe dich jetzt als Frau, fast immer stark und unbeugsam. Jetzt gefällst du mir am besten. Du gefällst mir besser als je zuvor. Es ist schade, dass bei uns alles in der falschen Reihenfolge abgelaufen ist, aber so ist mein und dein Leben nun mal. Ich hätte dir gerne den Hof gemacht, als ich noch jung und stark war, damit du mich mehr geliebt hättest als jeden anderen, hätte dich gerne umworben und für mich gewonnen. Ich hätte gerne gewusst, dass Anya bei meinem Tod untröstlich ist.«

»Yuji.« Ich drehte mich auf die Seite, um ihm ins Gesicht zu sehen. Mein Kimono klaffte auf, ich zog ihn wieder zu.

Yuji nahm den Obi und wickelte sich ein Ende um die Hand. »Ich wünschte, ich könnte mit dir schlafen.« Mit dem Gürtel zog er mich an sich heran.

Ich bekam große Augen. So ein gefallenes Mädchen war ich auch wieder nicht, dass ich mit einem Mann ins Bett gehen würde, den ich kaum kannte, selbst wenn er *mein* Mann war.

»Aber ich kann nicht. Ich bin zu schwach. Der Tag war sehr ermüdend für mich.« Yuji sah mich an. »Ich bin vollgepumpt mit Medikamenten, und nichts an mir funktioniert, wie es eigentlich sollte.«

Er war ein unglaublich gutaussehender Mann, und die Krankheit verlieh ihm eine fast ätherische Schönheit. Er sah aus wie eine Kohlezeichnung. Im Tod war er nur noch Schwarz und Weiß.

»Ich glaube, ich hätte mich in dich verlieben können, wenn wir uns erst kennengelernt hätten, als ich einige Jahre älter war«, sagte ich.

»Wie schade.«

Ich zog ihn an mich und spürte, wie seine Knochen knirschten und ächzten. Er wog wahrscheinlich weniger als ich und war dazu eiskalt. Da wir beide müde waren, öffnete ich meinen Kimono und schloss ihn um Yuji, so dass wir beide darin eingewickelt waren.

»Dieses Leben«, sagte er und sah mir tief in die Augen. »Dieses Leben«, wiederholte er. »Ich werde mehr Grund haben, es zu vermissen, als ich je gedacht habe.«

Am Morgen war er fort. Kazuo erklärte mir, Yuji hätte aus Gesundheitsgründen in sein eigenes Zimmer zurückkehren müssen, wir würden uns später in der Fabrik von Ono Sweets in Osaka treffen.

Zurück im Haus legte ich meinen Hochzeitskimono ab, den ich nun seit fast vierundzwanzig Stunden trug, und schlüpfte in meine Alltagskleidung. Die Angestellten waren nun noch ehrerbietiger, als sie es vorher schon gewesen waren, aber ich hätte fast nicht gewusst, mit wem sie redeten, als sie mich mit Anya Ono-san ansprachen. Damit sich keiner wundert: Ich hatte nicht Yujis Nachnamen angenommen, aber mein Japanisch reichte nicht aus, um dem Personal zu erklären, dass ich immer noch Anya Balanchine war, egal wie es nach außen hin wirkte.

In der Fabrik von Ono Sweets wartete Yuji auf mich und mein Gefolge. Er wurde von noch mehr Geschäftsleuten begleitet, als ich auf meinem Weg vom Flughafen nach Osaka. Zum ersten Mal seit meiner Ankunft trug Yuji einen dunklen Anzug. Ich kannte ihn eigentlich nur in dieser Kleidung und fand es tröstlich, ihn wieder darin zu sehen. Er stellte mich seinen Mitarbeitern vor, dann besichtigten wir die Fabrik, die sauber, hell und gut geführt war. Ich konnte keinen verräterischen Geruch ausmachen, der ein Anhaltspunkt dafür gewesen wäre, dass die Schokolade gepanscht wurde. Das wichtigste Produkt der Firma schienen *Mochi* zu sein, kleine klebrige Reisküchlein.

»Wo ist die Schokolade?«, flüsterte ich Yuji zu. »Oder importiert ihr sie, so wie meine Familie?«

»Schokolade ist in Japan verboten, das weißt du doch«, erwiderte er. »Komm mit!«

Wir trennten uns von den anderen und gingen in einen Raum mit einem großen Ofen. In der hintersten Ecke befand sich ein Fahrstuhl. Yuji drückte auf einen Schalter an der Wand. Die Wand verschwand, und wir betraten einen Geheimgang, der zu einem Raum führte, in dem es stark nach warmer Schokolade roch. Yuji drückte auf einen anderen Schalter, und die Tür ging hinter uns zu.

»Ich habe 200 Millionen Yen für diese geheime Fabrik ausgegeben«, erklärte er. »Doch wenn alles sich so entwickelt, wie ich hoffe, werde ich bald keine Verwendung mehr dafür haben.«

Während er mich durch die verborgene Fabrik führte, fiel mir auf, dass die Arbeiter mit ihren Overalls, Atemschutzmasken und Handschuhen bemüht waren, jeglichen Blickkontakt zu vermeiden. Die Ofen und Thermometer, die schweren Metallkessel und Transportwagen waren auf dem allerneusten Stand der Technik. An der Wand aufgereiht standen Behälter mit Rohkakao. Durch die Ausbildung bei Theo erkannte ich, dass es sich um minderwertige Ware handelte. Die Farbe war zu hell, Geruch und Konsistenz waren schlecht.

»Diesen Kakao kannst du nicht für deine Produkte verwenden«, urteilte ich. »Wenn man genug Zucker oder Milch hinzufügt, kann man minderwertigen Kakao zu durchschnittlicher Schokolade verarbeiten, aber hiermit kannst du keine hochwertigen Kakaoprodukte herstellen. Du musst deinen Lieferanten wechseln.«

Yuji nickte. Ich würde in Granja Mañana anrufen

und nachfragen, ob sie auch Ono Sweets beliefern könnten.

Wir verließen die verborgene Fabrik und fuhren wieder nach oben, um uns mit Yujis Justiziar Sugiyama zu treffen, der uns erklärte, welche Herausforderungen es zu meistern galt, bevor wir einen Club wie die Dunkelkammer in Japan eröffnen konnten. »Ein Beamter des Gesundheitsministeriums muss jedes Produkt mit einem Stempel offiziell genehmigen. Damit bestätigt er den Kakaogehalt und den gesundheitlichen Nutzen. Das kostet viel Geld«, sagte der Rechtsberater.

»Am Anfang«, wandte ich ein, »aber danach spart man Geld. Wir werden beispielsweise keine geheime Fabrik mehr unterhalten müssen. Und wenn es in diesem Land auch nur ansatzweise so läuft wie in meinem, dann wurden schon immer Beamte bestochen. Jetzt bezahlt man einfach andere.«

Sugiyama sah mich weder an, noch reagierte er auf meinen Einwand. »Vielleicht fahren wir besser damit, es so zu belassen, wie der Betrieb jetzt läuft, Ono-san«, sagte er.

»Sie müssen auf Anya-san hören«, gab Yuji zurück. »Das ist mein Wunsch, Sugiyama-san. So soll es sein. Wir werden keine illegale Firma mehr sein.«

»Wie Sie wünschen, Ono-san.« Sugiyama nickte mir zu.

Yuji und ich gingen nach draußen, um auf ein Auto zu warten. »Die Menschen hier sind hoffnungslos konservativ, Anya. Sie widersetzen sich dem Wandel. Du musst hartnäckig sein. Ich werde es auch sein, so lange ich kann.«

»Wo wollen wir hin?«, fragte ich.

»Ich wollte dir zeigen, wo die erste Kakao-Bar eröffnen könnte, falls dir der Standort gefällt. Und dann möchte ich dich der Welt als meine Frau vorstellen.«

Wir hatten vor, fünf Filialen in Japan zu eröffnen. Der Ort, den Yuji für die Vorzeige-Bar auserkoren hatte, war ein altes verlassenes Teehaus mitten im geschäftigsten Altstadtbereich von Osaka. Sobald man die graue Hausfassade jedoch hinter sich gelassen hatte, befand man sich in einer anderen Welt. Im Garten standen Kirschbäume und einige unerschütterliche violette Iris, die noch nicht vor dem despotischen Unkraut kapituliert hatten. Alles war hoffnungslos zugewuchert. Die Atmosphäre war völlig anders als in unserem Club in New York, aber es könnte wunderschön werden. Sogar romantisch.

»Meinst du, das könnte passen?«, fragte Yuji.

»Es ist ganz anders als in New York.«

»Ich möchte mich nicht mehr im Dunkeln verstecken«, sagte er. »Ich habe es so satt.«

»Eigentlich wollte ich auch ein Café eröffnen, das tagsüber geöffnet ist, aber mein Geschäftspartner hat es mir ausgeredet. Er meinte, der Club sollte sexy sein.«

»Kann ich verstehen. Aber die Japaner sind anders als die Amerikaner. Ich glaube, hier sind wir mit Tageslicht besser beraten.«

»Dann kann es aber nicht ›Dunkelkammer‹ heißen.« Ich überlegte. »Lichtgarten?«

Yuji dachte über meinen Vorschlag nach. »Gefällt mir.«

Ungefähr eine Viertelstunde später traf Yosh, Yujis Pressesprecher, mit verschiedenen Medienvertretern ein. Er übersetzte mir große Teile der Pressekonferenz, die auf Japanisch abgehalten wurde.

»Ono-san, es ist Monate her, seit man Sie zum letzten Mal in der Öffentlichkeit gesehen hat«, sagte einer der Reporter. »Man hört Gerüchte, Sie würden kränkeln, und Sie sehen wirklich sehr schlank aus.«

»Ich kränkele nicht«, sagte Yuji. »Und ich habe Sie heute auch nicht hierherbestellt, um über meine Gesundheit zu sprechen. Ich habe zwei Neuigkeiten zu verkünden. Zum einen wird meine Firma in den kommenden Monaten komplett umorganisiert werden. Zweitens möchte ich Japan diese Frau vorstellen.« Er zeigte auf mich. »Sie heißt Anya Balanchine, ist Geschäftsführerin des berühmten Kakaoclubs Dunkelkammer in New York City und hat mir die große Ehre erwiesen, meine Frau zu werden.«

Blitzlichter leuchteten auf. Ich lächelte den Journalisten zu.

Die Story ging um die ganze Welt. In manchen Gegenden waren sowohl mein Name als auch der meines Mannes berüchtigt, und vielen schien es erwähnenswert, dass diese beiden Clans des organisierten Verbrechens sich vereint hatten. Tatsächlich waren unsere Familien schon vor Jahren zusammengewachsen, nämlich als Leo Yujis uneheliche Halbschwester Noriko geheiratet hatte.

Ohne dass Yuji es sagen musste, wusste ich, dass er die Eröffnung zumindest eines Clubs miterleben wollte, bevor er starb. Und auch wenn ich nur auf dem Papier seine Frau war, wollte ich ihm den Wunsch erfüllen. Den Rest des Sommers arbeiteten Yuji und ich daran, die Eröffnung der Lichtgärten vorzubereiten. Das war nicht leicht – die kulturellen und sprachlichen Barrieren waren nicht zu unterschätzen. Ich sorgte mich um Yujis Gesundheit. Er war so rastlos, wie nur ein Sterbender sein konnte.

Ungefähr eine Woche nach meinem zwanzigsten Geburtstag eröffnete der erste Lichtgarten in Osaka. Die Atmosphäre in dem Laden glich eher einem feinen Teehaus als einem Nachtclub. Am Eingang führte ein Teppich aus Rosenblüten in den großen Saal. Überall hingen winzige Lichter, dicke Stumpenkerzen in Haltern aus gehämmertem Silber beleuchteten die schmiedeeisernen Tische, über denen sich jeweils ein Baldachin aus durchsichtigem weißen Stoff spannte. Yuji und ich hatten den romantischsten Ort geschaffen, den wir uns vorstellen konnten – die Ironie des Schicksals bestand darin, dass die beiden Menschen, die das aufgebaut hatten, nicht ineinander verliebt waren.

Mittlerweile war sein Herz sehr schwach, er musste die Einweihungsparty bald verlassen. »Bist du glücklich?«, fragte ich ihn auf der Rückfahrt zum Haus.

»Ja«, erwiderte er. »Morgen machen wir weiter. Vielleicht erlebe ich auch noch die Eröffnung in Tokio.«

An dem Abend lief ich den Gang hinunter zu Yujis Zimmer. Oft konnte er nachts nicht schlafen. Ich vergewisserte mich, dass sein Licht brannte, ehe ich anklopfte.

»Yuji«, sagte ich, »ich fliege nach Hause, weil ich meiner Schwester helfen will, ihr Wohnheimzimmer zu beziehen, aber in zwei Wochen bin ich wieder da. Ich würde dich ja einladen, mich zu begleiten, aber in deinem Zustand ...«

Er nickte. »Klar.«

»Stirb bitte nicht, so lange ich weg bin.«

»In Ordnung. Soll ich dir ein Geheimnis verraten?«, fragte er.

»Immer.«

»Geh mal zum Fenster und guck rüber zum Koi-Teich«, sagte er.

Ich gehorchte. Yujis graue Katze saß neben einer schwarzen Katze auf der Bank. Die graue Katze leckte der schwarzen die Wange. »Oh! Die sind verliebt, oder? Was glaubst du, wo haben sie sich getroffen?«

»Gar nicht so weit entfernt von hier, die Straße runter, ist ein Bauernhof. Er könnte von da gekommen sein.«

»Oder er ist ein Stadtkater«, sagte ich. »Aufs Land gezogen für das Mädchen seiner Träume.«

»Gefällt mir besser.« Yuji schmunzelte.

Er klopfte neben sich aufs Bett, und ich legte mich dort hin.

»Wie geht es dir?« Er hasste diese Frage, aber ich wollte es wissen.

»Ich bin glücklich, dass ich Ono Sweets beim Übergang in eine neue Ära begleiten konnte. Wir schreiben das Jahr 2086, Anya. Wir müssen uns für das zweiundzwanzigste Jahrhundert rüsten.«

»Wie geht es deinem Herz?«, hakte ich nach.

»Es schlägt. Noch schlägt es.« Ich legte die Hand auf Yujis Brust, und er zuckte leicht zusammen.

»Tut das weh?«

»Schon gut.« Er atmete tief ein. »Nein, das ist schön. Sonst werde ich nur von Ärzten berührt, deshalb bin ich dankbar für die Abwechslung.«

»Erzähl mir von meinem Vater!«

Yuji dachte eine Weile nach, bevor er begann. »Es war nicht lange nach meiner Entführung, als ich ihm vorgestellt wurde. Ich war argwöhnisch, was Fremde betraf. Ich glaube, das habe ich dir schon mal erzählt.«

»Erzähl's noch mal.«

»Er war ein großer Mann, ich hatte Angst vor ihm. Er kniete sich neben mich und hielt mir die Handfläche hin, so wie man sich einem scheuen Tier nähert. ›Ich habe gehört, du hast eine interessante Kriegsverletzung, junger Mann. Würdest du sie mir mal zeigen?‹, fragte er. Ich schämte mich wegen des fehlenden Fingers, aber hielt ihm trotzdem die Hand hin. Dein Vater betrachtete sie sehr gründlich. ›Das ist eine Narbe, auf die man stolz sein kann‹, sagte er.«

Yuji streckte mir die Hand hin, und ich küsste die verwundete Stelle. Vor vielen Jahren hatte mein Vater diese Hand ebenfalls berührt.

»Ich bin froh, dass ich immer dein erster Mann sein werde«, sagte Yuji.

»Und der Letzte«, gab ich zurück. »Ich glaube nicht, dass ich für die Ehe oder die Liebe geschaffen bin.«

»Da bin ich mir nicht sicher. Du bist noch so jung, und das Leben dauert normalerweise lange.«

Kurz danach schlief er ein. Sein Atem ging schwer, und sein Herzschlag unter meiner Hand war so schwach, dass ich ihn kaum fühlen konnte.

Als ich am nächsten Tag erwachte, war das Bett klatschnass. Um Yuji nicht zu beschämen, versuchte ich, mich wegzustehlen, ohne dass er mich sah. Doch er erwachte zitternd und setzte sich auf.

»*Sumimasen*«, sagte er und neigte den Kopf. Er sprach nur selten Japanisch mit mir.

»Schon gut.« Ich sah ihm in die Augen. Nana hatte

es immer gehasst, wenn die Leute ihr nicht in die Augen schauten.

Der Urin im Laken war mit Blut durchzogen.

»Anya, bitte geh!«

»Ich will dir helfen«, sagte ich.

»Das ist mir peinlich. Bitte geh!«

Aber ich ging nicht.

Er bekam große Augen und einen panischen Blick.

»Bitte geh! Ich will dich hier nicht haben.«

»Yuji, du bist mein Mann.«

»Das ist nur eine geschäftliche Vereinbarung.«

»Du bist auch mein Freund.«

»Du musst überhaupt nichts für mich tun. Diese Art von Dienst erwarte ich nicht von dir.« Er schüttelte den Kopf.

Ich näherte mich ihm. »Das ist nichts, wofür man sich schämen müsste«, sagte ich. »Das ist das wahre Leben.« Ich half ihm aus dem Bett ins Badezimmer, wo ich ihm ein Bad einließ. Er war leicht wie eine Feder.

»Bitte geh jetzt«, wimmerte er.

»Nein«, sagte ich. »Nicht wegen unserer Vereinbarung, sondern weil du so viel für mich getan hast. Du hast das Leben meines Bruders gerettet. Du hast mich aus dem Land geschmuggelt. Du hast einer albernen Jugendlichen gesagt, sie solle mehr von sich verlangen. Selbst jetzt bietest du mir alles, was du hast. Dir zu helfen, wenn es dir schlecht geht, macht das nicht ansatzweise wieder gut.«

Er senkte den Kopf.

Ich half ihm, seine nassen Sachen auszuziehen und in die Badewanne zu steigen. Dann tränkte ich einen harten Naturschwamm mit heißem Wasser und massierte ihm den Rücken. Yuji schloss die Augen.

»Vor vielen Monaten ging es mir noch schlechter als jetzt. Die Schmerzen waren schlimmer. Damals versuchte man noch, mich zu heilen, aber ich wusste, dass es hoffnungslos war«, sagte er. »Ich bat Kazuo, mich zu töten, und gab ihm das Samuraischwert meines Vaters. ›Schlag mir den Kopf ab, damit ich in Ehren sterben kann‹, wies ich ihn an. Mit Tränen in den Augen weigerte er sich. ›Du hast noch Zeit. Ich werde dir diese Zeit nicht nehmen. Nutze deine Zeit, Ono-san.‹ Er hatte recht. Ich begann darüber nachzudenken, was ich mit meinen restlichen Tagen anfangen wollte. Dein Gesicht erschien mir immer wieder. Deshalb reiste ich, sobald es mir wieder etwas besser ging, nach Amerika und versuchte dich zu überzeugen, mich zu heiraten. Ich war mir nicht sicher, ob du einverstanden sein würdest.«

»Ich löse meine Schuld ein.«

»Aber ich hatte noch einen anderen Plan, wenn du nicht zu mir nach Japan gekommen wärst. Als Alternative hätte ich Sophia gesucht und sie umgebracht. Ich hasse sie, weil sie mir das hier angetan hat.«

»Ich hasse sie auch.« Ich wrang den Schwamm aus.

»Versprich mir, dass du sie tötest, wenn du sie jemals wiedersiehst.«

Kurz dachte ich über seine Bitte nach. »Das werde ich nicht tun, Yuji. Ich bin kein Mörder und du genauso wenig.«

Wir waren wie Wölfe aufgewachsen, Yuji und ich. Er fand es völlig normal, mich um einen Mord zu bitten, aber hielt es für eine Zumutung, mich zu fragen, ob ich ihm in die Badewanne helfen könne.

Und dann war ich in Boston. Ich war erleichtert, wieder unter Englisch sprechenden Menschen und mit Natty zusammen zu sein, obwohl sich nichts, was ich an dem Wochenende unternahm, wirklich anfühlte. Es war seltsam, unter Gleichaltrigen zu sein, unter Leuten, die noch in der Ausbildung und nicht verheiratet waren und keine Firma führten. Der Wohnbetreuer in Nattys Wohnheim war ein etwas ungelenker, aber süßer dunkelhaariger Junge namens Vikram. Er gab mir die Hand und versprach, gut auf meine Schwester aufzupassen. »Wie lange bist du in Boston, Schwester von Natty?«, fragte er. »Ich könnte dir ein paar wirklich coole Sachen zeigen.«

Ich wies auf meinen Ehering. »Ich bin verheiratet, und außerdem hab ich schon so einiges gesehen.«

Später lag ich mit Natty auf ihrem Bett, das wir gerade mit frischen weißen Laken bezogen hatten.

»Du warst das ganze Wochenende so still«, sagte sie.

»Ich hab einen Jetlag.«

»Ich hätte das auch alleine geschafft. Du hättest nicht kommen müssen.«

»Natty, ich wollte mir das auf keinen Fall entgehen lassen.« Ich gab meiner Schwester einen Kuss auf die zarte rosafarbene Wange.

Zum Ende des Wochenendes stellte ich meinen Tablet an. Ich überlegte, ob ich Win anschreiben solle, tat es aber nicht. Es hätte sich illoyal gegenüber Yuji angefühlt, obwohl ich mir nicht erklären konnte, warum. Ich war seit über zwei Jahren nicht mehr mit Win zusammen und bezweifelte, dass wir je wieder ein Paar werden würden. Doch es wäre nett gewesen, ihn zu sehen.

Bevor ich nach Japan zurückflog, machte ich einen Zwischenstopp in New York und einen in San Francisco. In New York stellte ich fest, dass Theo ausgezogen war. Als ich ihn im Büro traf, erkundigte er sich nicht nach meiner Hochzeit, sondern tat ganz geschäftig.

»Anya, Luna meint, du bräuchtest mehr Kakao, um die fünf neuen Clubs in Japan zu beliefern. Zuerst war ich mir nicht sicher, ob wir das schaffen – Granja Mañana hat auch keine unbegrenzten Flächen, weißt du? Aber dann habe ich recherchiert und herausgefunden, dass wir eine verlassene Kaffeeplantage in gut fünfzehn Meilen Entfernung kaufen könnten. Ich muss wissen, ob du es ernst meinst mit dem zusätzlichen Kakao.«

»Das meine ich ernst«, bestätigte ich.

»*Bueno.* Dann machen wir es so.« Er lächelte mich an, aber es war kein warmes Lächeln, sondern ein aufgesetztes. Kurz darauf verschwand er. Es war, als hätten wir uns nie etwas bedeutet.

Ich hatte mich vorher gefragt, ob er kündigen oder zurück nach Mexiko gehen würde. Er hatte weder das eine noch das andere getan, und dafür bewunderte ich ihn. Theo hatte ein Apartment auf der anderen Seite der Stadt gemietet. Mein Status als gefallene Frau war ihm nicht Grund genug, die Firma zu verlassen. Er liebte das Unternehmen. Er liebte das, was wir aufgebaut hatten, auch wenn er für mich nichts mehr empfand.

Da Theo nicht mehr da war, freute sich Scarlet, meine Wohnung ganz für sich und Felix zu haben. »Ich denke mal, dass wir uns irgendwann unser eigenes Apartment werden suchen müssen«, sagte sie, als wir zusammen im Wohnzimmer saßen.

»Warum?«

»Um zu beweisen, dass ich erwachsen bin, oder so. Ich meine, ich kann doch mit dreißig nicht immer noch bei meiner besten Freundin wohnen. Und ich habe mein ganzes Leben lang nur die Upper East Side gekannt. Könnte doch nett sein, einen anderen Teil der Stadt auszuprobieren. Außerdem kenne ich überhaupt niemanden mehr, der noch hier wohnt.« Scarlet spielte inzwischen öfter Theater und hatte festgestellt, dass die meisten Kollegen im Zentrum oder in den Vororten lebten.

»Hörst du manchmal was von …« Ich senkte die Stimme für den Fall, dass Felix zuhörte. »… von Gable?«

»Er schickt gelegentlich Geld, nicht sehr oft, und zu Felix' zweitem Geburtstag hat er ihm einen Fußball geschenkt. Einen *großen*.« Sie verdrehte die Augen.

»Wahrscheinlich denkt er voraus. In zehn Jahren kann Felix bestimmt viel damit anfangen.«

»Er wird *nie* was damit anfangen.« Scarlet hob den Kleinen vom Boden hoch, wo er mit Bausteinen spielte. Er trug einen Mini-Kimono, den ich ihm aus Japan mitgebracht hatte. »Mama will doch nicht, dass so ein großer dummer Fußball dein hübsches Gesichtchen kaputt macht.«

Felix gab ihr einen Kuss, dann bekam ich einen Schmatzer.

»Er küsst alles und jeden«, erklärte Scarlet. »Küssen findet er ganz toll.«

»Fandest du auch mal.«

»Klappe«, sagte Scarlet lachend. »Andererseits: Was ist besser als küssen? Ich finde Küssen immer noch toll.« Sie seufzte. »Ach, wie mir das Küssen fehlt.«

Felix gab ihr noch einen Schmatzer.

»Danke, mein Spatz. So, Anya, meine allerbeste Freundin, sollen wir jetzt mal darüber reden, wie das neue Leben mit Ehemann so ist?«, fragte Scarlet.

»Da gibt's nicht viel zu erzählen«, sagte ich.

Zum Mittagessen traf ich mich mit Mouse. Da mittlerweile im ganzen Land Filialen der Dunkelkammer eröffnet hatten, war es uns gelungen, fast neunzig Prozent des Kakaogeschäfts in legale Bahnen zu lenken. Wir tranken auf unseren Erfolg und sprachen über die alten Zeiten.

»Ich hab letztens zufällig Rinko gesehen«, erzählte Mouse. »Kannst du dich noch an sie erinnern?«

»Na, klar!«

»Tja, sie hat mich überhaupt nicht erkannt. Ich wurde ihr vorgestellt als Kate Bonham, Chefin des Balanchine-Clans, und sie hat nicht gemerkt, dass ich Mouse bin, das Mädchen, das sie in Liberty drei Jahre lang schikaniert hat. Ich dachte, sie würde auf jeden Fall die Verbindung zwischen dir und mir herstellen, aber da kam null.«

»Macht sie immer noch in Kaffee?«, fragte ich.

»Ja. Die Kaffee-Leute haben eine schwere Zeit.«

»Die Rimbaud-Gesetze für Kaffee sind genauso dumm wie die für Schokolade.«

»Wem sagst du das?«, erwiderte Mouse.

»Gibt es noch was, worüber wir reden müssen?«

»Na ja, die Russen rühren sich seit einiger Zeit nicht mehr. Das gefällt mir nicht unbedingt, und ich traue der Ruhe auch nicht. Allerdings habe ich gehört, dass sie ihren Produktionsüberschuss nun an andere Clans in anderen Ländern verkaufen. Vielleicht haben sie also mit dem Umstand Frieden geschlossen, dass die Balanchines raus sind aus dem illegalen Schokoladenhandel.« Sie trank einen Schluck. »Vielleicht reicht es ihnen ja schon zu wissen, dass man sich auch mit der Familie Ono anlegt, wenn man den Balanchines Ärger macht. Und so haben sich alle zurückgezogen. Wer weiß? Obwohl ich das bezweifele. Wir werden mit Sicherheit noch von denen hören.« Mouse fiel etwas ein: »Übrigens, herzlichen Glückwunsch zur Hochzeit«, sagte sie. »Ich wollte dir eigentlich ein Geschenk besorgen, wusste aber nicht genau, worüber du dich freuen würdest.«

»Was wäre auch das passende Geschenk für eine Mafiatochter, die eine unvermeidlich tragische Zweckehe eingeht?«

»Ist doch schwierig, nicht? Sie hat ja schließlich alles.«

»Ich wünsche mir zum Beispiel, dass niemand in dieser Familie jemals wieder einen Job annehmen muss, der mit illegalem Schokoladenhandel zu tun hat.«

»Ich tue mein Bestes, Anya.«

»Das weiß ich doch.«

Zum Abschied gaben wir uns die Hand. Wir hielten beide nicht viel von Umarmungen.

»Warte, Anya! Bevor du gehst: Danke schön.«

»Wofür, Mouse?«

»Dafür, dass du mich Fats empfohlen hast. Dass du mir viel mehr vertraut hast als jemals ein Mensch zuvor. Dass du mich nie gefragt hast, was ich verbrochen habe. Für alles, eigentlich für mein ganzes Leben. Ich glaube, du hast überhaupt keine Vorstellung davon, wie sehr du mich gerettet hast.«

»Treue Freunde sind schwer zu finden, Mouse.«

Der Letzte, mit dem ich mich traf, bevor ich die Stadt wieder verließ, war Mr Delacroix. Er lud mich anlässlich meiner Hochzeit zum Abendessen ein. Gegenüber von der Dunkelkammer hatte ein Restaurant eröffnet. Über zehn Jahre lang hatte es in dem Häuserblock keine Lokale gegeben.

Mr Delacroix erwog, sich als Kandidat fürs Bürgermeisteramt aufstellen zu lassen. Seit er mir geholfen hatte, die Dunkelkammer zu eröffnen, war er deutlich beliebter geworden. Wenn er Kandidat würde, müsste er mein Unternehmen verlassen, das war mir klar.

»Ich bin nicht so sicher, dass dir das Eheleben gut bekommt«, bemerkte er. »Du siehst sehr müde aus.«

»Jetlag.« Meine Standardausrede.

»Ich vermute mal, es steckt mehr dahinter.«

Ich sah ihn hochmütig an. »Wir unterhalten uns doch nicht über unser Privatleben, Kollege!«

»Gut, Anya.«

Der Kellner fragte, ob wir ein Dessert wollten. Ich lehnte ab, Mr Delacroix bestellte ein Stück Kuchen. »Wenn du meine Tochter wärst …«, begann er.

»Ich bin aber nicht Ihre Tochter.«

»Lassen wir das mal kurz beiseite und tun so, als wärst du es. Du erinnerst mich nämlich ein wenig an sie, weißt du? Wenn du meine Tochter wärst, würde ich dir sagen, dass du alle Schuldgefühle, die du vielleicht empfindest, hinter dir lassen sollst. Du hast eine Entscheidung getroffen. Vielleicht war sie richtig, vielleicht war sie falsch. Aber sie ist jetzt Tatsache. Du kannst nichts anderes mehr tun als weitermachen.«

»Haben Sie mal Entscheidungen gefällt, die Sie später bereut haben?«

»Anya, sieh dir doch an, mit wem du redest. Ich bin der König der Reue. Aber dennoch könnte ich durchaus in zwei Jahren Bürgermeister werden. Das Leben ist voller Überraschungen, meine Liebe. Schau dir uns an! War ich nicht dein ärgster Feind, als du sechzehn warst? Und jetzt bin ich dein Freund.«

»Das würde ich nicht überbewerten, Mr Delacroix. Wir haben bereits festgestellt, dass wir Kollegen sind, mehr aber auch nicht. Ich habe übrigens Ihren Sohn bei Nattys Abschlussfeier gesehen.«

»Ich weiß.«

»Sie wissen immer alles.«

»Win hat es mir erzählt. Er sagte: ›Ich bin froh, dass du ihr geholfen hast, den Laden zu eröffnen, Dad‹ oder so was Ähnliches. Er sagte – und jetzt hör gut zu! –, er hätte sich geirrt. Mir fiel

fast die Kinnlade runter. Man ist nie auf den großen Schock vorbereitet, wenn der eigene Sohn
zu einem sagt: ›Dad, du hattest recht‹.«

»Na, kommt diese gute Nachricht nicht etwas
zu spät?« Ich drehte den Ehering an meinem
Finger.

»Meine Liebe, es ist nie zu spät. Möchtest du vielleicht meinen Kuchen aufessen? Und schlaf dich
mal richtig aus. Du hast morgen einen langen Flug
vor dir.«

»Mr Delacroix«, sagte ich, »falls Sie wirklich als
Bürgermeister kandidieren sollten, haben Sie meine
volle Unterstützung.«

»Du weißt jetzt schon, dass ich dir in der Dunkelkammer nicht fehlen werde.«

»Nein, das wollte ich damit nicht sagen. Ich
kann gar nicht ausdrücken, wie Ihr Rat mir fehlen
würde. Dennoch bin ich bereit, Sie dem größeren
Ziel zu opfern. Wir arbeiten jetzt seit mehreren Jahren zusammen, und Sie haben mich jedes Mal wieder auf die rechte Spur gebracht. Das heißt, wenn
ich auf Sie gehört habe. Und da ich die Bertha Sin-
clairs dieser Welt in Aktion gesehen habe, würde
ich lieber Sie unterstützen.«

»Danke, Anya. Der Rückhalt und die Komplimente
einer Kollegin werden immer gerne genommen.«

XVIII. *Ich trauere erneut*

In Osaka ist Ende September der Höhepunkt der Taifunsaison, so dass mein Flug wegen des Wetters um einige Tage verschoben werden musste. Als ich schließlich in Yujis Haus ankam, prasselte der Regen auf die Erde, und wenn ich aus dem Fenster schaute, sah ich gegen eine Wand aus Wasser. Normalerweise hätte mich so ein Anblick beruhigt, aber das tat er diesmal nicht. Aufgrund meiner Gespräche mit Yujis Leibwächter und Yuji selbst vor der Reise, aufgrund dessen, was gesagt beziehungsweise verschwiegen wurde, hatte ich immer größere Angst, dass ich meinen Mann vor seinem Tod nicht mehr sehen würde.

Ich ging sofort zu seinem Zimmer. Er hing an einem Sauerstoffgerät. Da er solche Maßnahmen verabscheute, wusste ich, dass das Ende nah sein musste. Jedes Mal, wenn ich ihn sah, war weniger von ihm da. Mir kam ein seltsamer Gedanke: Vielleicht würde Yuji gar nicht sterben, sondern sich in Luft auflösen.

»Ich habe dir versprochen, nicht zu sterben, so lange du weg bist«, sagte er.

»Sieht aus, als hättest du es so gerade geschafft, dein Versprechen zu halten.«

»Wie war Amerika?«

Ich erzählte ihm von meinen Abenteuern, stellte meine Reisen aufregender und lustiger dar, als sie tatsächlich gewesen waren. Ich denke, ich wollte ihn ablenken. Yuji berichtete, welche Fortschritte es mit den Clubs in Japan gegeben hatte. Wir unterhielten uns über unsere Eltern, die sämtlich tot waren. Spontan bat ich ihn, meine Mutter, meinen Vater und meine Nana von mir zu grüßen, falls er sie im Himmel treffen sollte.

Yuji lächelte mich an. »Du weißt bestimmt, dass ich nicht in den Himmel komme, Anya. Erstens bin ich kein guter Mensch. Zweitens glaube ich nicht daran. Ich wusste gar nicht, dass du daran glaubst.«

»Ich bin schwach, Yuji«, sagte ich. »Ich glaube immer dann, wenn es praktisch ist. Ich möchte mir nicht vorstellen, dass du im Nichts landest, in einem schwarzen Loch.«

Der Regen verzog sich, und obwohl der Arzt davon abriet, wollte Yuji einen kleinen Spaziergang machen. Das parkartig angelegte Grundstück war wunderschön, und ich freute mich trotz der Luftfeuchtigkeit, draußen sein zu können.

Die Anstrengung des Gehens und Sprechen erwies sich bald als zu viel für Yuji; selbst mit Sauerstoffgerät bekam er kaum noch Luft. Wir blieben an einer Bank vor einem Koi-Teich stehen. »Sterben gefällt mir nicht«, sagte er leise, nachdem sich seine Atmung wieder erholt hatte.

»Bei dir klingt das wie ein Gemüse, das du nicht magst. Broccoli gefällt mir nicht.«

»Ich kann mich gar nicht erinnern, dass du so witzig bist«, sagte er. »Das ist meine Erziehung. Uns wurde beigebracht, alles für uns zu behalten. Aber Sterben gefällt mir wirklich nicht. Ich würde lieber lebendig sein und kämpfen, Pläne machen, Ränke schmieden, Verschwörungen anzetteln, gewinnen oder verlieren, Schokolade essen, Sake trinken, Spaß haben, Liebe machen, mich kaputt lachen, dieser Welt meinen Stempel aufdrücken ...«

»Es tut mir leid, Yuji.«

»Nein, ich will dein Mitleid nicht. Ich wollte dir nur sagen, dass es mir nicht gefällt. Die Schmerzen gefallen mir nicht. Es gefällt mir nicht, dass die Funktionen meines Körpers Gegenstand täglicher Gespräche sind. Ich sehe nicht gerne wie ein Zombie aus.«

»Du bist immer noch schön«, gab ich zurück. Das meinte ich ehrlich.

»Ich bin ein *Zombie*.« Schief lächelte er mich an.

»Man müsste sein wie die Fische. Schau sie dir an! Sie schwimmen, essen, sterben. Sie machen nicht so viel Aufhebens um die kleinen Dinge.«

Yuji starb in den frühen Morgenstunden des folgenden Tages. Als Kazuo es mir erzählte, senkte er den Kopf, doch ich gestattete mir nicht zu weinen.

»War es ein friedlicher Tod?«, fragte ich.

Kazuo schwieg eine Weile. »Er hatte Schmerzen.«

»Hat er noch etwas gesagt?«

»Nein.«

»Hat er mir eine Nachricht hinterlassen?«

»Ja. Er hat Ihnen eine Botschaft geschrieben.«

Kazuo reichte mir einen Tablet. Yujis Schrift war sehr schwach. Ich kniff die Augen zusammen, um sie zu entziffern, bis ich merkte, dass die Nachricht auf Japanisch verfasst war. Ich gab Kazuo den Tablet zurück. »Das kann ich nicht lesen. Würden Sie es für mich übersetzen?«

Er verbeugte sich tief. »Es ergibt für mich nicht viel Sinn. Es tut mir sehr leid.«

»Versuchen Sie es! Wenn es Sie nicht stört. Vielleicht sagt es mir ja etwas.«

»Wie Sie wünschen.« Kazuo räusperte sich. »An

meine Frau: Die Fische sterben nicht mit Bedauern, weil Fische nicht lieben können. Ich sterbe mit Bedauern, und doch bin ich froh, kein Fisch zu sein.«

Ich nickte.

Dann verneigte ich mich.

Ich hatte ihn nicht geliebt, aber er würde mir schrecklich fehlen.

Yuji hatte mich verstanden.

Er hatte an mich geglaubt.

Ist das besser als Liebe?

Und vielleicht können Fische doch lieben. Woher wollte Yuji das wissen?

Vielleicht war es sinnbildlich dafür, dass ich es nicht wahrhaben wollte, aber ich hatte keine schwarze Kleidung mit nach Japan genommen. Eine der Hausangestellten lieh mir einen *mofuku*, einen schwarzen Trauerkimono. Ich zog ihn an und betrachtete mich im Spiegel. Ich fand, ich sähe älter als zwanzig aus. Ich war eine Witwe, aber vielleicht sahen Witwen ja so aus.

Die Beerdigung begann wie jede andere auch. Mittlerweile hatte ich schon mehr als genug besucht. Sie war auf Japanisch, aber eigentlich ist es egal, in welcher Sprache eine Beerdigung abgehalten wird. Der kleine Raum war mit hellem

Kiefernholz verkleidet, wie der Sarg eines armen Mannes, und so überfüllt mit Yujis Mitarbeitern und Verwandten, dass ich gar nicht sehen konnte, wer alles da war. Auf dem Altar brannte Weihrauch, und es roch ekelerregend süß, nach künstlichen Frangipani und Sandelholz. (Wie alt ich auch werden sollte, für mich wird der Geruch von Frangipani auf alle Zeit mit dem Tod zu tun haben.) In einer blauen Vase standen Orchideen; eine weiße Lilie schwamm in einer flachen Holzschale.

Man sagt ja, auf Beerdigungen sähen die Toten friedlich aus. Das ist eine schöne Vorstellung, aber sie trifft nicht zu. Die Toten sehen tot aus. Vielleicht ist der Körper friedlich – schließlich ächzt, pfeift, kämpft und bewegt er sich nicht mehr –, aber er ist nur eine Hülle, mehr nicht. Der Körper, der einmal Yuji Ono gewesen war, trug seinen Hochzeitsanzug. Die Hände waren über seinem bevorzugten Samuraischwert gefaltet und lagen so, dass man seinen amputierten Finger nicht sehen konnte. Die Lippen waren zu einem seltsamen Beinahelächeln verzogen, ein Gesichtsausdruck, den Yuji in seinem ganzen Leben niemals aufgesetzt hatte. Für mich war das nicht Yuji, und friedlich wirkte es auch nicht.

Der Priester gab uns das Zeichen, zum Altar zu

kommen und dort Weihrauch abzulegen. Danach gingen die Beerdigungsgäste am offenen Sarg vorbei, auch wenn nicht viel zu sehen war. Da lag eine Schicht siechen Fleisches auf einem Haufen Knochen. Sophias Gift hatte Yuji langsam und grausam getötet.

Obwohl es üblich war, die Witwe als Erstes zu begrüßen, marschierte eine Frau mit einem breiten kohlrabenschwarzen Hut und einem Vorhang aus schwarzem Haar schnurstracks an mir vorbei zum Altar. Sie war größer als fast alle anderen Gäste.

Selbst von hinten wirkte die Fremde gebrochen. Ihre Schultern bebten, sie flüsterte vor sich hin. Ich vermutete, sie würde beten, konnte aber weder die Worte noch die Sprache ausmachen. Dann hob sie die Hand und machte eine Geste, die man als Kreuzzeichen deuten konnte. Je länger ich ihr zusah, desto mehr schien mir das Haar den wächsernen Glanz einer Perücke zu haben. Da stimmte etwas nicht. Ich stand auf und ging die drei Stufen zum Altar empor. Eigentlich wollte ich der Frau die Hand auf die Schulter legen, stattdessen fasste ich ihr ins Haar. Die schwarze Perücke rutschte herunter, zum Vorschein kamen braune Strähnen.

Sophia Bitter drehte sich zu mir um. Ihre dunklen Augen waren rot, die Augenlider geschwollen.

»Anya«, sagte sie, »hast du vielleicht geglaubt, ich würde nicht zur Beerdigung meines besten Freundes kommen?«

»Hatte ich, ja«, erwiderte ich. »Da du ihn ja umgebracht hast, wäre es anständig, diese eine Beerdigung auszulassen.«

»Ich habe keinen Anstand«, gab sie zurück. »Außerdem habe ich ihn nur getötet, weil ich ihn liebte.«

»Das ist keine Liebe.«

»Was weißt du schon über Liebe, Schätzchen? Hast du Yuji vielleicht aus Liebe geheiratet?«

Ich stieß sie gegen den Sarg. Die anderen Gäste im Raum wurden auf uns aufmerksam.

»Er hat mich verraten«, beharrte Sophia. »Und das weißt du genau.«

Meine Finger tasteten nach der Machete. Mir fiel ein, dass Yuji mich gebeten hatte, Sophia zu töten, aber was auch immer geschehen sollte, ich war trotz allem nicht der Mördertyp. Sophia Bitter hatte Grauenhaftes getan, doch in meinem Kopf erschien das Bild des Mädchens, von dem Yuji erzählt hatte. Auch diese Frau war einmal jung gewesen, ungeliebt und voller Scham. Sie hatte sich für hässlich gehalten, obwohl sie höchstens unauffällig gewesen sein mochte. Sie hatte den vielleicht einzigen Menschen auf der Welt umgebracht, der sie geliebt hatte. Und warum? Aus Machtgier? Wegen des Geldes? Für Schokolade? Aus Eifersucht? Oder Liebe? Sicher redete sie sich ein, es sei aus Liebe gewesen, aber das war eine Lüge.

»Verschwinde«, sagte ich. »Du hast deine Aufwartung gemacht, wozu die auch gut sein mochte, und jetzt solltest du gehen.«

»Wir werden uns wiedersehen, Anya. Viel Glück für die Eröffnung der übrigen Clubs in Japan.«

»Soll das eine Drohung sein?« Ich konnte mir gut vorstellen, dass sie eine unserer Eröffnungen sabotieren würde.

»Du bist eine sehr misstrauische junge Frau«, sagte sie.

»Kann sein. Wenn wir in Amerika wären, würde ich dich festnehmen lassen.«

»Sind wir aber nicht. Und eine Vergiftung ist das perfekte Verbrechen. Man braucht Geduld, und sie ist sehr, sehr schwer nachzuweisen.«

»Übrigens, was hast du nach der Beerdigung vor?«

»Willst du mit mir essen gehen?«, fragte Sophia.

»Frauentratsch und Schokolade? Nein, leider reise ich morgen ab. Du bist nicht die Einzige, die ein Unternehmen zu leiten hat, obwohl du immer so tust. Es bleibt also keine Zeit, uns zu verabreden. Wie schade!«

»Du tust mir so leid«, sagte ich. »Er hat dich geliebt, aber du hast ihn getötet, und jetzt wird dich
nie wieder jemand lieben.«

Ihre Augen wurden schwarz vor Hass. Schon als
ich es aussprach, wusste ich, dass nur die Furcht,
die anderen könnten sie bedauernswert finden, so
eine Wirkung auf diese Frau haben konnte. Sie
stürzte sich auf mich, aber ich hatte keine Angst
vor ihr. Sie war schwach und dumm. Ich rief
Kazuo herbei und bat ihn, Sophia zur Tür zu begleiten.

Obwohl es helllichter Tag war, fuhr ich zurück zu Yujis Haus, um ein wenig zu schlafen. Ich war emotional erschöpft, wenn auch nicht unbedingt körperlich. Ich legte mich aufs Bett, ohne mir die Mühe zu machen, den schwarzen Kimono auszuziehen.

Als ich aufwachte, war es nach Mitternacht, das Zimmer wirkte eng und miefig. Meine Kleidung roch nach Weihrauch, und ich sehnte mich nach ein wenig frischer Luft. Obwohl ich mich nicht besonders um meine Sicherheit sorgte, schnallte ich mir die Machete unter den Kimono.

Ich nahm denselben Steinpfad, den ich nur wenige Tage zuvor mit Yuji gegangen war. Am Koi-Teich setzte ich mich auf die alte Steinbank und sah zu, wie die orangefarbenen, roten und weißen Fische durchs Wasser schwammen. Ich sann über die Fische nach. Es war schon spät – war das eine besondere Rasse von nachtaktiven Kois? Wann schliefen Fische eigentlich? Schliefen sie überhaupt?

Ich lockerte meinen Kimono, den die Bedienstete zu eng gebunden hatte.

Ich schaute auf meine Hände und den Ehering. So viel zu diesem Experiment, dachte ich.

In jener Nacht schien der Mond, so dass ich mein Spiegelbild im Wasser sehen konnte. Ich betrachtete Anya Balanchine, der die Fische durchs Gesicht schwammen. Sie schien den Tränen nahe zu sein, und ich hasste sie dafür. Ich zog den Ring ab und warf ihn nach ihr. »Das hast du dir selbst ausgesucht«, sagte ich. »Du brauchst gar nicht traurig zu sein.«

Ich war zwanzig Jahre alt. Ich hatte geheiratet und war jetzt verwitwet. In dem Moment beschloss ich, nie wieder zu heiraten. Es gefiel mir nicht, dass so ein Ring aussagte, in wessen Besitz man war, ich hatte etwas gegen den Pomp und Prunk von Hochzeiten und gegen den Umstand, dass man sich die Traurigkeit ins Haus lud, wenn man sein Leben an das eines anderen Menschen band. Ich war gegen das Heiraten, gegen Liebes- wie Vernunftehen, oder vielleicht war das Heiraten auch einfach nichts für mich.

Mit Yuji hatte es einen Sinn ergeben, aber die ganze Abmachung war viel zu kompliziert geworden. Ich konnte nicht erkennen, aus welchem Grund ich mein Leben zukünftig noch einmal an das eines anderen binden sollte. Wenn man aus Liebe heiratete, verließ sie einen irgendwann (siehe meine Eltern, Wins Eltern). Wenn man aus beruflichen Gründen heiratete, wollte die Beziehung einfach nicht auf beruflicher Ebene bleiben. Im Übrigen hatte ich hart gearbeitet, schwerwiegende Entscheidungen getroffen und etwas aufgebaut, und zwar nicht das Wolkenkuckucksheim einer verträumten Jugendlichen. Ich wollte nicht die Vergangenheit oder die Fehler eines anderen Menschen erben, noch wünschte ich irgendwem meine eigenen. Außerdem: Mit wem könnte ich zusammen sein, der nicht über mich richten würde? Wer würde je verstehen, warum ich all diese Dinge getan hatte? Dort saß ich mitten in der Nacht in einem fremden Land auf dieser kalten Steinbank und dachte: Warum sollte ich jemals wieder heiraten?

Und so beschloss ich, allein zu bleiben. Vielleicht würde ich mir hin und wieder einen Geliebten zulegen. (Das katholische Schulmädchen in mir war entsetzt von der Vorstellung; ich sagte ihr, wir seien von der Schule geworfen worden, sie solle den Mund halten.) Theo war praktisch mein Liebhaber gewesen, und wir hatten ja gesehen, wie gut das funktioniert hatte. Es war auf jeden Fall besser, allein zu sein. Ich würde meine Freizeit mit kreativen Hobbys verbringen. Würde anfangen zu lesen wie Imogen, eine Kochschule besuchen, tanzen lernen, Waisenkinder betreuen, eine bessere Patentante für Felix werden. Ich würde meine Memoiren schreiben.

(Selbst viele Jahre später fällt es mir noch schwer, es zuzugeben: Die Heirat mit Yuji Ono würde wohl als größter Fehler meines Lebens in die Annalen eingehen, auch wenn sie meinem Unternehmen genützt hatte. Wie jeder weiß, der diese Erzählung gelesen hat, habe ich so einige Fehler begangen. In jener Nacht war ich noch nicht ganz bereit zuzugeben, dass der Irrtum auf meiner Seite lag und nicht in der Institution der Ehe an sich.)

Noch während ich diesen Gedanken nachhing, traf mich plötzlich etwas im Rücken, unter dem linken Schulterblatt. Es fühlte sich falsch an, aber andererseits kam es mir auch nicht wichtig vor. Es schien stumpf und mittelgroß zu sein, harmlos, wie ein Softball oder eine Pampelmuse. Doch als ich den Blick senkte, sah ich, wie die funkelnde Spitze einer Klinge meine Brust durchbohrte. In dem Moment wurde sie zurückgezogen, und es begann zu bluten. Besonders weh tat es nicht, aber das lag am Adrenalin. Ich versuchte, meine Machete unter dem Kimono hervorzuziehen, aber der

Rock war so üppig, dass ich sie nicht so schnell zu fassen bekam. Ich sah mich um, wollte wissen, was hinter mir geschah, da durchbohrte mich die Klinge erneut – diesmal irgendwo im unteren Rücken. Ich versuchte aufzustehen, doch mein rechter Fuß gab nach. Ich fiel hin, mit Kinn und Hals schlug ich auf die Steinbank. Über mir stand Sophia Bitter mit einem Schwert. Ihr Blick sagte mir, sie würde nicht eher ruhen, bis ich tot war.

Wie war sie auf das Grundstück gelangt? War sie allein? Ich hatte keine Sekunde Zeit, darüber nachzudenken. Ich wollte leben und brauchte Aufschub, um an meine Machete zu kommen, deshalb versuchte ich, mit ihr zu reden. »Warum?« Meine Stimme war kaum mehr als ein Flüstern – beim Sturz auf die Bank hatte ich mir den Kehlkopf verletzt. »Was habe ich dir je getan?«

»Du weißt, was du getan hast. Ich würde dich lieber vergiften, aber ich habe weder genug Zeit noch den Zugang zu dir. Deshalb muss ich mich hiermit begnügen.« Sie stieß das Schwert in die Luft.

»Warte«, hauchte ich, so laut ich konnte. »Bevor du mich tötest … Yuji wollte, dass ich dir etwas sage.« Es war ein jämmerlicher Versuch, ich glaubte fast selbst nicht daran, dass er funktionieren würde.

Sophia verdrehte die Augen, aber senkte die Waffe.

»Sprich!«

»Yuji hat mir gesagt …«

»Lauter!«, befahl sie.

»Geht nicht. Mein Hals … bitte … komm näher!«

Sie hockte sich hin, neben mich. Ich spürte ihren Atem auf meiner Wange. Er roch leicht säuerlich, als hätte sie Kaffee getrunken. Ich erinnerte mich daran, wie mein Vater auf dem Herd für meine Mutter Kaffee gekocht hatte. *Ach, Daddy, es wäre doch schön, dich wiederzusehen.* Ich merkte, wie mir die Augen zufielen.

»Sprich!«, wiederholte Sophia. »Was hat Yuji gesagt?«

»Yuji hat gesagt … Er war so ein schöner Mann, nicht?«

Sie schlug mir ins Gesicht, aber ich spürte es gar nicht. »Hör auf damit!«

»Yuji sagte, die Fische kennen kein Bedauern, weil sie …«

»Das ist doch kompletter Unsinn.«

Ich war kurz davor, in Ohnmacht zu fallen, doch in dem Moment spürte ich ein Kitzeln an meinem Oberschenkel. Es war ausgerechnet die Pfauenfeder, die ich mit in die Machetenhülle gesteckt hatte: Wins Feder. *Hol die Machete raus!*, befahl ich mir. Macheten sind zum Abschlagen gedacht, nicht zum Durchbohren, außerdem war ich so schwer verletzt, dass ich kaum noch Kraft hatte, die Waffe zu heben. Aber ich wusste, dass sie meine einzige Chance war.

Ich schloss die Finger um die Machete, riss die Arme so hoch wie möglich und stieß die Waffe in Sophias Brust, um ihr Herz zu durchbohren. Dann zog ich die Klinge wieder zurück. Sophia fiel vornüber in den Koi-Teich, und ich hatte seltsamerweise Schuldgefühle, die Fische gestört zu haben – das weiß ich noch.

Sophia Bitter hatte mir einmal einen guten Ratschlag gegeben. Was hatte sie noch mal gesagt? *Es ist nicht taff, jemanden nur zu verletzen, wenn man denjenigen eigentlich umbringen müsste.*

Ich wollte nach Kazuo rufen, aber meine Stimme versagte mir den Dienst. Ich merkte, dass ich viel Blut verlor. Wenn ich nicht schnell ärztliche Hilfe bekam, würde ich sterben.

Ich versuchte aufzustehen, aber es ging nicht. Mein linkes Bein war taub. Ich hatte keine Zeit, Angst zu bekommen, sondern robbte mit den Händen über den Steinpfad. Es waren rund dreihundert Meter bis zum Haus, und ich wusste, dass ich eine Blutspur hinter mir herzog.

Mein Herz schlug schneller, als ich es je erlebt hatte. Ich befürchtete, es könne stehen bleiben.

Als ich ungefähr die Hälfte des Weges zurückgelegt hatte, sprang ein Mann mit einem Haken anstelle einer Hand aus dem Gebüsch. Ich erkannte ihn. Es war der Attentäter aus Mexiko. Mein Vorteil war, dass ich flach auf dem Boden lag.

»Sophia!«, rief der Mann.

Natürlich antwortete sie nicht.

Ich sah, wie er die Blutspur entdeckte, aber er merkte nicht, dass sie in Richtung des Hauses führte und wenige Meter von ihm entfernt aufhörte. Da tauchte Yujis Katze auf und stolzierte über den Pfad in Richtung des Koi-Teichs. Als das Tier mich auf dem Boden entdeckte, blieb es stehen – ich bekam Angst, die Katze könne zu mir kommen –, doch dann miaute sie und zog die Aufmerksamkeit des Fremden auf sich. Sie lief in Richtung Teich, er ging ihr nach.

Ich schleppte mich zu Kazuos Zimmer. Das Adrenalin in meinem Blut ließ nach, die Schmerzen wurden fast unerträglich. Ich kratzte an der Tür. Kazuo hatte einen leichten Schlaf, er war sofort auf den Beinen.

»Sophia Bitter ist tot. Ihr Leibwächter ist auf dem Grundstück. Es könnten noch mehr da sein, ich weiß es nicht. Außerdem muss ich vielleicht ins Krankenhaus«, brachte ich heraus.

Ich war immer davon ausgegangen, in jungen Jahren zu sterben, hatte vermutet, dass ich wegen irgendwas sterben würde, das mit Verbrechen und Schokolade zu tun hatte, doch letztlich war es Sophias Liebe (und meine eigenen schlechten Entscheidungen), die mir zum Verhängnis geworden war.

Lieber Gott, dachte ich, kurz bevor mein Herz zu schlagen aufhörte, Sophia Bitter hat Yuji Ono wirklich geliebt. Beinahe hätte ich gelacht: Manche Menschen kamen wirklich nie über ihre erste Liebe hinweg.

Das Zeitalter der Liebe

Nach meinem Schwur, allein zu bleiben,
bin ich nicht mehr allein

Als ich erwachte, lag ich in einem Krankenhausbett. Ohne irgendetwas zu wissen, merkte ich doch, dass es anders war als bei meinen vorherigen Verletzungen. Ich hatte keine Schmerzen, aber mein Körper fühlte sich sonderbar taub an.

Eine Krankenschwester sagte etwas auf Japanisch. Es kam mir vor wie: »Wow, Sie haben überlebt!« Aber ich wusste nicht, was sie wirklich gesagt hatte. Eilig huschte sie aus dem Zimmer. Kurz darauf kam ein Arzt herein, begleitet von Mr Delacroix und meiner Schwester.

Was auch immer mit mir los war, es musste ernst sein, sonst wäre Natty nicht nach Japan gerufen worden. Sie nahm meine Hand. »Gott sei Dank, Anya, du bist wach.« Tränen stiegen ihr in die Augen. Mr Delacroix blieb in der Ecke stehen, als leiste er eine Strafe ab. Es kam mir nicht besonders seltsam vor, dass er gekommen war, denn in Japan gab es Geschäftliches für die Firma zu erledigen. Da ich verhindert war, mussten entweder er oder Theo die Reise auf sich nehmen.

Ich wollte etwas sagen, aber bekam kein Wort heraus. Ich hatte Schläuche im Hals, an denen ich ziehen wollte, aber die Krankenschwester hielt meine Hand fest.

»Können Sie sich erinnern, was mit Ihnen passiert ist?«, fragte der Arzt. Ich war erleichtert, dass er Englisch sprach.

Ich nickte, die einzige Reaktion, zu der ich imstande war.

»Sie wurden überfallen und niedergestochen.« Er zeigte mir ein Schaubild. Ein weibliches Strichmännchen mit einer einschüchternden Vielzahl von roten Kreuzen sollte mich mit meinen Verletzungen darstellen. Das Mädchen sah aus, als hätte es viele Fehler gemacht.

»Der erste Stich trat unterhalb Ihres Schulterblatts ein und durchbohrte die Brust bis unter das Schlüsselbein. Dabei streifte die Klinge Ihre Herzwand. Die zweite Stichwunde durchzieht Ihren unteren Rücken, sie hat einige Nerven an der linken Seite der Wirbelsäule durchtrennt. Das ist der Grund, warum Sie Ihren linken Fuß nicht spüren.«

Ich nickte, aus dem gleichen Grund wie zuvor.

»Zum Glück sitzt der Stich ziemlich weit unten. Etwas höher, und Ihr gesamtes Bein könnte gelähmt sein. Etwas weiter zur Mitte hin, und Sie hätten eine Querschnittslähmung. Die zweite gute Nachricht ist, dass Ihr rechter Fuß einwandfrei funktionieren müsste, wahrscheinlich werden Sie irgendwann wieder in der Lage sein, normal zu gehen, aber natürlich kann niemand sagen, wie lange das dauern wird.«

Ich nickte erneut, obwohl ich überlegte, ob ich zur Abwechslung mal die Augen verdrehen sollte.

»Durch die Verletzung der Herzwand kam es zu Unregelmäßigkeiten des Herzrhythmus. Wir haben die Herzwand operativ verstärkt, damit das Herz wieder normal arbeiten kann. Sie haben sich den Knöchel gebrochen. Sie werden feststellen, dass Ihr Fuß in Gips ist. Wir vermuten, dass Sie nach den Attacken versucht haben aufzustehen, dabei müssen Sie sich den Fuß verdreht haben.«

Das war mir bisher nicht aufgefallen, aber jetzt sah ich es. Allerdings schien es keinen großen Unterschied zu machen, da das Bein sowieso nicht zu gebrauchen war und es nur eines meiner vielen Probleme darstellte.

»Außerdem haben Sie eine starke Prellung am Kehlkopf, aber da Sie intubiert sind, können wir noch keine Prognose für diese Verletzung abgeben. Sie bekommen eine Morphininfusion, fürs Erste sollten die Schmerzen auszuhalten sein.

Ich will die Lage nicht beschönigen, Ms Balanchine. Sie haben einen langen Genesungsweg vor sich.«

Das hätte er wahrscheinlich gar nicht sagen müssen. Allein die Tatsache, dass es über zwei Minuten gedauert hatte, meine Verletzungen nur grob aufzuzählen, war ein ziemlich guter Hinweis darauf, dass ich in nächster Zeit nicht durch die Gegend hüpfen würde.

»Ich überlasse Sie jetzt Ihren Freunden«, sagte der Arzt und ging.

Natty setzte sich zu mir aufs Bett und begann sofort zu weinen. »Annie, du wärst beinahe gestorben. Tut es weh?«

Ich schüttelte den Kopf. Es tat nicht weh. Das würde später kommen.

»Ich bleibe bei dir, bis es dir besser geht«, sagte sie.

Erneut schüttelte ich den Kopf. Ich freute mich, sie zu sehen, aber selbst in meinem jetzigen Zustand konnte ich mir nichts Schlimmeres vorstellen, als dass sie bei mir blieb, während sie eigentlich am College sein sollte.

Mr Delacroix trat an mein Bett. Bisher hatte er noch kein Wort gesagt. »Ich kümmere mich selbstverständlich um die Eröffnung der Clubs in Japan, solange du außer Gefecht gesetzt bist.«

Ich wollte mich bedanken, aber bekam keinen Ton heraus.

Er sah mich mit ruhigem, nüchternen Blick an. Dann nickte er und ging.

Natty gab mir einen Kuss, und obwohl ich keine halbe Stunde wach gewesen war, schlief ich sofort wieder ein.

Und hier die Ironie des Schicksals: Ich, die ich mir noch vor kurzem geschworen hatte, allein zu bleiben, war keine Minute mehr allein. Noch nie war ich so gedemütigt worden. Nichts konnte ich selbst erledigen. Ohne Hilfe schaffte ich es nicht ins Badezimmer. Ich konnte nicht ohne Unterstützung essen. Wenn ich die rechte Hand bis auf Höhe meines Mundes hob, rissen die Narben in Rücken und Brust wieder auf, weshalb man mir empfahl, mich nur wenig zu bewegen. Ich war schlimmer als ein Baby, weil ich nicht nur hilflos, sondern dazu schwerfällig und alles andere als süß war.

Ich konnte nicht baden. Ich konnte mir nicht die Haare bürsten. Natürlich konnte ich auch nicht im Zimmer herumgehen. Bei der Operation am Herzen waren mir die Rippen gebrochen worden, und auch sie schmerzten. Eine Zeitlang hielt man mich für zu fragil, um in einen Rollstuhl gesetzt zu werden. Wochenlang sah ich nichts als Krankenhausräume. Das Sprechen tat weh, deshalb vermied ich es, aber schreiben bereitete mir noch mehr Schmerzen. Also flüsterte ich. Aber was gab es schon zu sagen? Ich fühlte mich nicht mehr klug. Die Nachrichten aus der Heimat interessierten mich nicht. Der Balanchine-Clan oder die Clubs waren mir egal.

Auch früher hatte ich schon mal im Krankenhaus gelegen; ich war gelegentlich krank gewesen. Aber was ich jetzt erlebte, war in keiner Weise mit den anderen Situationen vergleichbar. Ich konnte nichts anderes tun, als im Bett liegen und aus dem Fenster schauen. Es gab keine Rachepläne zu schmieden. Ich hatte Sophia Bitter umgebracht und war müde.

Die Polizei kam ins Krankenhaus. Da Sophia mich angegriffen hatte, schien der Fall ziemlich eindeutig zu sein. Wir waren beide Ausländer, *gaijin*, daher interessierte niemanden besonders, was ihre oder auch meine Beweggründe gewesen waren.

Nachdem man mich ungefähr eine Woche gepflegt hatte, war meine Gehemmtheit so gut wie verflogen. Wen störte es schon, dass mein Busen zu sehen war, wenn die Naht an meiner Brust versorgt wurde? Wen störte es, dass das Krankenhaushemd sich öffnete, wenn mir die Bettpfanne untergeschoben wurde? Wen störte es, dass ich nichts ohne Hilfe von mindestens einem Menschen tun konnte? Ich schickte mich in die Situation. Stritt mich nicht mit den Leuten, wie es meine Nana getan hatte, sondern lächelte freundlich und ließ mich versorgen. Ich war wie eine kaputte Puppe. Die Krankenschwestern mochten mich bestimmt sehr gern.

Obwohl mir so gut wie alles egal geworden war, machte ich mir doch Gedanken um Natty. In der ersten Zeit im Krankenhaus war sie eine hervorragende Fürsprecherin gewesen. Nun war ich zwar krank, aber lief nicht mehr Gefahr zu sterben. Ich wollte, dass sie ans College zurückkehrte.

»Ich habe eine Krankenschwester, und ich will nicht, dass du so viel Unterricht verpasst«, erklärte ich ihr so fröhlich wie möglich.

»Aber du wirst ganz einsam sein«, sagte Natty.

»Ich bin nicht einsam, Natty. Ich bin nie allein.«

»Das ist nicht dasselbe, und das weißt du auch. Du wärst fast gestorben. Die Ärzte sagen, du hast eine monatelange Reha vor dir. Du kannst nicht reisen, und ich lasse dich nicht hier allein.«

Ich versuchte mich aufzusetzen, aber es ging nicht.

»Natty, ich finde es nicht entspannend, wenn du hier bist. Es entspannt mich zu wissen, dass du auf dem College bist und wichtige Dinge lernst.«

»Das ist albern, Annie! Ich lasse dich nicht allein!«

Aus der dunkelsten Ecke des Raumes sagte Mr Delacroix: »Ich bleibe bei ihr.«

»Was?«, sagte Natty.

»Ich bleibe bei ihr, dann ist sie nicht allein.«

Natty richtete sich zu voller Größe auf. Ihren ganz eigenen Gesichtsausdruck, eine einschüchternde Mischung aus Königin und Gangsterbraut, hatte ich schon einmal gesehen – bei meiner Nana.

»Bei allem Respekt, Mr Delacroix, aber ich werde meine Schwester nicht mit Ihnen allein lassen. Ich kenne Sie überhaupt nicht richtig, und was ich von Ihnen weiß, gefällt mir nicht besonders.«

»Vertrau mir, Natty«, sagte Mr Delacroix. »Das ist für alle das Beste. Ich bleibe bei ihr. Ich kümmere mich ja auch ums Geschäft hier in Japan.« Er zog seine Jacke aus und legte sie über den Stuhl, wie um anzuzeigen, dass er eine ganze Weile zu bleiben gedenke. »Erinnerst du dich an das Jahr, als Anya ins Jugendgefängnis ging?«

»Ja, und genau das ist der Grund, warum ich Sie nicht mag«, sagte Natty.

»Im Grunde genommen opferte Anya damals ihre Freiheit, damit du am Sommerlager in Amherst teilnehmen konntest. Ich konnte damals diese Abmachung mit Anya treffen, weil sie dich so sehr liebt.

Und was sie damals wollte, ist dem nicht so unähnlich, was sie sich heute wünscht. Respektiere ihren Wunsch und fliege heim. Du kannst mich anrufen, so oft du willst, und ich bringe Anya zu dir nach Hause, wenn sie im Sommer gesund genug zum Reisen ist.«

Natty sah mich an. »Du willst ihn lieber bei dir haben als mich? Du bevorzugst Wins furchtbaren Vater, den wir immer gehasst haben? Ich meine, selbst sein Sohn, der netteste Mensch auf der Welt, der sich normalerweise mit allen versteht, kann ihn nicht leiden.«

Natürlich hätte ich lieber Natty bei mir, aber wichtiger noch war mir, dass sie wieder zum College ging. »Ja«, sagte ich. »Außerdem: Sollte er nicht auch einmal im Leben etwas für mich tun müssen?«

»Wenn Anyas Zustand sich auch nur geringfügig verschlechtert, müssen Sie mir augenblicklich Bescheid sagen«, befahl Natty Mr Delacroix. »Sie müssen sie mindestens einmal am Tag besuchen und sich vergewissern, dass man sich um sie kümmert. Und ich will Bericht erstattet bekommen.« Beleidigt zog sie ab, und drei Tage später war sie wieder am MIT.

»Danke«, sagte ich später zu meinem Anwalt, vielleicht war es auch schon am nächsten Tag. Ich

schlief viel, die Tage gingen ineinander über.
»Aber Sie müssen nicht so oft nach mir sehen. Ich habe Krankenschwestern und komme schon klar. In meiner Situation kann ich eigentlich nicht viel anstellen.«

»Ich hab's deiner Schwester versprochen«, sagte er. »Und ich halte mein Wort.«

»Nein, tun Sie nicht.«

»Anya«, sagte Mr Delacroix, »willst du ein paar geschäftliche Fragen mit mir besprechen? Der Lichtgarten in Hiroshima ist …«

»Ist mir egal. Entscheiden Sie. Das ist schon in Ordnung.«

»Du musst es versuchen.«

»Was muss ich versuchen? Ich muss gar nichts, nur hier liegen, Mr Delacroix.«

In jener Woche schlichen sie den Morphintropf aus, was sich als die Art von Abenteuer entpuppte, das man am besten in Einsamkeit durchlitt.

Mr Delacroix besuchte mich jeden Tag und blieb meistens mehrere Stunden. Ich war mit Sicherheit nicht besonders unterhaltsam. Irgendwann Ende Oktober brachte er ein Schachspiel mit.

»Was soll das?«, fragte ich. »Glauben Sie etwa, dass ich Lust auf ein Spiel habe?«

»Tja, ich langweile mich aber mit dir«, gab er zurück. »Du willst nicht übers Geschäft sprechen und machst auch nicht einmal einen Witz, deshalb dachte ich, wir könnten wenigstens Schach spielen.«

»Ich weiß nicht, wie das geht«, sagte ich.

»Super. Dann haben wir ja was zu tun.«

»Wenn ich Sie so langweile, können Sie auch zurück nach Amerika fliegen. Da haben Sie bestimmt viel zu tun.«

»Ich habe deiner Schwester versprochen, mich um dich zu kümmern.«

»Niemand erwartet von Ihnen, Ihr Versprechen zu halten, Mr Delacroix. Alle wissen, wie Sie sind.«

Er stopfte mir ein Kissen hinter den Kopf. Aufrecht zu sitzen war unbequem, aber ich wollte mich nicht beklagen. »Geht das so?«, fragte er einfühlsam.

Ich biss die Zähne aufeinander und nickte. Kein einziges Körperteil von mir fühlte sich an oder funktionierte wie früher. Ich dachte an Leo, der als Kind einen schweren Unfall gehabt hatte, und natürlich an Yuji und meine Nana. Mit keinem von ihnen hatte ich besonders viel Geduld gehabt.

Mr Delacroix stellte das Schachbrett auf mein Betttablett. »Die Bauern können nur vorwärts gehen. Das klingt vielleicht langweilig, aber man gewinnt oder verliert das Spiel über die Bauern, was einem Politiker wie mir nur allzu bewusst ist. Die Dame ist sehr mächtig. Sie kann tun, was sie will.«

»Und wenn sie geschlagen wird?«

»Geht das Spiel weiter, aber dann ist es nur noch schwer zu gewinnen. Auf die Dame gibt man besonders gut acht.«

Ich wog die schwarze Figur in meiner Hand. »Ich komme mir so blöd vor, Mr Delacroix«, sagte ich. »Sie haben mir immer wieder gesagt, dass ich mir einen Leibwächter nehmen soll. Wenn ich auf Sie gehört hätte, wäre ich jetzt nicht in dieser Situation. Sie freuen sich bestimmt, dass Sie recht hatten.«

»Ich freue mich nicht im Geringsten, recht gehabt zu haben, und du solltest auch keine Schuldgefühle haben. Du wärst nicht du selbst, wenn du nicht darauf bestehen würdest, alles nach deiner Vorstellung zu tun.«

»Aber das kommt mir jetzt ziemlich dumm vor.«

»Das ist Vergangenheit, Anya«, sagte er sachlich.

»Wir sind da, wo wir sind. Sophia Bitter war geisteskrank, und ich kann nur staunen, dass du überlebt hast. So. Der Springer ist die vielleicht schwierigste Figur im Schach. Er springt im L.«

»Woher wollen Sie wissen, dass es ein Er ist?«, fragte ich. »Das Pferd könnte genauso gut weiblich sein.«

Mr Delacroix lächelte mich an. »Kluges Mädchen.«

౮

Ende November wurde ich aus dem Krankenhaus entlassen und zog zurück in Yuji Onos Haus. Eine Pflegerin kam mit, ich wurde in Yujis ehemaligem Zimmer untergebracht, das am besten für diesen Zweck geeignet war. Ich bemühte mich, nicht daran zu denken, dass der letzte Bewohner langsam und unter Schmerzen gestorben war.

Im Dezember konnte ich mich mit einer Gehhilfe

wieder bewegen. Im Februar bekam ich Krücken. Mitte März wurde der Gips entfernt, und zum Vorschein kam ein auffällig lebloser Fuß in kränklichen Gelb-, Grün- und Grautönen. Auch die Form sah nicht gesund aus: Die Fußsohle war flach, der Knöchel so dünn wie mein Handgelenk, und die Zehen waren seltsam gekrümmt. Ich betrachtete diese Zehen und fragte mich, welchen Zweck sie je gehabt hatten. Am liebsten hätte ich den Anblick meines Fußes vermieden, aber das war nicht möglich – ständig schaute ich ihn an, weil er nicht funktionierte! Wenn ich ihn absetzte, spürte ich den Boden nicht. Ich bekam eine Schiene und einen Gehstock. Ich schlurfte herum wie ein Zombie. Es ist mehr als ermüdend, wenn man seinem Hirn befiehlt, das Bein und den Fuß zu bewegen, und dann bei jedem Schritt überprüfen muss, wo der Boden ist.

Und der Rest meines Körpers? Als attraktiv hätte ich ihn nicht bezeichnet. Dicke rosa Narbenwülste zogen sich quer über meine Brust, unter meiner Schulter, über meinen unteren Rücken, über den Hals, unterm Kinn, an Bein und Fuß entlang. Einige stammten von dem Attentat, andere von den Maßnahmen, die die Ärzte ergriffen hatten, um mir das Leben zu retten. Ich sah aus wie ein Mädchen, das von einer Irren angegriffen und am Herzen operiert worden war, und genau so war es ja auch. Wenn ich aus der Badewanne stieg, bemühte ich mich, mich nicht zu genau anzusehen. Ich gewöhnte mir an, lange, weite, hochgeschlossene Kleider zu tragen, in denen ich wie eine Frau aus dem großen Treck aussah, fand Mr Delacroix.

Tatsächlich störten mich die Narben nicht so sehr. Viel mehr beschäftigte mich, dass mein Fuß nicht richtig funktionierte, und ich ärgerte mich über die ständigen Schmerzen durch die Verletzung der Wirbelsäule.

Schmerzen ... lange Zeit war das alles, woran ich denken konnte. Der Mensch, der Anya Balanchine gewesen war, war von einem schmerzenden Körper ersetzt worden. Er war ein pochendes, leidendes, monströses, launenhaftes Gebilde. Ich war mit Sicherheit keine angenehme Gesellschaft. (Schon von Natur aus bin ich nicht gerade das, was man einen fröhlichen Menschen nennt.)

Da ich Angst hatte, auszurutschen und hinzufallen, blieb ich in dem Winter fast ausnahmslos im Haus.

Ich begann zu lesen.

Ich spielte Schach mit Mr Delacroix.

Ganz langsam ging es mir ein wenig besser. Ich überlegte sogar, ob ich meinen Tablet einschalten sollte, entschied mich aber dagegen. In meinem Zustand wollte ich nichts von Win hören. Allerdings telefonierte ich mit Theo, Mouse und Scarlet. Manchmal holte Scarlet Felix an den Hörer. Er war keine große Plaudertasche, aber ich unterhielt mich trotzdem gerne mit ihm. Zumindest wollte er nie wissen, wie es mir ging.

»Was ist los, Junge?«, fragte ich.

Folgendes war los: Mein dreijähriger Patensohn hatte eine Freundin. Sie hieß Ruby und war eine ältere Frau: vier Jahre. Sie hatte ihm einen Heiratsantrag gemacht, aber er war sich nicht sicher, schon so weit zu sein. Meistens war sie nett, aber sie konnte ihn auch ganz schön rumkommandieren. Felix wusste es nicht ganz genau, aber vermutete, von ihr bereits in eine Ehe gelockt worden zu sein. Es hatte einen zweideutigen Zwischenfall gegeben, einen Kuss in einem Garderobenschrank, und eine Dose mit Lehm war ihm geliehen oder geschenkt worden. Da ihm das entsprechende Vokabular fehlte, dauerte es ungefähr eine Stunde, bis er mir die Geschichte erzählt hatte, aber das war schon in Ordnung. Ich hatte ja Zeit.

Und dann wurde es Frühling – die Welt ist erbarmungslos.

Die Kirschbäume auf Yujis Grundstück standen

in voller Blüte, der Boden taute, ich hatte weniger Angst hinzufallen. Ich spürte sogar kleine Lebenszeichen in meinem tauben Fuß und schaffte es mehr oder weniger allein, dorthin zu gelangen, wohin ich wollte, auch wenn es Ewigkeiten dauerte.

Manchmal schlug ich den Weg zum Teich ein, wo ich überfallen worden war. Vor einem halben Jahr hatte ich für die Strecke keine fünf Minuten gebraucht, jetzt brauchte ich vierzig. Die Fische lebten noch. Das Blut war entfernt worden. Nichts wies mehr darauf hin, dass ich dort einen Menschen getötet hatte und beinahe selbst gestorben wäre. Auch in dieser Hinsicht ist die Welt erbarmungslos.

Ziemlich oft begleitete mich Mr Delacroix. Wir sprachen immer noch nicht viel übers Geschäft, was früher unser einziges Gesprächsthema gewesen war. Stattdessen unterhielten wir uns über unsere Familien: seinen Sohn, seine Frau, meine Kindheit, seine Kindheit, über meine Mutter, meinen Vater, meine Geschwister, meine Nana. Mr Delacroix war schon in jungen Jahren zum Waisen geworden. Sein Vater war in der Kaffeebranche gewesen und hatte sich umgebracht, als die Rimbaud-Gesetze in Kraft traten. Mit zwölf Jahren wurde Mr Delacroix von einer wohlhabenden

Familie adoptiert, mit fünfzehn verliebte er sich in ein Mädchen – seine Exfrau, Wins Mutter. Die Scheidung brach ihm das Herz, er liebte seine Frau noch immer, doch sah er auch ein, dass er im Unrecht war. Er hatte nur wenig Hoffnung, dass sich alles noch irgendwann zum Guten wenden würde.

»Lag es am Club?«, fragte ich. »Wurden Sie deswegen geschieden?«

»Nein, Anya. Es steckte viel mehr dahinter. Jahrelange Vernachlässigung und falsche Entscheidungen meinerseits. Man hat tausend Chancen, es richtig zu machen. Das ist eine Menge, kann man sagen. Aber irgendwann gehen sie einem aus.«

Mr Delacroix ermutigte mich, das Grundstück auch mal zu verlassen, und wenn nur für einen Nachmittag, aber ich weigerte mich. Ich hinkte lieber dort herum, wo mich niemand sehen konnte. »Irgendwann musst du aber trotzdem aus diesem Haus heraus«, mahnte er mich.

Ich versuchte, nicht darüber nachzudenken.

Am vorletzten Sonntag im April beharrte Mr Delacroix darauf, mit mir einen Ausflug zu machen. »Ich habe eine Begründung, die du nicht widerlegen kannst.«

»Das bezweifle ich«, entgegnete ich. »Ich kann alles widerlegen.«

»Hast du vergessen, was für ein Tag heute ist?«

Mir wollte nichts einfallen.

»Heute ist Ostern«, erklärte er. »Der Feiertag, an dem selbst abtrünnige Katholiken wie du und ich den Weg in die Kirche finden. Ich sehe schon, du bist noch weiter vom Glauben abgefallen, als ich dachte.«

Ich war mehr als das. Insgeheim war ich überzeugt, nicht mehr erlöst werden zu können. Seit ich das letzte Mal mit Scarlet und Felix zur Messe gegangen war, hatte ich einen Menschen getötet. Es war sinnlos, an den Himmel zu glauben, wenn man überzeugt war, höchstens in der Hölle landen zu können. »Mr Delacroix, Sie haben doch nicht etwa eine katholische Kirche in Osaka entdeckt!«

»Katholiken gibt es überall, Anya.«

»Ich wundere mich, dass Sie an Ostern überhaupt noch den Wunsch verspüren, zur Messe zu gehen«, sagte ich.

»Du meinst wahrscheinlich, weil ich so böse bin, nicht? Aber gerade Sünder haben ihre jährliche Ration Vergebung verdient, meinst du nicht?«

Vor der Kirche standen Granitfiguren von der Jungfrau Maria und Jesus. Beide hatten japanische Gesichtszüge. Normalerweise erinnerte mich Jesus immer an Theo, aber in Osaka sah er eher wie Yuji Ono aus.

Die Liturgie glich der in New York – hauptsächlich auf Latein, der Rest auf Japanisch. Es fiel mir nicht schwer, dem Gottesdienst zu folgen. Ich wusste, was gesagt wurde, und ich wusste, wann ich zustimmend nicken musste, egal ob ich es ehrlich meinte oder nicht.

Ich stellte fest, dass ich an Sophia Bitter dachte.

Noch immer sah ich ihr Gesicht vor mir, als ich ihr die Machete ins Herz gestoßen hatte.

Ich hatte noch den Geruch ihres und meines Blutes in der Nase.

Wenn ich vor der Wahl stände, würde ich sie wieder umbringen.

Daher würde ich wohl eher nicht in den Himmel kommen. Wie oft ich auch zur Kirche ging oder beichtete, diese Tat war nicht wiedergutzumachen. Dennoch war der Ostergottesdienst wunderschön. Ich war froh, daran teilgenommen zu haben.

Mr Delacroix und ich beschlossen, die Beichte auszulassen. Wer wusste schon, ob der Priester überhaupt Englisch sprach?

»Und, fühlst du dich erneuert?«, fragte er auf dem Weg nach draußen.

»Eigentlich genauso wie vorher«, antwortete ich. Ich hätte ihn gerne gefragt, ob er schon mal jemanden getötet hatte, was ich bezweifelte. »Als ich sechzehn war, hatte ich immer das Gefühl, ein total schlechter Mensch zu sein. Ständig ging ich zur Beichte. Unablässig hatte ich Angst, jemanden zu enttäuschen. Meine Großmutter, meinen Bruder. Und ich dachte Schlechtes über meine Eltern. Natürlich hatte ich auch die üblichen unreinen Gedanken, die Jugendliche so haben − aber alles im Rahmen. Doch seit damals habe ich wirklich gesündigt, Mr Delacroix. Und heute kann ich nur noch über das Mädchen lachen, das damals glaubte, es sei so schlimm. Sie hatte rein gar nichts getan. Außer dass sie vielleicht im falschen Jahr in der falschen Stadt in die falsche Familie geboren worden war.«

Mr Delacroix blieb stehen. »Jetzt mal ehrlich, was hast du denn Schlimmes getan?«

»Ich werde jetzt nicht alles aufzählen.« Ich dachte nach. »Ich habe eine Frau getötet.«

»In Notwehr.«

»Trotzdem. Ich wollte lieber selbst am Leben bleiben. Hätte sich ein wirklich guter Mensch an jenem Koi-Teich nicht umbringen lassen?«

»Nein.«

»Na gut, aber trotzdem war ich ja nicht ohne

Schuld. Sie hat mich nicht rein zufällig ausgewählt. Sie hat mich gewählt, weil sie der Meinung war, ich hätte ihr etwas weggenommen. Und das habe ich wahrscheinlich auch.«

»Diese Schuldfrage ist sinnlos, Anya. Denk dran: Du bist heute nicht schlechter als morgen.«

»Glauben Sie das im Ernst?«

»Ich habe keine andere Wahl«, sagte er.

Irgendwann gegen Ende April fragte ich ihn: »Mr Delacroix, warum sind Sie noch hier? Sie müssten doch in den Staaten zu tun haben. Als ich im Sommer abreiste, zogen Sie eine Kandidatur fürs Bürgermeisteramt in Erwägung.«

»Meine Pläne haben sich geändert«, erwiderte er. »Aber es ist noch nicht ausgeschlossen.«

Wir standen am Teich, er half mir auf die Bank.

»Weißt du vielleicht, dass ich früher eine Tochter hatte?«

»Wins Schwester, die gestorben ist.«

»Genau. Sie war sehr hübsch, so wie du. Und sie hatte eine spitze Zunge, wie ich. Und wie du auch. Jane und ich waren noch sehr jung, als wir sie bekamen, wir gingen noch zur Highschool, aber zum Glück waren Janes Eltern so reich, dass das Kind unser Leben nicht so dramatisch veränderte, wie es bei Geldmangel der Fall gewesen wäre. Meine

Tochter wurde krank. Es war sehr anstrengend für alle. Für meine Exfrau, meinen Sohn. Etwas länger als ein Jahr kämpfte Alexa um ihr Leben, dann starb sie. Meine Familie ist seitdem nicht mehr wie zuvor. Ich ertrug es nicht, zu Hause zu sein. Ich tat Sachen, auf die ich nicht stolz bin. Ich zwang die beiden, mit mir nach New York zu ziehen, damit ich eine Stelle in der Staatsanwaltschaft annehmen konnte. Ich dachte, es könnte ein Neuanfang sein, aber das war es nicht. Ich konnte es nicht ertragen, mit meiner Frau und meinem Sohn zusammen zu sein, weil es mich zu unglücklich machte.«

»Das ist eine sehr traurige Geschichte«, sagte ich.

»Stört es dich, wenn sie noch trauriger wird?«

»Ja. Ich habe ein angeschlagenes Herz. Mit so einer Geschichte kann es wahrscheinlich gar nicht umgehen.«

»Im Jahr 2082 zog mein Sohn nach New York, und innerhalb einer Woche nach unserem vermeintlichen Neuanfang gelang es ihm, sich an einer brandneuen Schule in ein Mädchen zu verlieben, das glatt als seine tote Schwester hätte durchgehen können. Nicht unbedingt äußerlich, aber mit ihrem Verhalten, ihrer Art. Sie hatte diese seltene Sturheit, die man selbst bei erwachsenen Frauen kaum findet. Falls dem Jungen das auffiel, so hat er es nie erwähnt. Er wirkte immer selig nichtsahnend. Doch als ich das Mädchen kennenlernte, war ich schockiert.«

»Das habe ich nicht gemerkt.«

»Ich kann sehr gut verbergen, was ich fühle.«

»Ich auch.«

»Du auch. Ich habe die Beweggründe für mein Verhalten hinterfragt, als du und mein Sohn ein Paar wurden. Und jetzt, im hohen Alter, bin ich sogar so weit, meine Entscheidung zu bedauern.«

»Sie? Bedauern das?«

»Schon. Aber jetzt haben wir 2087, und ich bekomme plötzlich eine zweite Chance. Theo war bereit, nach Osaka zu fliegen, aber ich wollte selbst kommen. Dir zu helfen hat sich für mich wie eine Wiedergutmachung angefühlt. Eine Wiedergutmachung, auf die ich niemals gewagt hätte zu hoffen.«

»Weil ich Sie an Ihre Tochter erinnere?«

»Auch das. Aber auch wegen dir selbst. Du bist Teil meines Lebens. Ich habe dich ›Kollegin‹ genannt, aber du hattest recht, als du sagtest, du wärst meine Freundin. Als ich die Wahl verloren hatte, kam es mir vor, als hätte die ganze Welt mich aufgegeben, nur du nicht, obwohl du allen Grund gehabt hättest, mies zu mir zu sein.

Weißt du noch, was du damals zu mir gesagt hast?«

Ich wusste es. »Ich sagte, für mich wären Sie noch nicht k. o. Sie waren so ein großes Ärgernis für mich gewesen. Wie sollte ich Sie da einfach abschreiben. Im Übrigen wollte ich nur freundlich sein.«

»Wie dem auch sei, das war zu einer Zeit, als nur sehr wenige nett zu mir waren, und, na ja, im Laufe der Jahre hat die Freundschaft zu dir mehr Bedeutung für mich bekommen, als ich überhaupt ausdrücken kann. Mich lernt man nur schwer kennen. Und deshalb bin ich hier: weil ich hier sein muss. Ich bin hier, weil ich weiß, wie du bist. Ich weiß, dass du nicht von selbst um die Hilfe gebeten hättest, die du brauchtest. Du bist ein stolzer, sturer Mensch; ich hätte dich nicht krank und allein in einem fremden Land lassen können. Vor langer Zeit hast du mir einen Gefallen getan, und auch wenn du und der Rest der Welt das nicht glauben wollt, bezahle ich meine Schuld zurück.«

Es hatte angefangen zu regnen, Mr Delacroix half mir von der Bank. Er bot mir seinen Arm, ich nahm ihn dankend an. Der Weg war rutschig und glatt, mein kranker Fuß hatte Schwierigkeiten zu gehen.

»Du schlägst dich schon viel besser«, sagte er. »Geh ganz langsam.«

»Ich habe gar keine andere Wahl.«

»Bald ist Sommer, Anya. Dir geht es deutlich besser, und die Eröffnung der Lichtgärten ist so gut wie abgeschlossen. Ich denke, wir sollten nach New York zurückkehren.«

Eine Weile schwieg ich. Die Welt, die ich verlassen hatte, die Welt voller Treppen, Busse, Männer, Intrigen und Gangster, schien mir zu überwältigend, um eine Rückkehr überhaupt in Erwägung zu ziehen.

»Was ist?«, fragte Mr Delacroix.

»Mr Delacroix, wenn ich Ihnen etwas verrate, versprechen Sie mir dann, mich nicht zu verachten? Ich komme mir schwach vor, wenn ich das sage, aber ich habe Angst zurückzugehen. In der Stadt kommt man nur schwer zurecht. Sicher geht es mir besser, aber ich weiß, dass ich nie mehr die alte sein werde. Ich möchte weder dem Clan noch den Mitarbeitern der Firma gegenübertreten, und ich fühle mich noch nicht stark genug, in mein Leben zurückzukehren.«

Er nickte. Ich hatte damit gerechnet, dass er sagte, ich brauche keine Angst zu haben, aber das tat er nicht. »Du bist schlimm verletzt worden. Ich verstehe, warum du dich so fühlst. Ich überlege mir was.«

»Damit wollte ich nicht sagen, dass Sie deswegen etwas unternehmen müssen. Ich wollte nur erklären, wie es mir geht.«

»Anya, wenn du ein Problem hast, werde ich mein Bestes tun, es zu beseitigen.«

Am nächsten Tag machte er mir einen Vorschlag.

»Meine Exfrau, Ms Rothschild, wohnt auf einem Hof außerhalb von Albany in einer Stadt namens Niskayuna. Weißt du vielleicht noch, dass sie von Beruf eigentlich Farmerin ist?«

Ich erinnerte mich. Win hatte ihr früher oft geholfen. Als ich ihn kennenlernte, war mir aufgefallen, dass seine Hände nicht wie die eines Städters aussahen.

»Auf dem Hof ist es unglaublich friedlich. Und Jane würde sich freuen, dich und deine Schwester den Sommer über aufzunehmen. Du könntest dich dort ausruhen, ohne die Probleme des Stadtlebens. Ich würde dich besuchen, wann immer ich Zeit habe. Und am Ende des Sommers gehst du wie ausgewechselt zurück nach New York, da bin ich mir ziemlich sicher.«

»Ist Ihre Exfrau denn nicht sauer auf mich wegen des Clubs?«

»Das liegt ja schon länger zurück, und außerdem gibt sie nicht dir, sondern mir die Schuld an allem, was geschehen ist. Sie hat sich immer über mein Verhalten dir gegenüber geärgert, wie du wahrscheinlich gemerkt hast. Und falls du dir Sorgen machst, dass Win da sein könnte: Der nimmt, so weit ich weiß, in Boston an einem Sommerkurs zur Vorbereitung auf das Medizinstudium teil. Er wird höchstens Ende August einige Tage in Niskayuna sein.«

»Gut.« Ich war nicht in der Verfassung, ihn zu sehen.

»Heißt das, du bist einverstanden?«

»Ja. Ich wollte immer schon mal einen Sommer auf dem Land verbringen.«

»Hast du denn nie Urlaub gemacht?«, fragte er.

»Einmal war ich kurz davor, ein Sommerlager zu besuchen, einen Kurs für angehende Kriminologen in Washington, D. C., aber damals handelte ich einen Deal mit dem amtierenden Staatsanwalt aus, so dass ich stattdessen in der Jugendstrafanstalt landete.«

»Ich kann mir vorstellen, dass das eine charakterbildende Erfahrung war.«

»Und wie. Unheimlich.« Ich verdrehte die Augen.

»Obwohl ich nicht gerade über einen Mangel an

charakterbildenden Erfahrungen in meinem Leben klagen kann.«

»Inzwischen«, sagte Mr Delacroix, »können wir wohl davon ausgehen, dass dein Charakter komplett ausgebildet ist.«

Das Haus in Niskayuna war weiß und hatte graue
Fensterläden. Hinten war eine Terrasse am Wasser,
der Mohawk River floss friedlich vorbei. Rechts
und links war Ackerland – ich konnte Pfirsich-
bäume, Mais, Gurken und Tomaten erkennen. Es
sah nach Sommer aus, aber nicht so, wie ich den
Sommer kannte, sondern wie ich ihn mir immer
bei anderen Leuten vorgestellt hatte.

Ms Rothschild begrüßte mich mit einer Umar-
mung und machte dann ein besorgtes Gesicht.
»Ach, du liebe Güte, du bist ja nur noch Haut und
Knochen.«

Ich wusste, dass sie recht hatte. Bei meinem letzten Arztbesuch hatte ich weniger gewogen als mit
zwölf Jahren. Ich war so mager, als hätte ich eine
schwere Krankheit.

»Wenn ich dich ansehe, könnte ich weinen. Was
darf ich dir kochen?«

»Ich hab keinen Hunger«, sagte ich. In Wahrheit
hatte ich keinen Appetit mehr, seit ich überfallen
worden war.

»Charlie«, sagte sie zu ihrem Exmann, »das geht so nicht.« Sie schaute mich an. »Was ist dein Lieblingsessen?«

»Ich glaube nicht, dass ich so was habe.«

Entsetzt sah sie mich an. »Anya, du musst doch ein Leibgericht haben. Erzähl mal! Was hat deine Mutter denn immer für dich gemacht?«

»Also, zu Hause, na ja, meine Eltern sind gestorben, als ich noch ziemlich klein war, und meine Nana war krank, so dass ich selbst fürs Essen sorgen musste, und ich habe eigentlich nur Sachen gemacht, die schon in der Packung oder in der Tüte fertig waren. Ich hab's nicht so mit dem Essen, und ich schätze mal, das ist der Grund, warum ich es quasi eingestellt habe. Es scheint mir nicht die Mühe wert zu sein. Eine Zeitlang mochte ich *Mole* ganz gerne, aber jetzt verbinde ich damit eher schlechte Erinnerungen.« Ich schweifte ab.

»Magst du nicht mal Schokolade?«, fragte Ms Rothschild.

»Nicht besonders. Ich meine, ich mag sie schon, aber ich bin nicht verrückt danach.« Ich überlegte. »Früher mochte ich gerne Apfelsinen.«

»Leider habe ich zur Zeit keine da.« Sie runzelte die Stirn. »Es würde drei Monate dauern, bis ich welche ernten könnte, aber bis dahin bist du nicht mehr hier. Die Friedmans könnten welche haben. Die wohnen die Straße runter, ich könnte vielleicht mit ihnen tauschen. Gehen bis dahin auch Pfirsiche?«

»Ich habe wirklich nicht viel Hunger«, sagte ich. »Danke für das Angebot. Es war eine lange Reise. Würde es Ihnen etwas ausmachen, mir zu zeigen, wo ich schlafen kann?«

Ms Rothschild kommandierte ihren Exmann dazu ab, meinen Koffer zu holen, und schob mir den Arm unter. »Wie gut kannst du Treppen steigen?«

»Nicht sehr gut.«

»Das hat mir Charlie schon gesagt. Ich habe ein Zimmer für dich im Erdgeschoss. Es ist mein Lieblingszimmer, von da schaut man auf die Terrasse und den Fluss.«

Sie führte mich in ein Schlafzimmer mit einem breiten Holzbett, auf dem eine weiße Baumwolldecke lag. »Moment mal«, sagte ich, »ist das eigentlich Ihr Schlafzimmer?« Es sah verdächtig danach aus.

»In diesem Sommer gehört es dir«, erwiderte Ms Rothschild.

»Wirklich? Ich möchte Ihnen nicht Ihr Schlafzimmer wegnehmen. Mr Delacroix sagte etwas von einem Gästezimmer.«

»Das Bett ist eh viel zu groß für mich. Ich schlafe

ja inzwischen allein, und das wird sich auch wohl nicht mehr ändern. Wenn deine Schwester kommt, kann sie sich das Zimmer mit dir teilen, wenn sie will. Es ist groß genug. Sie kann aber auch ein anderes oben bekommen.«

Ms Rothschild gab mir einen Kuss auf die Wange. »Sag mir Bescheid, wenn du irgendwas brauchst. Ich freue mich, dass du hier bist. Das Haus mag Gäste, und ich auch.«

Am nächsten Tag brach Mr Delacroix in die Stadt auf, und meine Schwester traf ein.

Natty war nicht allein, aber das hätte ich mir eigentlich denken können.

»Win«, sagte ich. »Mir hat keiner erzählt, dass du kommst.« Ich blieb am Küchentisch sitzen und stand nicht auf, um ihn zu begrüßen. Ich wollte nicht vor ihm herumhumpeln müssen.

»Ich wollte gerne kommen«, antwortete er. »Ich habe dieses Haus schon immer gern gemocht, und das mit dem Sommerkurs, den ich eigentlich besuchen wollte, hat dann doch nicht geklappt. Natty erzählte mir, dass sie hierherfährt, und da dachte ich, ich könnte sie begleiten.«

Natty umarmte mich. »Du siehst schlimm aus, aber gleichzeitig schon viel besser«, sagte sie. »Schlimm und besser zugleich.«

»Ein durchwachsenes Urteil«, bemerkte ich.

»Zeig mir mal dein Zimmer. Wins Mutter meinte, wir könnten da zusammen schlafen. Das wird wie früher, als wir klein waren.« Win beobachtete uns. Ich wollte nicht vor ihm vom Tisch aufstehen. Er sollte kein Mitleid mit mir bekommen. »Das kann Win dir zeigen«, sagte ich. »Es ist das Elternschlafzimmer. Ich komme gleich nach. Will erst noch das Wasser austrinken.«

Natty musterte mich. »Win«, sagte sie, »könntest du Annie und mich wohl mal kurz allein lassen?«

Er nickte. »Schön, dich zu sehen, Annie«, sagte er beiläufig und ging.

Natty senkte die Stimme. »Irgendwas stimmt hier nicht. Was ist?«

»Na ja, ich bewege mich wie eine alte Frau, und ohne meinen Stock fällt es mir ziemlich schwer, von diesem Stuhl aufzustehen, aber der Stock liegt da hinten.« Ich wies auf den Schrank. »Und außerdem ist mir das … tja … es ist mir peinlich.«

»Annie«, sagte Natty, »du bist wirklich albern.« Mit zwei leichten, federnden Schritten war sie beim Stock und reichte ihn mir.

Sie bot mir den Arm an, und ich kam unbeholfen auf die Füße.

»Findest du es hier nicht wunderschön?«, rief sie

verzückt. »Ich bin so froh, hier zu sein. Und Wins Mutter ist so nett und schön, nicht? Sie sieht aus wie er, findest du nicht? Sind wir nicht Glückspilze?«

»Natty, du hättest Win nicht einladen sollen.«

Sie zuckte mit den Achseln. »Dies ist das Haus seiner Mutter. Natürlich würde er herkommen, das war doch klar. Außerdem hat sein Vater ihn eingeladen, nicht ich, deshalb dachte ich, du wärst damit einverstanden. Seid ihr beide jetzt nicht ganz dicke Freunde?«

Ich dachte: *Mr Delacroix, et tu, Brute?*

»Win wusste längst, dass ich auch herkomme, deshalb fragte er mich, ob *ich* mit *ihm* fahren wolle, nicht andersrum.« Sie sah mich nachdenklich an. »Es ist doch nicht furchtbar für dich, ihn zu sehen, oder?«

»Nein, natürlich nicht. Das wird schon gehen. Du hast recht. Ich weiß nicht, warum ich mich eben bei der Begrüßung so angestellt habe. Wahrscheinlich war ich überrascht. Er ist ja inzwischen ein anderer Mensch, und ich auch. Und diese beiden Menschen kennen sich eigentlich gar nicht mehr.«

»Also gibt es keine Hoffnung, dass eure Liebesgeschichte neu aufflammen könnte? Es ist hier sehr romantisch.«

»Nein, Natty. Das ist alles lange her. Und ich habe momentan keinerlei Interesse daran, mich zu verlieben. Wahrscheinlich nie wieder.«

Es sah aus, als wollte sie etwas erwidern, doch sie biss sich auf die Zunge.

Das Abendessen nahmen wir auf der Veranda ein, obwohl ich immer noch keinen Hunger hatte. Auch wenn ich es Natty nicht gesagt hatte, war ich wütend auf Mr Delacroix, weil er mich eingeladen hatte, wütend auf Win, weil er hier war, und wütend auf Natty, weil sie nicht klug genug gewesen war, Win zu sagen, er solle in Boston bleiben. Ich entschuldigte mich noch vor dem Nachtisch, einem Auflauf mit Pfirsichen, und ging ins Bett.

Wie ich es mir angewöhnen sollte, erwachte ich in der Morgendämmerung und stand bald auf, um mich kreuz und quer über die Farm zu schleppen. Ich wusste, dass ich Gehen üben musste, aber ich wollte dabei von niemandem beobachtet werden. Am Ende humpelte ich zu einem Liegestuhl auf der Terrasse und legte mich mit einem Buch hin.

Win und Natty machten jeden Tag Ausflüge, gingen beispielsweise auf eine Kajaktour, besuchten den Bauernmarkt oder machten einen Ausritt. Sie wollten mich mitnehmen, aber ich widersetzte mich all ihren Versuchen.

Eines Nachmittags kamen sie mit einem Schälchen Erdbeeren von einem nahe gelegenen Hof nach Hause. »Die haben wir für dich gepflückt«, sagte Natty. Sie hatte rote Wangen, und ihr langes schwarzes Haar glänzte und leuchtete so sehr, dass ich fast das Gefühl hatte, mich darin spiegeln zu können. Ich wüsste nicht, wann sie jemals so schön gewesen war. Ihre Schönheit erschien mir aggressiv und fast beleidigend. Sie erinnerte mich daran, dass ich im Moment alles andere als hübsch aussah.

»Hab keinen Hunger«, murrte ich.

»Das sagst du immer«, gab sie zurück und steckte sich eine Erdbeere in den Mund. »Ich lasse sie dir hier stehen.« Sie stellte das Schälchen neben mich auf den Tisch. »Sollen wir dir sonst noch was bringen?«

»Nein, alles gut.«

Natty seufzte und sah aus, als wolle sie sich mit mir anlegen. »Du musst was essen«, sagte sie. »Wenn du nichts isst, wirst du nicht gesund.«

Ich griff zu meinem Buch.

Am späten Nachmittag, kurz vor Sonnenuntergang, kam Win auf die Terrasse. Er zog das Schälchen mit Erdbeeren, die ich nicht angerührt hatte, zu sich heran. Seit er hier war, hatten wir nicht oft miteinander gesprochen. Ich denke nicht, dass er mir aus dem Weg ging, aber ich war wirklich missmutig und trug kein bisschen zu einer Unterhaltung bei. »Hey«, sagte er.

Ich nickte.

Win trug ein weißes Hemd. Er rollte sich die Ärmel hoch und nahm eine wunderschöne rote Erdbeere aus dem Schälchen. Vorsichtig entfernte er die Blätter. Dann ging er neben meinem Liegestuhl auf ein Knie und legte die Erdbeere auf seine Handfläche. Ohne mich anzusehen, hielt er mir die Hand hin, als sei ich ein alter Hund, der ihn beißen könnte. »Bitte, Annie, nimm diese eine«, sagte er in sanftem, flehenden Tonfall.

»Ach, Win«, entgegnete ich betont locker. »Mir geht's gut, wirklich gut.«

»Nur die eine«, wiederholte er. »Der alten Zeiten zuliebe. Ich weiß, dass du nicht mir gehörst und ich nicht dir, weshalb ich wahrscheinlich kein Recht habe, dich um irgendwas zu bitten. Aber ich kann es kaum ertragen, dich so zu sehen.«

Dieser Satz hätte mich vielleicht verletzen können, doch er sprach ihn unglaublich liebevoll aus. Außerdem wusste ich, wie ich aussah. Ich war nur Haut und Knochen mit Narben und zerzausten Haaren. Ich versuchte sicher nicht, auf dramatische Weise zu verhungern, ich war nur müde und verletzt, und diese Gefühle nahmen die Zeit in Anspruch, die ich sonst dem Essen gewidmet hatte. »Glaubst du im Ernst, dass eine Erdbeere den Unterschied macht?«

»Keine Ahnung. Ich hoffe es.«

Ich senkte den Kopf und nahm die Erdbeere aus seiner Hand. Einen Sekundenbruchteil berührten meine Fingerspitzen seine Hand. Ich schob mir die Erdbeere in den Mund. Sie schmeckte süß, fremdartig, aber köstlich, wild und ein bisschen säuerlich.

Win zog die Hand zurück und ballte sie entschlossen zur Faust. Dann ging er, ohne ein weiteres Wort zu sagen.

Ich griff zu dem Schälchen und aß noch eine Erdbeere.

Am nächsten Nachmittag brachte er mir eine Apfelsine. Er schälte sie und bot mir ein Stück auf dieselbe Weise an wie am Tag zuvor die Erdbeere. Den Rest der Orange legte er auf den Tisch und verschwand.

ॐ

Am Nachmittag drauf brachte er mir eine Kiwi. Er zog ein Messer hervor und schälte sie. Dann schnitt er sie in sieben gleich große Stücke und legte eins davon auf seine Hand.

»Wo hast du denn die Kiwi aufgetrieben?«, fragte ich.

»Ich habe so meine Tricks«, sagte er.

Und dann brachte er mir einen riesengroßen Pfirsich – rosig orange-rot und perfekt, ohne eine einzige Druckstelle. Wieder holte er das Messer aus der Tasche. Gerade wollte er ihn anschneiden, da legte ich meine Hand auf seine. »Ich denke, ich esse den ganzen Pfirsich, aber du musst mir versprechen, dass du nicht zuguckst. Ich weiß jetzt schon, dass es eine Sauerei wird.«

»Wie du möchtest«, sagte Win, holte sein Buch hervor und begann zu lesen.

Der Saft lief mir übers Kinn und an den Händen herunter, wie ich erwartet hatte. Der Pfirsich war fleischig und so herrlich, dass ich beim Essen fast wehmütig wurde. Gefühlt zum ersten Mal seit Monaten lachte ich. »Ich habe mich bekleckert«, sagte ich.

Win holte ein Taschentuch hervor und reichte es mir.

»War der aus dem Obstgarten deiner Mutter?«

»Ja, er sah mir ganz besonders gut aus, deshalb habe ich ihn für dich aufgehoben. Die anderen pflücke ich mit Natty, und dann tauschen wir die Sachen meiner Mutter auf den anderen Höfen.«

»Ich wusste gar nicht, dass so viele Früchte zur selben Zeit reif sind.«

»Das kannst du dir mit eigenen Augen ansehen. Du könntest uns begleiten«, sagte er. »Aber das würde bedeuten, dass du diesen Stuhl verlassen musst.«

»Ich hänge an diesem Stuhl, Win. Wir haben eine Beziehung.«

»Das sehe ich«, erwiderte er. »Aber Natty und ich hätten nichts gegen deine Gesellschaft, wenn der Liegestuhl auch mal auf dich verzichten kann. Deine Schwester macht sich Sorgen um dich.«

»Ich will nicht, dass sich irgendjemand um mich sorgt.«

»Sie meint, du hättest Depressionen. Du isst nichts. Du willst nirgendwo hin. Du bist so still. Und dann diese sonderbare Geschichte mit dem Stuhl.«

»Warum sagt sie mir das nicht selbst?«

»Du bist nicht gerade ein Mensch, mit dem man besonders leicht reden könnte.«

»Wie meinst du das? Mit mir kann man gut reden.«

»Nein, kann man nicht. Vor langer, langer Zeit

war ich mal dein Freund, oder hast du das vergessen?« Seine Hand hing über der Seitenlehne des Stuhls, diesmal streiften seine Fingerspitzen meine. Ich zog meine Hand zurück.

Plötzlich stand Win auf und hielt mir die Hand hin. »Komm mal mit!«, sagte er. »Ich will dir was zeigen.«

»Win, ich würde ja gerne, aber ich bin ziemlich langsam geworden.«

»Es ist Sommer, und wir sind auf dem Land, Annie. Hier bewegt sich nichts schnell.« Wieder hielt er mir die Hand hin.

Ich betrachtete sie, dann sah ich den Jungen an, dem sie gehörte. Ich hatte ein bisschen Angst. Damals ging ich nicht gerne an Orte, die ich noch nicht kannte.

»Du vertraust mir doch noch, oder?«

Ich holte meinen Gehstock unter dem Stuhl hervor und nahm seine Hand.

Wir liefen ungefähr eine halbe Meile, eine lange Strecke, wenn ein Fuß sich nur mit besonderer Aufforderung bewegen will.

»Bereust du es schon, mich mitgenommen zu haben?«, fragte ich.

»Nein«, sagte Win. »Ich bereue so einiges, was dich betrifft, aber das gehört nicht dazu.«

»Wahrscheinlich bereust du, mich je kennengelernt zu haben.«

Er antwortete nicht.

Ich war außer Atem. »Sind wir gleich da?«, wollte
ich wissen.

»Nur noch knapp hundertfünfzig Meter. Ich will
zu der Scheune da drüben.«

»Rieche ich vielleicht Kaffee?«

Und wirklich hatte Win mich zu einem Mondscheincafé geführt. Auf der Theke dampfte und
piepste eine uralte Espressomaschine in seliger
Unwissenheit, dass sie gerade eine illegale Droge
zubereitete. Die Maschine wurde von einer zer-
dellten Kupferkuppel gekrönt, die mich an eine
russische Kathedrale erinnerte. Win bestellte eine
Tasse für mich, dann machte er mich mit dem In-
haber bekannt.

»Anya Balanchine?«, sagte der Besitzer. »Nee, das
können Sie nicht sein, dafür sind Sie zu jung. Anya
Balanchine ist eine echte Volksheldin. Wann machen Sie das für den Kaffee, was Sie schon für die
Schokolade getan haben?«

»Hm, ich …«

»Ich würde mein Café gerne irgendwann nicht
mehr heimlich in einer Scheune betreiben müssen. Freier Kaffee für Anya Balanchine! Hey, Win,
wie geht's deinem Vater?«

»Er kandidiert als Bürgermeister.«

»Grüß ihn von mir, ja?«

Win versprach es, und der Cafébesitzer führte uns an einen kleinen schmiedeeisernen Fenstertisch.

»Die Leute in dieser Gegend haben Respekt vor dir«, bemerkte Win.

»Hör zu, es tut mir leid, wenn ich dir die Sommerferien verdorben habe. Ich wusste nicht, dass du hier sein würdest. Dein Vater hatte mir gesagt, du wärst nur wenige Tage im August zu Hause.«

Win schüttelte den Kopf, dann rührte er Sahne in seinen Espresso. »Ich freue mich, dich zu sehen«, sagte er. »Ich hoffe, ich kann dir ein klein wenig helfen.«

»Du hilfst mir wirklich«, erwiderte ich nach einer Weile. »Du hast mir immer geholfen.«

»Wenn du mehr willst, musst du nichts weiter tun als Bescheid sagen.«

Ich wechselte das Thema. »Nächstes Jahr machst du deinen College-Abschluss und danach willst du Medizin studieren?«

»Ja.«

»Dann musst du schon einen vormedizinischen Kurs belegt haben. Wie lautet deine Prognose für mich?«

»Ich bin noch kein Arzt, Anya.«

»Aber wenn du mich so siehst, was denkst du dann? Ich hätte gerne die ehrliche Meinung eines Menschen, der mich vor sich stehen hat.«

»Ich denke, du siehst aus, als hättest du etwas unvorstellbar Schreckliches durchgemacht«, sagte Win nach einer Weile. »Trotzdem schätze ich, wenn ich dich heute zum ersten Mal treffen würde, also wenn ich in dieses Café kommen würde, ohne dich zu kennen, dann würde ich quer durch den Raum gehen, und wenn niemand mit dir am Tisch säße, vielleicht sogar wenn da jemand säße, würde ich meine Mütze abnehmen und dich fragen, ob ich dir einen Kaffee ausgeben darf.«

»Und dann würdest du mich kennenlernen und schlimme Geschichten über mich erfahren und wahrscheinlich schnell wieder verschwinden.«

»Was sollte ich denn über dich erfahren?«

Ich sah ihn an. »Das *weißt* du doch. Geschichten, die einen netten Jungen mit Mütze schlagartig das Weite suchen lassen.«

»Vielleicht, vielleicht auch nicht. Ich bin immer noch dumm, wenn es um dunkelhaarige Mädchen mit grünen Augen geht.«

Auf dem Rückweg begann es zu regnen. Ich hatte Schwierigkeiten, auf dem feuchten Lehmboden mit meinem Gehstock Halt zu finden. »Stütz dich

bei mir ab«, bot Win mir an. »Ich lasse dich nicht
fallen.«

ଓ

Am nächsten Tag setzte ich mich wieder auf die
Terrasse. Im Bücherregal im Arbeitszimmer hatte
ich eine alte Ausgabe von *Gefühl und Vernunft* ge-
funden, die ich lesen wollte.
»Du liest viel in letzter Zeit«, bemerkte Win.
»Ich habe damit angefangen, weil ich sozusagen
eingesperrt bin.«
»Nun, ich werde dich nicht unterbrechen«, sagte
er.
Er legte sich in den Stuhl neben mich und griff zu
seinem Buch.
Seine Gegenwart lenkte mich vom Lesen ab. »Wie
ist es so auf dem College?«, wollte ich wissen.
»Das fragst du ständig. Darüber haben wir schon
gestern gesprochen.«
»Es interessiert mich eben. Ich konnte nicht zum
College gehen.«
»Das könntest du immer noch nachholen.« Er hielt
mir die Hand vors Gesicht, um es vor der Sonne
zu schützen. »Du solltest dir besser einen Sonnen-
hut aufsetzen.«
»Das scheint mir jetzt zu spät zu sein.«

»Was? Das College oder der Sonnenhut?«

»Beides. Ich meinte das College, aber ich habe auch noch nie ein Hutgesicht gehabt«, sagte ich.

Win nahm seinen Hut ab und setzte ihn mir auf den Kopf. »Ich kenne kein Mädchen, das dringender einen Hut braucht. Warum willst du keinen zusätzlichen Schutz vor der Sonne und allem anderen? Du bist übrigens erst zwanzig.«

»Nächsten Monat werde ich einundzwanzig.«

»Man kann in jedem Alter zum College gehen«, sagte Win. »Du hast genug Geld.«

Ich sah ihn an. »Ich bin das Oberhaupt eines Mafiaclans. Ich habe mehrere Nachtclubs. In meiner Zukunft sehe ich kein College.«

»Wie du meinst, Anya.« Er legte das Buch beiseite.

»*Nein!* Weißt du, was du für ein Problem hast?«

»Ich schätze, das wirst du mir gleich verraten.«

»Du bist schon immer viel zu fatalistisch gewesen. Das will ich dir seit Ewigkeiten mal sagen.«

»Warum hast du es nicht getan? Mach reinen Tisch! Es ist nicht gut, wenn man seine Gefühle für sich behält, das solltest gerade du wissen.«

»Als ich mit dir zusammen war, hatte ich ein Interesse daran, Konflikten aus dem Weg zu gehen.«

»Und deshalb hast du mich glauben lassen, ich hätte recht?«, fragte ich. »Die ganze Zeit, als wir ein Paar waren?«

»Nicht die ganze Zeit. Manchmal.«

»Nur ganz zum Schluss nicht, und dann warst du weg.« Ich versuchte, es witzig klingen zu lassen.

»Ein paar Tage lang dachte ich damals, du würdest zurückkommen.«

»Ich auch. Aber ich war zu wütend auf dich. Außerdem: Hättest du mich nicht verachtet, wenn ich zu Kreuze gekrochen wäre? Das habe ich mir jedenfalls eingeredet. Wenn ich einknicke, liebt sie mich eh nicht mehr. Also bewahre ich besser meine Selbstachtung.«

»Beziehungen aus der Schulzeit sind nicht für die Ewigkeit gemacht«, sagte ich. »Es kommt mir vor, als sprächen wir über Fremde. Ich werde nicht mal mehr traurig, wenn ich daran zurückdenke.«

»Na, du bist aber wirklich die reifste junge Erwachsene auf dieser Terrasse, was?« Win griff wieder zu seinem alten Taschenbuch.

»Was liest du denn da?«, wollte ich wissen.

Er hielt mir das Buch hin.

»*Der Pate*«, las ich laut.

»Ja. Darin geht's um einen Clan des organisierten Verbrechens. Hätte ich schon vor Jahren lesen sollen.«

»Lernst du da was über mich?«

»Und wie«, sagte er fröhlich. »Ich verstehe dich endlich.«

»Und?«

»Du musstest diesen Club eröffnen, und du musstest alles dafür tun, dass er ein Erfolg wird. Das
stand schon fest, lange bevor ich dich kennenlernte.«

Im August wurde es unerträglich heiß. Ich konnte
die langen Kleider und Pullis nicht mehr tragen
und musste mehr Haut zeigen, als mir lieb war.
Wins Mutter schlug vor, wir sollten im Fluss
schwimmen gehen. Sie versicherte mir, Schwimmen sei gut für meine Genesung. Wahrscheinlich
hatte sie recht, aber ich konnte gar nicht schwimmen. Ich war 2066 in New York geboren worden,
in dem Sommer, als in den Badeanstalten das Wasser abgelassen wurde, um Kosten zu sparen. »Win
könnte es dir zeigen«, sagte Ms Rothschild. »Er
kann hervorragend schwimmen.«
Win warf seiner Mutter einen Blick zu, der ziemlich genau widerspiegelte, was ich davon hielt,
von ihm das Schwimmen gezeigt zu bekommen.
»Das würde ich lieber nicht tun, Jane«, sagte
er.
Ms Rothschild sah ihren Sohn kopfschüttelnd an.
»Ich kann es nicht ausstehen, wenn du mich Jane
nennst. Ich bin nicht dumm, Win. Ich weiß, dass
ihr beide mal ein Paar wart, aber was macht das

schon? Anya sollte schwimmen lernen, so lange sie hier ist. Es wird ihr helfen.«

»Ich weiß nicht«, sagte ich. »Ich hab nicht mal einen Badeanzug.« Ich hatte noch nie einen gebraucht.

»Du kannst dir einen von mir leihen«, sagte Wins Mutter.

In meinem Zimmer zog ich den Badeanzug an, der nur ein wenig zu groß war. Er hatte einen relativ zurückhaltenden Schnitt, dennoch fühlte ich mich unglaublich nackt. Ich streifte ein T-Shirt über, aber man sah trotzdem noch einen Teil der Narbe unter meinem Schlüsselbein.

Falls Win das auffiel, sagte er nichts.

Hätte er eh nicht getan. Der Junge hatte immer schon Anstand besessen.

Als ich ins Wasser ging, hielt er sich sehr mit Erklärungen zurück. Er sagte nur, ich solle mich auf den Bauch legen, hielt mich fest und zeigte mir, wie ich Beine und Arme bewegen sollte. In null Komma nichts hatte ich es begriffen. Das Schwimmen lag mir, es war leicht im Vergleich zum Gehen.

»Schade, dass es auf Trinity damals keine Schwimmmannschaft gab«, sagte ich. »Aber eigentlich muss ich wohl sagen: Schade, dass es in New York keine Bäder gab.«

»Vielleicht wäre dein ganzes Leben anders verlaufen.«

»Ich wäre die absolute Sportskanone geworden«, sagte ich.

»Das kann ich mir gut vorstellen. Die berühmte Hartnäckigkeit der Balanchines wäre bei sportlichen Wettkämpfen bestimmt nützlich gewesen.«

»Genau. Dann hätte ich Gable Arsley nicht die Lasagne über den Kopf kippen müssen. Ich hätte sinnvollere Methoden gehabt, meinen Zorn herauszulassen.«

»Aber wenn du Gable nicht die Lasagne über den Kopf gekippt hättest, wo hätte ich dich dann kennengelernt?«

Ich schwamm einige Züge. Win wartete kurz, dann kam er hinterher. »Nicht so schnell«, sagte er. »Du fängst gerade erst an.«

Er holte mich ein und zog mich am Arm zu sich, so dass wir uns im Wasser ansahen.

»Manchmal«, sagte er, »habe ich das Gefühl, meine Mutter ist genauso gerissen wie mein Vater.«

»Wie meinst du das?«

»Meine Mutter macht uns den absurden, durchschaubaren Vorschlag, dass ich dir das Schwimmen beibringen soll. Und mein Vater … der bildet sich, glaub ich, ein, wenn er uns beide wieder zusammenbringt, bekäme er die Absolution für das, was er 2082 angerichtet hat.«

»Lächerlich«, sagte ich. »Genau genommen war es 2082 und 2083.«

»Aber eine Frage bleibt doch offen: Hat sich der dumme Junge nur aus einem einzigen Grund in dich verliebt, nämlich weil sein ehrgeiziger Vater gegen die Beziehung war? Hast du das nicht immer behauptet? Was ich damit sagen will: Vielleicht ist Dads Plan nicht der klügste. Weil schnuckelige junge Leute wie du und ich nämlich Gegenwind brauchen. Wenn eine Liebe, die mal unter einem schlechten Stern stand, plötzlich unter einem guten steht, findet Romeo Julia vielleicht schnell langweilig.«

»Na, ein bisschen Gegenwind gibt es aber noch«, warf ich ein. »Ich war verheiratet, und wie man es auch betrachtet – es war in erster Linie eine Vernunftehe.«

»Du willst mir damit mahnend in Erinnerung rufen, dass du als Mensch mit fragwürdiger Moral und schlechtem Charakter ein Hinderungsgrund an sich bist.«

»Ja, das wollte ich damit sagen.«

Win zuckte mit den Schultern. »Das weiß ich schon seit langem.«

»Und ich habe jemanden getötet. Zwar in Notwehr,

aber trotzdem. Außerdem ist mein Körper ramponiert. Er ist wie der einer fünfzigjährigen Frau. Ich kann ungefähr so schnell gehen wie meine Nana.«

»Du siehst ganz okay aus«, sagte Win und schob mir eine Strähne hinters Ohr.

»Das Timing stimmt auch nicht. Ich möchte dir entgegentreten, wenn ich stark, schön und erfolgreich bin.«

»Soll ich vielleicht sagen, dass du all das trotzdem bist, oder verdrehst du dann deine hübschen grünen Augen?«

»Ja, dann verdrehe ich die Augen. Ich habe einen Spiegel, Win, auch wenn ich vermeide hineinzusehen.«

»Von da, wo ich gerade bin, ist der Anblick nicht so übel.«

»Du hast mich noch nicht nackt gesehen«, sagte ich.

Win räusperte sich. »Ich weiß nicht genau, was ich darauf antworten soll.«

»Also, das war keine Einladung, wenn du das meinst. Das war eine Feststellung.«

»Ich bin ...« – er räusperte sich erneut – »ich bin mir sicher, dass es nicht so schlimm ist.«

»Komm mal näher«, sagte ich, ich hatte beschlossen, die Sache ein für alle Mal zu regeln. Ich zog den Muschelsaum meines T-Shirts herunter, damit er die große, knotige rosafarbene Narbe von meiner Herzoperation und die von der Verletzung mit dem Schwert sehen konnte.

Win bekam große Augen und hielt die Luft an. »Das sieht schlimm aus«, sagte er leise. Er legte die Hand auf die Narbe, die unterhalb des Schlüsselbeins verlief, gefährlich nahe an meiner Brust. »Hat das weh getan?«

»Wahnsinnig«, sagte ich. Win schloss die Augen. Es sah aus, als würde er mich küssen. Ich zog das T-Shirt wieder hoch und schwamm rüber zum Anleger. Mein Herz klopfte mir bis zum Hals. So schnell ich konnte, kletterte ich die Leiter hoch.

»Ich finde es furchtbar, wenn der Sommer zu Ende geht«, sagte Ms Rothschild und wedelte sich vor dem Gesicht herum. Ich hatte sie weinend in der Bibliothek vorgefunden. »Bitte beachte mich einfach nicht. Setz dich doch ein bisschen zu mir.« Sie klopfte neben sich auf die Couch. Ich stellte *Überredung* ins Regal zurück – in dem Sommer hatte ich mich durch das Gesamtwerk von Jane Austen gearbeitet – und setzte mich. Ms Rothschild legte mir den Arm um die Schultern. »Das war doch ein guter Sommer, oder? Ich finde, du siehst ein klein wenig voller und rosiger aus als vorher.«

»Mir geht es auch wirklich besser«, sagte ich.

»Das freut mich zu hören. Ich hoffe, du bist hier glücklich gewesen. Es war eine Freude, dich und deine Schwester bei mir zu haben. Du kannst wiederkommen, wann immer du willst! Ich bin meinem Exmann dankbar, dass er diese Idee hatte. Ich habe dich immer gemocht, weißt du, auch als Charlie so absolut gegen deine Beziehung zu Win war. Damals haben wir uns ziemlich oft darüber gestritten. Er war der Meinung, es sei nur eine Highschool-Liebe, aber ich sagte immer: Nein, das Mädchen ist was Besonderes. Und jetzt, viele Jahre später, ist Mr Delacroix zu der Einsicht gekommen, dass ich recht hatte, was er am Ende übrigens immer tut. Jedenfalls haben wir beide die Daumen gedrückt, dass Win und du vielleicht wieder zueinander finden würden.«

»Das soll nicht sein.«

»Darf ich fragen, warum, Anya?«

»Tja … Ich bin noch kein Jahr lang Witwe und wurde sehr schwer verletzt. Ich kann mir kaum eine Beziehung vorstellen, so lange ich mich nicht wie ich selbst fühle. Ehrlich gesagt, stelle ich viele persönliche Entscheidungen in Frage, die ich getroffen habe. Ich habe so viele Fehler gemacht, obwohl ich dachte, ich würde genau das Richtige tun. Ich glaube einfach, ich brauche eine Beziehungspause.«

»Das ist wahrscheinlich vernünftig«, sagte Ms Rothschild nach einer Weile.

»Außerdem glaube ich, dass das, was Win für mich empfindet, nur die Sehnsucht nach früher ist. Er ist so lieb zu mir, weil wir mal ein Paar waren«, sagte ich. »Sie haben den anständigsten Jungen der Welt großgezogen, meinen herzlichen Glückwunsch.«

»Das war ich nicht allein«, sagte sie. »Win vergisst das gerne, aber Charlie war eigentlich ein sehr guter Vater.«

»Das glaube ich.«

»Wirklich? Die meisten Leute gucken mich an, als wäre ich verrückt, wenn ich ihn verteidige ...« Sie schüttelte den Kopf. »Weißt du was? Ich habe es satt, mir anzuhören, wie Charles Delacroix angeblich ist. Ich verteidige ihn fast schon mein Leben lang. Vor meinen Freunden. Meinen Eltern. Unserem Sohn. Damit bin ich fertig.«

»In Japan haben wir ziemlich oft über Sie geredet. Er liebt Sie immer noch, wissen Sie?«

»Ja, aber das reicht nicht. Seit fünfundzwanzig Jahren enttäuscht er mich. Auch damit bin ich jetzt fertig.«

»Ich glaube, Mr Delacroix hat sich verändert.«

»Aber dann kommt die Wahl, und er ist wieder genauso wie früher.« Sie nickte, dann holte sie ihr Handy hervor. »Hast du schon mal ein Foto von Wins Schwester gesehen?«

Ich schüttelte den Kopf und betrachtete das Bild auf dem Display. Das Mädchen hatte lockige hellbraune Haare und blaue Augen wie Win. Auf dem Foto verdrehte sie die Augen. Abgesehen von dem Gesichtsausdruck konnte ich keine Ähnlichkeit mit mir feststellen.

»Wenn man Leute kennenlernt, liegt das Problem nicht darin, dass man sie vielleicht nicht mag, sondern dass man sie zu sehr mag. Nun, da ich dich kenne, werde ich mir Sorgen machen, wie du in der Stadt zurechtkommst, Anya«, sagte Ms Rothschild. Sie schloss ihre Hände um meine.

»Ich komme schon seit Jahren alleine klar.«

Sie sah mich an, dann schob sie mir das Haar aus der Stirn. »Da bin ich mir sicher.«

Ich ging zurück in unser Zimmer, aber Natty war nicht da. Ich suchte draußen nach ihr und entdeckte sie weinend im Pavillon. »Bitte, Anya, lass mich in Ruhe.«

»Was ist denn, Natty? Was ist passiert?«

»Ich liebe ihn«, sagte sie.

»Wen liebst du?«

»Was glaubst du wohl?« Sie hielt inne. »Win. Win natürlich.«

Ich überlegte. »Ich weiß ja, dass du als kleines Mädchen in ihn verknallt warst, aber ich hatte keine Ahnung, dass es immer noch so ist.«

»Er ist so gut, Annie. Sieh dir doch an, wie er diesen Sommer gewesen ist, wie er versucht hat, dich aufzumuntern, obwohl ihr schon so lange nicht mehr zusammen seid.« Sie seufzte. »Aber er sieht in mir immer noch ein Kind.«

»Woher willst du das wissen? Hast du mit ihm gesprochen?«

»Ich habe mehr als mit ihm gesprochen. Ich habe versucht, ihn zu küssen.«

»Natty!«

»Wir haben für seine Mutter Äpfel gepflückt. Die Ersten sind jetzt reif. Und er sah so toll aus, wie er in seinem blaukarierten Hemd dastand. Ich bin krank vor Liebe zu ihm.«

»Natty, ich hatte ja keine Ahnung, wie deine Gefühle sind.«

»Wie kannst du das übersehen? Ich liebe ihn, seit ich zwölf bin. Seit wir ihn im Büro der Rektorin kennengelernt haben.«

»Wie hat er reagiert, als du ihn küssen wolltest?«

»Er hat mich weggeschoben, hat gesagt, so würde er mich nicht sehen. Und ich habe gesagt, ich wäre siebzehn, ich wäre ja wohl kaum mehr ein Kind. Das hat er bejaht. Und ich sagte, als er dich kennenlernte, sei er sechzehn gewesen. Er meinte, das wäre was anderes, weil ihr beide damals jung gewesen wärt. Dann hat er gesagt, er würde mich lieb haben wie eine Freundin oder eine Schwester, und er wäre immer für mich da. Aber dann habe ich ihn weggeschubst. Ich habe gesagt, dass ich nicht auf diese Weise geliebt werden will. Jetzt halte ich es nicht mal mehr aus, ihn anzusehen.«

Ihr gesamter Körper schluchzte – die Schultern, der Bauch, der Mund –, sie gab ein einziges Bild des Jammers ab.

»Ach, Natty, hör bitte auf zu weinen.«

»Warum sollte ich? Ich habe ihm erzählt, was du zu Beginn des Sommers gesagt hast. Dass du nie wieder mit ihm zusammenkommen würdest. Aber ich glaube, er hat immer noch Hoffnung. Wenn er wüsste, dass keinerlei Grund zur Hoffnung mehr besteht, könnte er sich vielleicht stattdessen in mich verlieben. So unterschiedlich sind wir schließlich gar nicht.«

»Meine liebste Natty, würdest du wirklich wollen, dass dich ein Junge nur liebt, weil er findet, dass du mir ähnlich bist?«

»Der Grund ist mir egal. Das wäre mir wirklich egal! So sehr liebe ich ihn.«

»Win geht, glaube ich, nicht davon aus, dass wir wieder zusammenkommen. Aber soll ich versuchen, mit ihm zu reden?« Ich wünschte mir so, dass meine Schwester glücklich war, mehr als ich selbst.

»Würdest du das tun?« Ihre feuchten Augen blickten mich hoffnungsvoll an.

»Ich sorge dafür, dass er es versteht«, sagte ich. »Und zwar bevor die Ferien vorbei sind.«

Nach dem Abendessen fragte ich Win, ob er mit mir einen Spaziergang machen wolle.

Wir gingen in den Obstgarten, wo die letzten Pfirsiche des Sommers von den Bäumen fielen. Win entdeckte einen, der noch am Zweig hin, und pflückte ihn. Als er den Arm danach streckte, sah ich seinen langen, sehnigen Oberkörper. Er bot mir den Pfirsich an, aber ich lehnte ab.

»Ich möchte mit dir über etwas reden«, sagte ich.

»Worüber denn?« Er biss in die Frucht.

»Über meine Schwester.«

»Tja, hab mir schon gedacht, dass das Thema noch kommt.«

»Sie meint, wenn du wüsstest, dass wir meiner Meinung nach nie mehr zusammenkommen werden, dann wärst du vielleicht offener, was … Entschuldigung, das ist mir unangenehm.«

»Vielleicht kann ich dir helfen. Sie meint, ich wolle deshalb keine Beziehung zu ihr, weil ich immer noch Gefühle für dich hege. Aber um eines klarzustellen: Da liegt sie falsch. Ich finde, Natty ist klug und wunderbar, sie hat alles, was ein Mädchen haben sollte, aber selbst wenn es keine Anya gäbe, wäre Natty nichts für mich. Willst du wirklich keinen Pfirsich essen? Die sind total süß zu dieser Jahreszeit.«

»Warum hast du denn so viel Zeit mit ihr verbracht? Du kannst bestimmt verstehen, dass sie sich falsche Hoffnungen gemacht hat.«

»Weil du mich darum gebeten hast. Oder hast du das schon vergessen? Vor drei Jahren hast du mich nach Sacred Heart geschickt.«

»Win ...«

»Ich habe es getan, weil ich dir endlich einen Gefallen tun konnte. Du hast mich so selten um Hilfe gebeten, selbst als wir noch zusammen waren. Auch wenn unsere Beziehung kein schönes Ende hatte, habe ich mich gefreut, etwas für dich tun zu können.«

»Warum bist du nur so unglaublich anständig?«

»Weil ich gute Eltern habe, die mich von ganzem Herzen lieben. Das ist wahrscheinlich der Grund.«

»Auch dein Vater?«

»Ja, auch mein Vater. Er plant immer den ganz großen Wurf, so wie du, das kann ganz schön anstrengend sein. Er hat sein Bestes getan. Inzwischen bin ich älter und kann das verstehen. Er hat übrigens darauf bestanden, dass ich den Sommer hier verbringe.«

»Wie meinst du das?«

»Er hat gesagt, du seist sehr krank, und du und deine Schwester würden hier auf der Farm wohnen. Du wärst ihm sehr ans Herz gewachsen, er wollte gerne, dass du den Sommer unter jungen Menschen und Freunden verbringst. Seiner Einschätzung nach traf das beides auf mich zu.«

»Er hat mir total überzeugend erklärt, dass du nicht hier sein würdest, wusstest du das?«

»Typisch Dad. Fast wäre es mir wirklich lieber, ich könnte mich in deine Schwester verlieben«, sagte Win. »Sie hat große Ähnlichkeit mit dir, ist nur etwas größer und hat glattes Haar. Sie ist nicht so launisch wie du und wirklich sehr angenehm im Umgang. Aber selbst wenn sie nicht siebzehn Jahre alt wäre, könnte ich es nicht. Sie ist nicht du.

Um noch mal darauf zurückzukommen, was du Natty sagen sollst. Du könntest ihr sagen, dass ich ein schlechtes Gewissen habe, weil sie meine Gefühle für sie falsch verstanden hat. Ich sehe ein, dass man einiges falsch interpretieren konnte. Auch wenn ich in ihr nie etwas anderes als einen Kumpel gesehen habe, habe ich drei Jahre lang die Schwester in ihr geliebt. Ich wollte lieber etwas mit ihr unternehmen als mit anderen Mädchen, weil ich von ihr Neuigkeiten über ihre Schwester hören konnte.

Du könntest ihr sagen, dass mir schon klar war, bevor ich in den Zug nach Niskayuna stieg, wie gering die Chance war, dass ihre Schwester und ich wieder zusammenkommen würden. Ich weiß, dass ihre Schwester unglaublich stur ist und mir wahrscheinlich nie verzeihen wird, dass ich sie nicht bei der Eröffnung ihres Clubs unterstützt habe. Ich weiß, dass ihre Schwester Hinderungsgründe sieht, wo es keine gibt, zum Beispiel, dass sie mehrere physische Traumata erlebt hat. Wenn ihre Schwester doch wüsste, wie sehr ich sie bewundere und wie sehr ich bedaure, ihr nicht beigestanden zu haben. Wie sehr ich sie immer noch lieben könnte, so sie es irgendwann, wenn sie sich wieder gesund fühlt, zulassen könnte. Du könntest ihr sagen, wenn es um ihre Schwester geht, besitze ich keinen großen Selbsterhaltungstrieb und keine Würde. Sie könnte zehn andere Männer heiraten, es wäre mir egal.«

»Du sollst nicht auf mich warten, Win. Ich kann es nicht. Ich würde gerne, aber ich kann nicht. Es tut mir leid.«

Ich rechnete nicht damit, aber er lächelte mich an. Er lächelte mich an und wischte mir eine Träne von der Wange. »Ich habe mir gedacht, dass du das sagen würdest. Ich mache dir jetzt ein Angebot, es ist ganz einfach: Ich werde dich immer lieben. Du deinerseits kannst dir überlegen, ob du irgendwann in der Zukunft etwas mit dieser Liebe anfangen willst. Du sollst nur wissen, dass es für mich kein anderes Mädchen gibt als dich. Weder deine Schwester noch sonst jemanden. Mein Schicksal ist es, der Junge zu sein, der Anya Balanchine liebt. Vor langer Zeit habe ich eine falsche Entscheidung getroffen, und ich finde, ich habe genug dafür bezahlt.« Er nahm mein Kinn in die Hand. »Und das Gute daran, dass ich nicht dein Freund oder Mann bin, ist, dass du mir nicht sagen kannst, was ich zu tun oder zu lassen habe«, fuhr er fort. »Ich werde auf dich warten, denn ich warte lieber auf dich, als dass ich meine Zeit mit einer anderen verschwende. Ich konzentriere mich auf den Ausgang des Ganzen. Wie im Baseball, wo man die Saison nicht aufgeben darf, nur weil man vielleicht das erste und auch das zweite Spiel verloren hat. Wenn du bereit bist, falls du jemals bereit sein solltest, dann sag mir Bescheid.«

Ich betrachtete die Pfirsiche auf dem Boden des Obstgartens. Ich sah die Sonne untergehen. Der Fluss strömte vorbei. Ich hörte, wie Win leise atmete, und spürte mein eigenes Herz pochen, ganz regelmäßig. Die Welt wurde still, und ich versuchte, mir mich in der Zukunft vorzustellen. In dieser Phantasie war ich stark, konnte wieder richtig laufen und war allein. »Und wie sage ich dir

Bescheid?«, fragte ich zaghaft. »Falls ich jemals so weit sein sollte. Du weißt doch, ich bin nicht sehr gut in solchen Sachen. Was soll ich sagen?«

»Dann mache ich es dir einfach. Du brauchst nur zu sagen, dass ich dich nach Hause bringen soll.«

Da die Planung für die Bürgermeisterwahl Mr Delacroix in der Stadt beschäftigt hatte, war er in dem Sommer nur sporadisch zu Besuch gekommen. Einen Tag bevor Natty und ich fahren wollten, tauchte er wieder auf, um Wins Mutter zu helfen, das Haus winterfest zu machen. Ich war unterwegs, einen Sack Äpfel pflücken, den ich mit in die Stadt nehmen wollte. Als ich sie ins Haus bringen wollte, kam er über den Rasen auf mich zu.

»Du siehst unglaublich kernig aus«, sagte er. »Ich bin zufrieden mit mir selbst, dass ich dich hierhergeschickt habe.«

»Sie sind immer mit sich selbst zufrieden«, gab ich zurück.

Wir setzten uns auf die Terrasse. Mr Delacroix holte das Schachspiel heraus und stellte es auf dem Tisch auf.

»Win ist schon weg, wie ich sehe«, sagte er.

»Ja.«

»Also ist mein Plan komplett schiefgegangen?«

Ich antwortete nicht.

»Tja, man kann mir keinen Vorwurf machen. Ich hab keinerlei Erfahrungen damit, Menschen miteinander zu verkuppeln.«

»Sie sind wirklich ein sonderbarer Mann! Sie machen etwas kaputt und versuchen dann Jahre später, es wieder zu reparieren.«

»Ich liebe meinen Sohn«, sagte Mr Delacroix.

»Ich vermutete, dass er nicht ganz über dich hinweg war, deshalb versuchte ich, ein Treffen in die Wege zu leiten. Ich dachte, dein Herz könne offen sein für ein Wiedersehen, es würde dir vielleicht eine kleine Freude bescheren. Du hast es in den letzten Jahren sehr schwer gehabt, und mir gefiel die Vorstellung, dass du eine Zeitlang glücklich sein könntest. Und da ich nicht perfekt bin, störte mich auch der Gedanke nicht, dass ich damit vielleicht ein bisschen wiedergutmachen könnte.«

Ich zog den Turm. »Ich habe keine Ahnung, wie Sie sich einbilden konnten, dass es funktionieren würde. Niemandem gefällt es, vom eigenen Vater verkuppelt zu werden. Auch wenn ich naiv genug gewesen bin, Ihren Lügen zu glauben, wusste Win von Anfang an, was Sie im Schilde führten.«

Er setzte seinen König weiter fort von meiner Dame.

Ich wollte mit meiner Dame nachziehen, aber hielt

dann inne. »Jetzt mal ehrlich: *ein paar Tage im August*? Sie hätten mir von Ihrem Plan erzählen können. Wenn Sie das in der Firma mit mir gemacht hätten, würde ich Sie rauswerfen. Ich werde nicht gerne hinters Licht geführt.«

»Geschenkt. Eigentlich bin ich gut im Pläneschmieden, aber es ist leider einfacher, mit Schachfiguren und Politikern zu hantieren als mit den Herzen von Menschen. Ich durchschaue dich, Anya. Du spielst auf Zeit. Du bist dran!«

Ich ließ meine Dame, wo sie war, und blockierte stattdessen mit einem Bauern seinen zweiten Läufer.

»War keine schlechte Idee«, sagte ich. »Aber ich glaube, ich habe mich seit der Highschool zu sehr verändert.«

»Da bin ich mir nicht sicher«, erwiderte er.

Ich beschloss, das Thema zu wechseln. »Wenn ich in die Stadt zurückkomme, habe ich mir überlegt, mal auszuloten, ob wir eine Kollektion von Dunkelkammer-Schokoriegeln produzieren können. Einen Riegel, den man mit nach Hause nehmen kann, statt ihn im Club zu essen. Kakao für Menschen, die ans Bett gefesselt sind, so wie ich es war. Ich würde sagen, mit Schokoriegeln lässt sich immer noch Geld verdienen.«

»Eine interessante Idee.« Mr Delacroix zog seine

Dame und sah mich an. »Anya, ich muss dir etwas sagen. Ich schätze, du weißt bereits, worum es geht. Meine Teilnahme an der Bürgermeisterwahl bedeutet, dass ich von meiner Stellung in der Dunkelkammer zurücktreten muss. Ich kann dir helfen, einen anderen Anwalt zu finden ...«

»Nein, schon gut«, unterbrach ich ihn kühl. »Sobald ich zurück in der Stadt bin, werde ich mich darum kümmern.«

»Ich kann dir vielleicht einen Kollegen empfehlen ...«

»Ich bin sehr wohl in der Lage, mir selbst einen Anwalt zu besorgen, Mr Delacroix. Sie habe ich ja auch gefunden, oder? So lange ich lebe, habe ich mit Anwälten zu tun. Das Leben, das ich geführt habe, hat mich zu einer Expertin auf diesem Gebiet gemacht.«

»Anya, bist du vielleicht böse auf mich? Du musst doch gewusst haben, dass es irgendwann so weit sein würde.«

Ehrlich gesagt, war er mir sehr ans Herz gewachsen. Er würde mir fehlen, aber das brachte ich nicht über die Lippen. Mein Leben lang hatte ich daran gearbeitet, niemals jemanden zu brauchen.

»Wir werden uns trotzdem sehen«, sagte er. »Ich hatte sogar gehofft, dass du meine Kandidatur unterstützt.«

»Wieso wollen Sie von einer wie mir unterstützt werden?«, fragte ich. Doch, ich schmollte.

»Hör zu, Anya, jetzt sei nicht albern. Wenn du jemals irgendetwas brauchen solltest, werde ich dafür sorgen, dass du es bekommst, solange es in meiner Macht steht. Verstehst du, was ich damit sagen will?«

»Viel Glück, Kollege«, sagte ich, stand auf und ging. Allerdings war ich nicht sehr schnell, er hätte mich aufhalten können, wenn er gewollt hätte.

Ich war fast in meinem Zimmer, das ich nun bald dem Sommer und der Vergangenheit überlassen würde. Als ich die Hand auf den Knauf legte, fragte ich mich, was genau mit mir nicht stimmte, dass ich nicht einfach sagen konnte: *Danke und viel Glück für die Wahl!*

Ich spürte eine Hand auf meiner Schulter. »Lass uns nicht so auseinandergehen«, sagte Mr Delacroix. »Ich weiß genau, was du denkst. Ich kenne dich so gut. Ich weiß, was für Gedanken sich hinter deiner undurchdringlichen Fassade jagen. Du wurdest schon so oft im Stich gelassen. Du denkst, wenn wir beruflich nicht mehr miteinander zu tun haben, werden wir uns auch nicht mehr sehen. Aber das stimmt nicht. Du bist meine Freundin. Du bist mir so lieb wie mein eigen Fleisch und

Blut, und so unglaublich das auch ist, liebe ich dich wie meine eigene Tochter. Also: Viel Glück, Frau Kollegin, wenn ich dich so nennen soll.« Er nahm mich in die Arme und drückte mich fest. »Und werd bitte wieder ganz gesund.«

Am nächsten Tag fuhren Natty und ich zum Bahnhof.

»Ich schäme mich immer noch so«, sagte sie. Ich hatte ihr Wins Nachricht überbracht, aber nicht erwähnt, dass er mich immer noch liebte.

»Brauchst du nicht«, sagte ich. »Das versteht er bestimmt.«

»Liebst du ihn denn?«, fragte sie mich nach einer Weile. »Du hast zwar gesagt, du liebst ihn nicht, aber stimmt das noch?«

»Ich weiß es nicht.«

»Also, gestern Nacht konnte ich nicht schlafen. Je länger ich darüber nachdachte, desto klarer wurde mir, dass das, was ich für seine Liebe zu mir gehalten habe, tatsächlich seine Liebe zu dir war. Da bin ich ganz rot angelaufen, hab angefangen zu schwitzen und mich so geschämt, dass ich am liebsten aus meinem Körper geflüchtet wäre. Ich dachte an den Tag, als ich ihm sagte, ich würde mir solche Sorgen um dich machen, weil du nichts isst – du bist ja immer noch mager –, aber dass man so schlecht an dich rankäme, weil du so stur wärst und niemals um Hilfe bittest und nicht mal zugibst, wenn du Schmerzen hast, weil du dir einfach angewöhnt hast, dich stark zu geben und dich um alle anderen zu kümmern. Er meinte, er würde versuchen, dich zum Essen zu überreden, wenn ich wollte. Ich sagte, ich wäre ihm schon für den Versuch dankbar, aber ich bezweifelte, dass er viel Glück haben würde. Ich ging in unser Zimmer und konnte von dort euch beide auf der Terrasse beobachten. Ich sah, wie er die Blätter von der Erdbeere entfernte, wie er auf die Knie ging und dir seine Hand hinhielt, und ich sah dich. Wie du die Beere von ihm genommen hast. Er sah so unglaublich süß aus in dem Augenblick. Wie sollte ich ihn nicht lieben? Er war so gut zu meiner armen Schwester, mit der er seit drei Jahren schon nicht mehr zusammen war. Ich glaubte, er täte es für mich, aber jetzt weiß ich es besser: Er tat es für dich.« Natty schüttelte den Kopf. »Ich bin ja eigentlich ein kluger Mensch, aber da war ich so dumm.«

»Natty«, sagte ich.

»Du behauptest, du würdest ihn nicht mehr lieben, aber vielleicht machst du dir nur was vor. Dieser Junge, unser Win, hat für dich die Blätter von der Erdbeere gepflückt. Wenn das kein

Zeichen der Liebe ist, dann weiß ich es ehrlich nicht.

Heute Morgen konnte ich kurz in meine Zukunft sehen. Willst du wissen, was ich da sah, Annie?«

»Ich bin nicht sicher.« In Nattys Visionen ging es oft um meinen vorzeitigen Tod.

»Es war ein Feiertag, vielleicht Thanksgiving«, begann sie. »Win war da, du warst da, und wir drei lachten uns so richtig darüber kaputt, dass die geniale Natty sich eines Sommers tatsächlich in Win verliebte, obwohl jeder sehen konnte, wie sehr er immer noch Anya liebte. *Das. Konnte. Jeder. Sehen.* Und ich schämte mich auch nicht mehr dafür, denn es war die Zukunft, und mir ging es super.«

»Ich liebe dich mehr als alles andere auf der Welt«, sagte ich.

»Meinst du, das wüsste ich nicht?«, gab sie zurück.

Der Zug nach Boston wurde angekündigt. »Viel Spaß beim Studieren!«, sagte ich.

»Ruf mich jeden Tag an!«, erwiderte Natty.

Es braucht nichts außer einem Quäntchen Mut, um auf einem Highschool-Ball eine hübsche Jugendliche zu küssen. Es braucht nicht viel, um zu behaupten, man liebe ein Mädchen, wenn es perfekt ist und man seine Fehler in einer zehnminütigen Beichte abhandeln kann.

Die Liebe war ein Junge, der auf die Knie geht, nicht um ein krankes Mädchen um seine Hand zu bitten, sondern um es anzuflehen, eine Erdbeere zu essen. *Bitte, Annie, nimm sie.*

Liebe war die Art, wie er die Blätter von der Erdbeere entfernt hatte, wie er mir seine Handfläche dargeboten und den Kopf gesenkt hatte. Liebe lag in der Demut dieser Geste.

Die Liebe kam drei Jahre, nachdem er mich verlassen hatte, und sie war für mich genauso spürbar wie die Erdbeere auf seiner Handfläche.

Meine Schwester war eine Romantikerin; ich hingegen glaubte nicht an so eine Liebe.

Manchmal ist dieser guten alten Welt einfach egal, woran man glaubt oder nicht.

(Ich wusste das, aber ich war noch nicht ganz bereit, mich von ihm nach Hause bringen zu lassen.)

Ich kehre an die Arbeit zurück, werde von meinem Bruder überrascht und noch mal Patentante!

Anfang September war immer eine frustrierende Zeit in New York – der Sommer war vorbei, aber das Wetter hatte es noch nicht so recht gemerkt. Dennoch war ich froh, in mein altes Leben zurückkehren zu können und in der Stadt zu sein, auch wenn ich es ein bisschen ruhiger angehen ließ als vorher.

Zu guter Letzt ging ich zum Frisör. Ein Pony schien mir eine gute Idee zu sein, also ließ ich ihn mir schneiden. In Anbetracht meiner Gesichtsform und meines dünnen Haars war es wahrscheinlich ein Fehler, aber bestimmt nicht schlimmer als 2086 Yuji Ono zu heiraten oder 2082 etwas mit dem Sohn des Staatsanwalts anzufangen. Jedenfalls weinte ich nicht. *(Das, liebe Leser, nennt man wohl erzählerische Distanz.)*

Scarlet hatte sich eine eigene Wohnung im Stadtzentrum gesucht. Sie hatte im Club gekündigt und verdiente jetzt ihr Geld als Schauspielerin am Theater. Momentan gab sie die Julia in *Romeo und Julia*. Ich war gerade noch rechtzeitig in

New York, um mir ihre letzte Vorstellung anzusehen.

Anschließend ging ich in Scarlets Garderobe, auf deren Tür ein Stern geklebt war. Dieser Stern erfüllte mich mit einem Gefühl, das ich nur als Freude beschreiben kann. Als Scarlet mich erblickte, brach sie in Tränen aus. »OMG, es tut mir so leid, dass ich nicht nach Japan und aufs Land kommen konnte, aber durch Felix und das Stück war ich nicht in der Lage, die Stadt zu verlassen.«

»Schon gut. Es tut mir leid, dass ich so eine nachlässige Patentante bin. Außerdem habe ich keine gute Gesellschaft abgegeben. Du warst übrigens wunderbar. Als wir das Stück in der Schule gelesen haben, konnte ich Julia nicht ausstehen, aber aus irgendeinem Grund hat sie mir bei dir gefallen. Du hast sie so zielstrebig und entschlossen gespielt.«

Scarlet lachte, obwohl ich gar nichts Komisches von mir gegeben hatte. Sie nahm die Perücke mit den langen schwarzen Locken ab.

»Eine Sekunde lang hätte man uns fast für Schwestern halten können«, bemerkte ich.

»Das denke ich jeden Abend. Komm, wir gehen essen«, schlug Scarlet vor. »Dann kannst du bei mir übernachten und morgen früh Felix sehen.«

»Ich bezweifele, dass er mich noch kennt. Es ist so lange her.«

»Oh, ich weiß nicht. Du hast Geschenke geschickt, das hilft seiner Erinnerung bestimmt auf die Sprünge.«

Beim Abendessen bestellten wir zu viele Gerichte und plauderten über dies und das. Ich hatte Scarlet so lange nicht gesehen und sie mehr vermisst, als ich überhaupt für möglich gehalten hatte.

»Es kommt mir vor, als wären wie nie voneinander getrennt gewesen«, sagte sie.

»Stimmt.«

»Kannst du dich erinnern, dass du eben sagtest, ich hätte die Julia so zielstrebig und entschlossen gespielt? Da habe ich ein kleines Geheimnis.«

»Aha?«

»An dem Tag, als ich vorsprechen musste, dachte ich an dich in Japan und wäre gerne zu dir geflogen, um dich zu besuchen«, erklärte Scarlet. »Und dann musste ich daran denken, was für ein Mensch du auf der Highschool warst. Ich wusste, dass andere die Julia romantisch und verträumt spielen würden, aber ich dachte, wäre es nicht cool, wenn ich sie so gebe, wie Anya ist? Deshalb stellte ich mir vor, dass Julia ihr Schicksal hasst, dass es ihr lieber gewesen wäre, Romeo niemals kennengelernt zu haben, dass es ihr völlig gegen den Strich ging, jemanden zu mögen, mit dessen Eltern ihre Eltern nicht klarkamen. Ich stellte mir vor, Julia wäre bestimmt lieber in Paris verliebt gewesen, denn der Junge hätte ihr keine Probleme bereitet.«

»Ich dachte schon, dass mir deine Julia aus einem bestimmten Grund gefällt«, sagte ich.

»Der Regisseur fand meine Herangehensweise einzigartig, deshalb kann man wohl sagen, dass meine Entscheidung, dich zu spielen, eine gute Idee war. Die Kritik ist auch gut. Nicht dass ich mich darum kümmere. Aber besser als schlechte Kritik.«

»Herzlichen Glückwunsch«, sagte ich. »Das meine ich ehrlich. Und ich fühle mich geschmeichelt, wenn ich auch nur eine ganz kleine Rolle dabei spielen konnte.«

»Die einzige Szene, mit der ich Probleme habe, ist das Ende, weil ich weiß, dass du dir niemals einen Dolch in die Brust stoßen würdest, egal wie trostlos die Aussicht ist.«

»Wahrscheinlich nicht.« Eher jemand anderem.

»Bestellen wir Nachtisch, ja? Ich will noch nicht nach Hause. Das Problem von Romeo und Julia«, dozierte Scarlet, »liegt darin, dass sie keine Perspektive haben. Das ist meine Meinung. Sie ist so jung, er ist auch nicht viel älter. Und sie wissen noch nicht, dass sich im Leben manchmal alles von allein regelt, wenn man nur ein wenig wartet. Alle Eltern beruhigen sich irgendwann. Und erst dann wüssten die beiden eigentlich, ob sie sich wirklich lieben.«

Ich bekam rote Wangen. Plötzlich hatte ich das Gefühl, nicht nur über das Theaterstück zu reden.

»Mit wem hast du gesprochen?«

»Was glaubst du wohl? Du meinst doch nicht, dass ich Julia spielen könnte, ohne Romeo vorher ein paar Fragen zu stellen, oder?«

»Wir sind noch nicht wieder zusammen, Scarlet.«

»Aber bald«, sagte sie. »Das weiß ich. Ich wusste es schon immer.«

Mein Unternehmen war auch ohne mich weiter gewachsen. Es hatte Entscheidungen gegeben, die ich selbst nicht getroffen hätte (Örtlichkeiten, mit denen ich nicht einverstanden war, Personal, das ich vielleicht nicht eingestellt hätte), aber ich war fast enttäuscht, wie wenig Auswirkung meine Abwesenheit gehabt hatte. Theo sagte, dass das Geschäft auch ohne mich so glattliefe, sei nur der Beweis für die hervorragende Infrastruktur, die ich aufgebaut hätte. Wie dieser Satz zweifellos zeigt, war er nicht mehr wütend auf mich. Er hatte eine neue Freundin: Lucy, die Barkeeperin. Die beiden wirkten glücklich, aber was wusste ich schon von Glück? Es war immerhin so, dass ihn diese Frau zu faszinieren schien und er offenbar vergessen hatte, dass er mich je geliebt hatte.

Mouse hatte so gut wie nichts von den Russen gehört. Vielleicht hatte ihnen der Mord an Fats als Botschaft gereicht, vielleicht nahm man Rücksicht auf meine Schwäche, vielleicht schlugen sie sich auch gerade mit anderen Problemen herum. Oder aber die Vorstellung, zwei Verbrecherclans auf einmal zu übernehmen, war zu viel für sie (wie Yuji gehofft hatte). Wir begannen, Produktion und Vertrieb unserer eigenen Serie von Schokoriegeln zu planen.

Ich flog kreuz und quer durchs Land, um die Fortschritte in den Filialen zu begutachten. Mein letzter Stopp war in San Francisco, wo ich Leo und Noriko besuchen wollte. Seit meinem Krankenhausaufenthalt hatte ich meinen Bruder nicht mehr gesehen, ich hatte sogar die Eröffnung des Clubs in San Francisco im vergangenen Oktober verpasst. In den ersten elf Monaten, die der Club nun im Betrieb war, hatte er viel Umsatz gemacht; wir überlegten schon, ob wir einen zweiten in San Francisco eröffnen sollten. Leo, Noriko und Simon Green waren in jeder Hinsicht ein gutes Team.

Leo drückte mich an sich. »Noriko kann es kaum

erwarten, dich zu sehen, und ich kann es nicht abwarten, dir den Laden zu zeigen.«

Wir nahmen eine Fähre, die uns auf eine Insel vor der Küste von San Francisco brachte. Die Schifffahrt erinnerte mich ein bisschen an die Überfahrt nach Liberty, aber ich versuchte, diese Assoziation zu verdrängen und den Wind im Gesicht zu genießen. Das war die neue Zen-Anya.

Wir gingen von Bord und stiegen einige Stufen zu der felsigen Insel hinauf. »Was war hier noch mal früher?«, fragte ich Leo.

»Ein Gefängnis«, erklärte er. »Dann war es ein Ausflugsziel, und jetzt ist es ein Nachtclub. Das Leben ist schon komisch, was?«

Im Club warteten Noriko und Simon auf uns.

»Anya«, begrüßte mich meine Schwägerin, »wir sind so froh, dass es dir wieder gutgeht.«

Ich war noch nicht zu hundert Prozent fit, ging noch am Stock und hatte das Gefühl, mich wie eine Schnecke zu bewegen. Aber ich hatte keine Schmerzen mehr, und ich musste ja auch nicht in einem Badeanzug durchs Leben laufen.

Simon gab mir die Hand. »Machen wir einen kleinen Rundgang«, schlug er vor.

Alcatraz war ein wirklich außergewöhnlicher Ort für einen Nachtclub. In kleinen Zimmern, ehemaligen Gefängniszellen, standen die Tische. Die

Gitter waren mit silbernen Vorhängen verhüllt, die Wände strahlend weiß gestrichen. Die große Theke und die Tanzfläche befanden sich im ehemaligen Speisesaal des Gefängnisses. Unter der Decke hingen Kronleuchter aus Chrom und Kristall, alles glänzte und funkelte so sehr, dass man schnell vergaß, an welchem Ort man sich befand. Ich war mehr als beeindruckt von dem, was die drei geschaffen hatten. Ehrlich gesagt, hatte ich keine besonders große Hoffnung gehabt, als ich Leo und Noriko nach San Francisco schickte. Meine Entscheidung war nicht vom Verstand, sondern von Liebe und Verantwortungsgefühl geleitet gewesen. Ich war davon ausgegangen, dass ich in spätestens einem Jahr die Geschäftsleitung würde auswechseln müssen, damit jemand anders den Club auf Vordermann brächte. Doch mein Bruder und seine Frau hatten mich überrascht. Ich drückte Leo an mich. »Leo, das ist wunderschön geworden! Gut gemacht!«

Er wies auf Simon und Noriko, die von einem Ohr zum anderen grinsten. »Gefällt es dir wirklich?«

»Doch, und wie! Als ich hörte, dass ihr den Club in einem Gefängnis aufmachen wollt, fand ich es erst mal seltsam, aber ich dachte, ich warte einfach ab und sehe mir an, wie es sich entwickelt« –

außerdem war ich ja auch komplett außer Gefecht gesetzt gewesen, aber das tat nichts zur Sache – und es entwickelt sich wunderbar. Aus einem Knast, einem düsteren Ort, habt ihr etwas Fröhliches und Frisches gemacht. Ich bin so stolz auf euch alle! Ich weiß, ich wiederhole mich. Aber ich muss das einfach sagen.«

»Simon fand, es wäre ein gutes Symbol für das, was du mit dem ersten Club geschafft hast. Aus etwas Verbotenem was Erlaubtes machen«, sagte Noriko.

»Licht aus Dunkelheit«, fügte Simon zaghaft hinzu. »Sagt man das nicht so?«

Leo und ich gingen zusammen Mittagessen in einem Nudelhaus auf dem Festland. »Ich habe im letzten Jahr viel an dich gedacht«, sagte ich.

»Das freut mich.«

»Seit ich verletzt wurde, möchte ich mich gerne bei dir entschuldigen.«

»Entschuldigen?«, fragte Leo. »Wofür?«

»Als du dich von deinem Unfall erholtest, damals als Kind, da war ich, glaube ich, nicht immer so geduldig mit dir, wie ich hätte sein sollen. Ich hatte keine Ahnung, wie es ist, wenn man schwer verletzt ist, und wie lange es dauert, wieder gesund zu werden.«

»Annie«, sagte Leo, »entschuldige dich nie wieder bei mir! Du bist die beste Schwester der Welt. Du hast *alles* für mich getan.«

»Ich hab mein Bestes gegeben, aber ...«

»Nein, du hast wirklich *alles* getan. Du hast mich vor dem Clan geschützt. Du hast mich außer Landes geschafft. Du bist für mich ins Gefängnis gegangen. Du hast mir diesen Club anvertraut. Und da zähle ich die kleinen Sachen noch gar nicht mit, die du jeden Tag für mich tust. Sieh dir mein Leben an, Annie! Ich führe einen Nachtclub, wo ich wichtig bin und die Leute mir zuhören! Ich habe eine wunderschöne, kluge Frau, die bald ein Kind bekommt! Ich habe Freundschaft und Liebe und alles, was man sich nur wünschen kann. Ich habe zwei ganz tolle Schwestern, die beide so viel geleistet haben. Ich bin der glücklichste Mensch auf der Welt, Annie. Und ich habe die unglaublichste kleine Schwester, die man nur haben kann.« Er griff mit beiden Händen nach meinem Kopf und drückte mir einen Kuss auf die Stirn. »Bitte zweifele niemals daran.«

»Leo«, hakte ich nach, »hast du gerade gesagt, Noriko bekommt ein Kind?«

Er schlug die Hand vor den Mund. »Das erzählen wir eigentlich noch keinem. Ist erst die sechste Woche.«

»Ich werde nicht verraten, dass ich es weiß.«

»Mist nochmal«, sagte Leo. »Sie wollte es dir selbst erzählen. Noriko will dich bitten, die Patentante zu werden.«

»Mich?«

»Wer wäre eine bessere Patentante als du?«

∞

Simon Green brachte mich zum Flughafen. »Ich weiß, dass wir nicht die beste Beziehung zueinander haben – was wahrscheinlich hauptsächlich meine Schuld ist«, sagte ich, bevor wir uns trennten. »Aber ich weiß es wirklich zu schätzen, was du hier geschaffen hast. Sag mir Bescheid, wenn ich irgendwas für dich tun kann.«

»Na ja, im Oktober bin ich in New York«, erwiderte Simon. »Zu meinem Geburtstag. Da könnten wir uns treffen.«

»Fände ich schön«, sagte ich und spürte, dass ich es ehrlich meinte.

»Ich hab mal überlegt, was jetzt eigentlich aus Mr Delacroix' Stelle wird?«

»Hast du Interesse daran?«

»Ich liebe San Francisco, aber New York ist meine Heimat, Anya. Auch wenn mir dort schlimme

Dinge passiert sind, werde ich nie woanders zu Hause sein.«

»Mir geht es genauso«, sagte ich. Ich hatte noch nicht beschlossen, was ich mit der Stelle des Justiziars machen würde, doch ich versprach Simon Green, ihn nicht zu vergessen.

Zum Oktober hin hatte sich das Wetter in New York abgekühlt, und Japan erschien mir immer mehr wie ein ferner Traum. Ich hörte nichts von Win, obwohl ich gar nicht weiß, ob ich das erwartete. Er hatte gesagt, er würde darauf warten, dass ich mich bei ihm meldete, und daran hielt er sich auch. Mit seinem Vater sprach ich auch nicht sehr oft, auch wenn ich ihn regelmäßig sah: Sein Gesicht prangte wieder auf allen Bussen.

Hinter meinem Schreibtisch in der Dunkelkammer lauschte ich dem, was ich insgeheim als die Symphonie meines Clubs bezeichnete: summende Mixer, tanzende Füße und hin und wieder zerbrechendes Glas oder streitende Pärchen. Ich dachte gerade, dass ich diese Musik mehr liebte als alles andere, als eine Sirene zu heulen begann.

Ich stürzte in den Flur. Durch ein Megaphon verkündete eine offiziell klingende Stimme: »Hier spricht die Polizei von New York City. Kraft Anordnung des Gesundheitsamts und auf Grundlage der Gesetze des Staates New York wird der Dunkelkammer-Club bis auf weiteres geschlossen. Bitte begeben Sie sich zum nächsten Ausgang und bewahren Sie Ruhe. Wenn sich Schokolade in Ihrem Besitz befindet, entsorgen Sie sie bitte in den Mülleimern neben den Türen. Wer Anzeichen von Schokoladenvergiftung aufweist, sollte sein Rezept bereithalten, damit es am Ausgang kontrolliert werden kann. Vielen Dank für Ihre Mitarbeit.«

Um besser zu verstehen, was los war, arbeitete ich mich durch zum großen Saal. Die Gäste schoben in Richtung Ausgang, ich kämpfte gegen den Strom. An der Seite entdeckte ich einen Polizeibeamten, der das Rezept einer Frau prüfte, ein anderer legte einem Gast Handschellen an. Eine Frau stolperte über ihr Kleid und wäre fast niedergetrampelt worden, wenn Jones ihr nicht wieder hochgeholfen hätte.

Ich fand Theo vor dem Lagerraum. Wild gestikulierte er mit einem Polizisten herum, der einen Sack Kakao mit einer Stechkarre wegfahren wollte.

»Sie haben kein Recht, unseren Vorrat zu stehlen!«, rief Theo. »Das ist Eigentum der Dunkelkammer.«

»Das ist ein Beweismittel«, gab der Beamte zurück.

»Ein Beweismittel wofür?«, entgegnete Theo.

»Theo!«, rief ich, »Bleib locker! Lass sie es mitnehmen. Wir können neuen Kakao bestellen, sobald wir das hier geklärt haben. Ich kann mir nicht leisten, dass du festgenommen wirst.«

Er nickte. »Sollen wir Delacroix anrufen?«, fragte er.

Ich hatte noch immer keinen neuen Anwalt eingestellt, war aber der Ansicht, wir sollten Mr Delacroix nicht Bescheid sagen. »Nein«, sagte ich. »Er arbeitet nicht mehr für uns. Wir kommen auch so zurecht. Ich gehe mal nach draußen und versuche, ein paar Antworten von jemandem zu bekommen, der hier etwas zu sagen hat.«

Jones stand in der Nähe des Haupteingangs Wache. »Anya, ich weiß nicht, warum, aber die Bullen haben die Türen von außen verschlossen. Die Leute bekommen langsam Panik. Du musst hintenrum gehen.« Ich stemmte mich gegen die Tür, doch sie gab nicht nach. Von der anderen Seite hörte ich ein rhythmisches Schlagen. Ich hatte Theo geraten, locker zu bleiben, doch langsam begann auch ich die Ruhe zu verlieren.

Ich quetschte mich durch die Menge und huschte durch einen Nebeneingang nach draußen. Von dort lief ich – was für mich als Laufen durchging, es glich eher einem Humpeln – zum Haupteingang. Die Polizei stand auf der Treppe, auch Journalisten waren schon eingetroffen. Man hatte Sperren errichtet. Mehrere Holzbalken wurden quer vor die Tür genagelt.

Ungelenk kletterte ich über eine Sperre. Ein Polizist versuchte, mich aufzuhalten, aber ich war schneller. Als ich näher herankam, sah ich, wie ein anderer Beamter ein Schild aufstellte, auf dem stand: »BIS AUF WEITERES GESCHLOSSEN«.

»Was ist hier los?«, wollte ich von dem Mann wissen, der die Tür zunagelte.

»Wer sind Sie?«

»Ich bin Anya Balanchine. Das ist mein Laden. Warum machen Sie den dicht?«

»Anordnung von oben.« Er wies auf das Schild. »Wenn ich Sie wäre, würde ich da stehen bleiben, junge Dame.«

Ich dachte nicht nach, sondern handelte rein intuitiv. Mein Herz klopfte so unregelmäßig wie immer, wenn ich kurz davor stand, eine Dummheit zu begehen. Ich stürzte mich auf den Polizisten und versuchte, ihm den Hammer zu entreißen. Nur um das einmal festzuhalten: Es ist nie eine gute Idee, jemandem einen Hammer aus der Hand zu reißen. Er traf mich an der Schulter. Es tat höllisch weh, aber ich war dankbar, dass er nicht meinen Kopf getroffen hatte, und außerdem war ich ziemlich gut in Schmerzbewältigung geworden. Ich stolperte einige Schritte rückwärts, aber da wurde ich schon von mehreren Polizeibeamten zu Boden gerissen.

»Sie haben das Recht zu schweigen …« Der Spruch ist bekannt.

Theo, der mir nach draußen gefolgt war, versuchte klugerweise nicht, sich zwischen mich und die Staatsmacht zu werfen. Ich sah, dass er sein Handy hervorholte.

»Sag Simon Green Bescheid!«, rief ich ihm zu. Ich wollte am nächsten Abend mit ihm essen gehen und wusste, dass er bereits in der Stadt war.

Wenn man minderjährig ist und festgenommen wird, kommt man in eine Einzelzelle. Aber da ich jetzt eine erwachsene Frau von einundzwanzig Jahren war, wurde ich in die städtische Sammelzelle für Erwachsene gebracht. Ich sprach mit niemandem und versuchte herauszufinden, was mit meiner Schulter los war. Ich kam zu dem Schluss, dass sie nicht gebrochen war, obwohl ich gar nicht genau wusste, ob eine Schulter überhaupt brechen konnte.

Nachdem ich ungefähr eine Stunde in der Zelle gewartet hatte, wurde ich in den Besucherraum gerufen.

»Das war dumm.« Mr Delacroix funkelte mich böse durch die Glasscheibe an.

»Ich hatte Theo angewiesen, Simon Green anzurufen«, sagte ich. »Er sollte Sie nicht stören. Sie
arbeiten nicht mehr für mich.«

»Zum Glück hatte Theo Simons Nummer nicht pa-
rat, deshalb hat er sich bei mir gemeldet. Du blu-
test. Zeig mir mal deine Schulter.«

Ich gehorchte. Mr Delacroix schüttelte den Kopf,
sagte aber nichts, sondern holte sein Handy hervor und machte ein Foto.

»Die wollen dich über Nacht hierbehalten, und
ich finde die Idee gar nicht so schlecht.«

Dazu sagte ich nichts.

»Aber zu deinem Glück kenne ich immer noch ein
paar Leute. Ich habe einen Richter aus dem Bett
geklingelt; es gibt noch heute Nacht eine Kautions-
verhandlung, wo wahrscheinlich eine exorbitant
hohe Summe festgelegt werden wird. Die wirst
du freudig bezahlen, dann bringe ich dich nach
Hause.« Er sah mich streng an, und ich kam mir
vor, als sei ich wieder sechzehn. »Du musst immer
losziehen und alles noch schlimmer machen, was?
Schien dir eine tolle Idee zu sein, einen Polizeibeamten anzugreifen, hm?«

»Die wollten den Club dichtmachen! Und ich habe
niemanden angegriffen. Ich hab nur versucht, ihm
den Hammer abzunehmen. Was war das überhaupt
für eine Aktion heute Abend?«

»Die Bullen hatten einen Tipp bekommen, dass es Gäste in der Dunkelkammer gibt, die kein Rezept haben. Die Polizei ging hin und ließ sich die Rezepte zeigen, da fingen ein paar Leute an, sich aufzuregen, und wenn sich Leute aufregen, werden sie laut und aggressiv. Die Beamten begannen, den Kakao mit dem Argument zu konfiszieren, der Club würde die Schokolade illegal ausgeben, was nicht wahr ist, wie wir genau wissen.«

»Was ist das Fazit?«

»Das Fazit lautet, dass die Dunkelkammer so lange geschlossen bleibt, bis die Stadt entscheidet, was sie machen will.«

Ich hatte Sorge, wie sich die Schließung auf unsere anderen Filialen auswirken würde. »Wann ist die Anhörung beim Gesundheitsamt?«

»Morgen.«

»Warum interessieren die sich plötzlich für die Dunkelkammer? Warum jetzt? Wir haben schon seit über drei Jahren geöffnet.«

»Darüber habe ich auch nachgedacht«, sagte Mr Delacroix. »Die Antwort kann nur die Politik liefern. Wir haben ein Wahljahr, wie du sehr wohl weißt. Ich glaube, es soll aussehen, als sei ich in illegale Geschäfte verwickelt. In meinem Wahlkampf vertrete ich die Überzeugung, dass schlechte Gesetzgebung abgeschafft werden muss, damit sich neue Geschäftsmöglichkeiten für die Stadt entwickeln können. Es zählt zu meinen Leistungen, die Dunkelkammer aufgebaut zu haben. Wird sie geschlossen, schmälert das meine Leistung in der öffentlichen Wahrnehmung.«

»Da irren Sie sich, Mr Delacroix. Ihre Leistungen reichen über die Dunkelkammer hinaus. Vielleicht ist es das Beste, die Verbindung zu mir und dem Club komplett zu kappen. Sie könnten sagen, Sie seien nur mit den Verträgen und Ähnlichem befasst gewesen. Das stimmt ja fast sogar.«

»Ja, das wäre eine Möglichkeit«, sagte er.

»Hören Sie, ich werde morgen Simon Green mitbringen. Er ist mein Halbbruder, ich vertraue ihm. Es war dumm von mir, die Einstellung Ihres Nachfolgers vor mir herzuschieben. Sie können sich dieses Falles jetzt nicht annehmen. Die Wahl ist in weniger als zwei Monaten. Ich lasse nicht zu, dass Sie diesen Fall übernehmen.«

»Du lässt es nicht *zu*?«

»Ich möchte, dass Sie Bürgermeister werden. Im Übrigen freue ich mich, Sie zu sehen.« Ich lehnte mich locker gegen die Scheibe. Keine Ahnung, warum, aber es war einfacher, aufrichtig durch eine fünfzehn Zentimeter dicke Glasscheibe mit ihm zu sprechen als ohne jedes Hindernis. »Dass wir im Streit auseinandergegangen sind, tut mir leid. Das will ich Ihnen schon seit Wochen sagen. Ich wusste nur nicht, wie.«

»Und da dachtest du, du greifst mal schnell einen Polizeibeamten an? Es gibt einfachere Möglichkeiten, Kontakt zu mir aufzunehmen. Nimm zum Beispiel das Telefon. Wenn du altmodisch drauf bist, schick mir eine Nachricht auf dem Tablet.«

»Zigmal habe ich mich schon bei Ihrem Gesicht auf einem Bus entschuldigt.«

»Tja, diese Nachrichten kommen leider nie richtig bei mir an.«

»Außerdem bin ich Ihnen dankbar. Sie schulden mir gar nichts, Mr Delacroix. Wir sind quitt, und ich erwarte nicht von Ihnen, dass Sie Ihrem Wahlkampf schaden, weil Sie mir zu helfen versuchen.«

Er dachte darüber nach. »Gut, Anya. Wir brauchen uns nicht darüber zu streiten. Aber ich werde einen Anwalt für dich engagieren. Ich zweifele nicht an deiner Fähigkeit, das selbst zu erledigen, aber bis zur Anhörung morgen wirst du nicht viel Zeit dafür haben, und Simon Green ist zu – verzeih das Wortspiel – *grün* hinter den Ohren für so eine verantwortungsvolle Aufgabe.«

»Simon ist gar nicht so schlecht.«

»In ein paar Jahren wird er überragend sein. Und ich freue mich, dass du deinen Frieden mit ihm

gemacht hast, aber er kennt nicht die Besonderheiten und Kniffe, wie so eine Stadtverwaltung
funktioniert. Du brauchst jemanden, der sich damit auskennt.«

In der Nacht fand ich nur wenig Schlaf, aber am
Morgen erhielt ich eine Nachricht von Mr De-
lacroix, dass der neue Anwalt mich im Gesundheitsamt treffen würde, wo die Anhörung statt-
finden sollte.
Als ich eintraf, wartete Mr Delacroix auf mich.
»Wo ist der neue Anwalt?«, fragte ich.
»Ich bin der neue Anwalt«, erklärte er. »In so
kurzer Zeit konnte ich keinen anderen finden.«
»Mr Delacroix, das geht nicht.«
»Doch, das geht. Ich muss es sogar tun. Hör zu, ich
habe viele Fehler gemacht. Das ist kein Geheimnis.
Aber man kann keinen Wahlkampf führen, indem
man sich von seinen Leistungen zu distanzieren
sucht. Jedenfalls keinen erfolgreichen Wahlkampf.
Ich bin stolz auf die Dunkelkammer. Und ich werde
sie verteidigen, selbst wenn mich das das Bürgermeisteramt kostet. Ja, so wichtig ist mir das. Aber
hör zu, du musst mich noch mal offiziell engagieren, sonst kann ich dich nicht verteidigen.«
»Das tue ich nicht«, sagte ich. »Dann verteidige
ich mich lieber selbst.«

»Spiel hier nicht die Märtyrerin. Engagiere mich! Ich bin dein Freund. Ich will dir helfen, und ich habe die notwendigen Fähigkeiten.«

»Ich brauche niemanden, der mich rettet, falls Sie sich das einbilden.«

»Jemanden zu engagieren, der dich verteidigt, ist nicht dasselbe wie gerettet zu werden. Ich dachte, das hätten wir schon vor Jahren geklärt. Das ist schlichtweg gesunder Menschenverstand. Jeder tut, was er am besten kann. Das, was hier passiert, ist wichtig und wird die Weichen dafür stellen, wie es in San Francisco mit Leo weitergeht, in Japan, Chicago, Seattle, Philadelphia und an allen anderen Standorten. In dreißig Sekunden müssen wir da drin sein.«

Ich wurde nicht gerne zu etwas gezwungen. Und ich war nicht mal überzeugt, dass er recht hatte.

»Noch fünfzehn Sekunden. Ein letztes Argument: Ich bin mir sicher, dass ich der Grund für diese Situation bin. Willst du, dass meine Frau mich hasst? Dass mein Sohn mich hasst? Was nützt es mir, Bürgermeister zu sein, wenn meine Familie sich von mir abwendet? Soll ich es der großen Liebe meines Sohnes überlassen, sich selbst zu verteidigen?«

»Das stimmt nicht, und ich bin mir nicht mal sicher, dass das wich…«

»Noch fünf Sekunden. Was sagst du jetzt?«

Die Anhörung war öffentlich. Als ich den Saal betrat, staunte ich darüber, wie viel Publikum sich eingefunden hatte. Die halbe Stadt schien Interesse an diesem bescheidenen Vorgang zu haben. Jeder Platz im Zuschauerraum und auf der Tribüne war besetzt, die Leute standen bis zum Ausgang. Mouse war gekommen, Mitglieder des Balanchine-Clans, aber auch Theo, Simon und fast alle Mitarbeiter der Clubs in Manhattan und Brooklyn. Ganz hinten auf der Tribüne entdeckte ich Win und Natty. Ich hatte ihnen gar nichts von der Anhörung erzählt, trotzdem waren sie irgendwie hergekommen, und zwar schnell. Die Presse war auch vertreten, doch der Großteil der Zuschauer schienen ganz normale Menschen zu sein – will sagen, die Sorte Menschen, die meinen Club besuchten.

»In dieser Anhörung geht es um den Club auf der Fifth Avenue, Ecke Forty-Second Street in Manhattan County, New York. Die heutige Anhörung dient hauptsächlich zur Klärung des Sachverhalts. Jeder, der etwas sagen möchte, wird die Möglichkeit dazu bekommen. Am Ende werden wir beschließen, ob der Dunkelkammer-Club weiterhin geöffnet sein soll. Es handelt sich hierbei nicht um ein Strafverfahren, obwohl sich ein Strafverfahren anschließen kann, je nachdem, was bei dieser öffentlichen Diskussion ans Tageslicht kommt.« Der Vorsitzende las vor, was der Dunkelkammer und ihrer Geschäftsführung, also mir, zur Last gelegt wurde: Im Wesentlichen ging es darum, dass ich illegal Schokolade vertreiben würde, dass einige Stammgäste des Clubs die Schokolade ohne Rezept erhielten, dass Kakao letztendlich Schokolade sei. »Ms Balanchine, die Tochter eines verstorbenen Clanoberhaupts des organisierten Verbrechens, unterhält immer noch Beziehungen zu dieser Familie und zu anderen international bekannten Verbrecherclans und hat durch ihren Kunstgriff, die Schokolade ›Kakao‹ zu nennen, sozusagen einen Fachausdruck eingeführt, um ihre kriminellen Machenschaften zu vertuschen. Die Stadtverwaltung hat zwar eine Zeitlang beide Augen zugedrückt, doch jetzt wird zunehmend offensichttich, dass die Dunkelkammer nur die Fassade eines illegalen Unternehmens ist.«

Buhrufe von der Galerie.

Mr Delacroix sprach als Erster. Er zitierte die gesetzliche Grundlage für das Unternehmen (im Club werde keine Schokolade ausgegeben, Kakao zur Gesundheitsförderung sei nicht verboten) und stellte fest, dass wir keine Gesetze oder Verfügungen der Stadtverwaltung verletzten. »Aber ich persönlich muss gestehen«, fuhr er fort, »dass ich den Zeitpunkt dieser Aktion doch sehr verdächtig finde. Warum jetzt, nachdem der Club schon drei Jahre besteht, und zwar mitten in der Bürgermeisterwahl? Diese Vorgehensweise ist anrüchig. Die Dunkelkammer ist ein Pluspunkt für diese Stadt. Sie hat Hunderte von Arbeitsplätzen geschaffen und unzählige Touristen angelockt. Der gesamte Bereich von Midtown rund um den Club lebt wieder auf. Auch diese junge Frau, mit der ich jetzt seit vier Jahren arbeite, ist ein Pluspunkt für diese Stadt und sollte nicht verfolgt werden, nur weil ihr Vater zum organisierten Verbrechen gehörte.«

Ich fand, Mr Delacroix nähme den Mund ein bisschen zu voll, aber so war er nun mal.

Danach wurde die Anhörung für das Publikum freigegeben, jeder konnte seine Gedanken und Meinungen äußern. Als Erstes ging Theo ans Mikrophon. Er sprach über den gesundheitlichen Nutzen von Kakao und über die ethischen Grundsätze beim Anbau. Dr. Param, der noch für den Club arbeitete, schilderte die Vorkehrungen, die er und die anderen Ärzte zur Sicherheit trafen, dann polterte er los und schimpfte über die Dummheit des Rimbaud-Gesetzes. Mouse berichtete von den von mir in die Wege geleiteten Bemühungen des Balanchine-Clans, sich zukünftig im gesetzlichen Rahmen zu bewegen. Lucy verdeutlichte, welche Standards wir uns gesetzt hatten, um die Rezepturen so gesund wie möglich zu machen. Natty erzählte, wie schwer ich es früher hatte und dass es immer mein Traum gewesen war, Schokolade zu einem legalen Lebensmittel zu machen. Scarlet, die sich langsam einen Namen als Schauspielerin machte, verriet, dass ich die Patentante ihres Sohnes und der treuste Mensch war, den sie kannte. Win sprach von den Opfern, die ich für meine Familie gebracht hatte, und betonte, wie wichtig der Club für mich sei. Und das waren nur die Leute, die ich kannte! Gebrechliche alte Damen berichteten, wie sehr sich die Gegend um den Nachtclub verändert habe. Schüler erzählten, wie schön es sei, sich endlich an einem sicheren Ort treffen zu können. So ging es stundenlang. Unglaublicherweise sagte kein Einziger etwas gegen den Club oder mich.

»Aber die Verbindung zum organisierten Verbrechen kann nicht geleugnet werden«, wandte ein Mitglied des Gesundheitsamts ein. »Sehen wir uns mal genauer an, über wen wir hier sprechen. Anya Balanchine stand wegen Vergiftung vor Gericht. Als Jugendliche war sie mehrmals in der Jugendstrafanstalt Liberty. Sie ist die Tochter ihres Vaters. Ich weise darauf hin, dass Ms Balanchine persönlich während dieser Anhörung nicht einmal das Wort ergriffen hat. Vielleicht hat sie Angst, dass sie sich selbst belasten könnte, wenn sie etwas sagt.«

Mr Delacroix flüsterte mir zu: »Lass dich bloß nicht ködern. Das läuft hier sehr gut für uns. Alles, was gesagt werden muss, wurde bereits gesagt.« Das war sicherlich ein kluger Rat.

Dennoch stand ich auf und ging zum Podest. »Ja, es stimmt: Leonyd Balanchine war mein Vater. Er war ein Mafiaboss und doch ein guter Mann. Eines Abends legte er sich schlafen, und als er wieder aufwachte, war der Geschäftszweig, in dem seine Familie tätig war, illegal geworden. Sein ganzes Leben lang versuchte er herauszufinden, wie man in der Schokoladenbranche legal operieren kann, aber er hat es nie geschafft. Er ist darüber gestorben. Als ich erwachsen wurde, nahm ich seine Suche auf. Ich hatte keine andere Wahl. Sie haben eben gesagt, Herr Vorsitzender, der Unterschied zwischen Kakao und Schokolade sei nicht viel mehr als ein Kunstgriff. Wahrscheinlich stimmt das sogar. Tatsache ist, dass ich nichts mit Kakao zu tun hätte, wenn es meinen Vater nicht gegeben hätte, von daher bestand die Verbindung zur Schokolade bereits. So sehr ich in meinem Leben auch versucht habe, ihr zu entrinnen – es gelingt mir nicht. Allerdings bin ich davon überzeugt – spüre es tief in meinem Innern –, dass der Club New York guttut. Wir, die dort arbeiten, wollen nur das Beste für die Bevölkerung. Unsere Beweggründe sind weder Geld noch der Wunsch, die Gesetze zu umgehen. Wir sind Bürger, die sich wünschen, dass ihre Stadt gesund und sicher ist, dass sie vernünftige Gesetze hat, die die Menschen schützen. Ich bin die Tochter eines Mafioso. Ich bin die Tochter meines Vaters. Ich bin eine Tochter von New York.«

Ich wollte mich wieder setzen, fügte dann aber noch etwas hinzu: »Sie haben den Nachtclub geschlossen, weil Sie dachten, dort seien Gäste ohne Rezept. Nun, ich weiß nicht, ob das stimmt, aber ich bin davon überzeugt, dass eigentlich keine Rezepte nötig sein sollten. Die Stadtverwaltung oder das Gesundheitsamt sollten jeder Einrichtung, die Kakao verkaufen will, eine Kakaolizenz erteilen, und damit wäre die Sache erledigt. Wollen Sie weniger Verbrechen? Sorgen Sie dafür, dass es weniger Verbrecher gibt.«

Und damit war ich wirklich fertig.

Der Ausschuss stimmte ab: Es gab sieben Ja-Stimmen, zwei Nein-Stimmen und zwei Enthaltungen. Die Dunkelkammer durfte geöffnet bleiben.

Es würde kein Strafverfahren gegen mich einge-
leitet werden.

Ich gab Mr Delacroix die Hand.

»Du hast dich nicht an meinem Rat gehalten«,
sagte er.

»Des Öfteren nicht. Aber trotzdem vielen Dank,
dass Sie da waren und mich beraten haben.«

»Nun, ich werde jedenfalls nicht den Fehler machen, deinen Rat zu ignorieren. Falls ich Bürgermeister werden sollte, werde ich prüfen, ob das
Rimbaud-Gesetz in dieser Stadt nachgebessert
werden kann.«

»Das würden Sie für mich tun?«

»Das würde ich tun, weil ich es für richtig halte.
Und jetzt geh feiern! Deine Schwester und mein
Sohn warten schon auf dich.«

»Kommen Sie nicht mit?«

»Würde ich gerne, aber der Wahlkampf ruft.«

Wieder gab ich ihm die Hand. Er nahm sie in seine
Hände. »Das klingt jetzt vielleicht herablassend,
aber ich möchte dir sagen, dass du inzwischen wie
meine eigene Tochter für mich bist. Und das ist der
Grund, warum ich dir gerne sagen möchte, wie
unheimlich stolz ich heute auf dich war.« Er richtete sich wieder auf. »Nun geh, viel Spaß beim
Feiern, ja? Ich drücke fest die Daumen für ein
Happy End bei meinem treuen Sohn und dir.«

»Wie rührselig!«

»Ich bin sicherlich interessierter an der Entwicklung dieser kleinen Schülerliebe, als ich es mir je hätte vorstellen können. Mir liegen die Hauptdarsteller halt am Herzen. Verzeih mir, wenn ich mir wünsche, dass sich alles zum Guten wendet für die mutige Heldin.« Er beugte sich vor und drückte mir einen Kuss auf den Scheitel.

Wir gingen zum Essen in ein neues Restaurant in der Nähe der Penn Station. »Ich hatte nicht damit gerechnet, euch beide bei der Anhörung zu sehen«, sagte ich zu Natty und Win.

»Mein Vater hat mich angerufen«, erklärte Win. »Er sagte, er würde dich vertreten, und du könntest Unterstützung gebrauchen. Ich habe ihn gefragt, was ich tun könnte, und er meinte, ich solle mit dem Zug nach New York kommen und so viele Menschen wie möglich zusammentrommeln, die etwas Positives über den Club und dich sagen könnten.«

»Das muss schwer gewesen sein.«

»Nein, war es nicht. Fast jeder, den ich anrief, sagte sofort zu. Theo hat mir geholfen. Dad war der Meinung, die Anhörung würde zu einer Art Bürgerentscheid, was die Menschen von dir halten.«

»Über meinen Charakter.«

»Genau, über deinen Charakter. Er war überzeugt: Wenn die Stadt zu dem Schluss käme, dass du ein guter Mensch bist, würde sie auch den Club für gut halten.«

»Und dafür hast du alles stehen und liegen lassen?«

»Klar. Jetzt verachtest du mich bestimmt.«

»Win, ich bin auch älter geworden. Ich nehme Hilfe an, wenn sie mir angeboten wird, und inzwischen kann ich mich sogar dafür bedanken.«

Hatte ich diese Lektion nicht vor sechs Stunden gelernt?

Ich beugte mich über den Tisch, und weil ich in Hochstimmung war, gab ich Win einen Kuss auf die Wange. Wie lange war es her, dass ich diesen Jungen geküsst hatte?

Diesen Mann, sollte ich sagen.

Nur auf die Wange, ganz freundschaftlich, aber trotzdem.

Natty begann, von einem Projekt zu erzählen, bei dem aus Müll Wasser gewonnen wurde. Seit Jahren arbeitete sie daran. Wahrscheinlich würde es uns alle retten, dennoch hörte ich nicht richtig zu.

Win lächelte mich an, leicht wehmütig.

Ich lächelte zurück – *Lies da bitte nicht zu viel rein.*

Er sah mich mit seitlich geneigtem Kopf an, und ich hatte das Gefühl, seine Gedanken lesen zu können: *Sollen wir es versuchen?*

Ich schüttelte den Kopf und zuckte andeutungsweise mit den Schultern: *Ich weiß es immer noch nicht.*

Win legte die Hände mit den Handflächen nach oben auf den Tisch: *Hier bin ich. Mach mit mir, was du willst, mein Schatz. Wenn es um dich geht, habe ich gleichzeitig die dickste und die dünnste Haut. Bin halb Nashorn, halb Vogelküken.*

Ich faltete die Hände im Schoß: *Ich bin älter geworden, Win. Ich bin Witwe. Habe viel mitgemacht. Ich habe ein bisschen Angst, es noch mal zu versuchen. Das letzte Mal war furchtbar. Reicht es dir nicht, befreundet zu sein? Gefällt es dir nicht, hier so nett zu sitzen, sich anzulächeln und gemeinsam zu essen? Bist du so erpicht darauf, aufs Neue verletzt zu werden? Mit mir zusammen zu sein, hat noch keinen Menschen glücklich gemacht. Jedenfalls nicht sehr lange. Ich glaube, allein zu sein, ist in Ordnung. Warum müssen die Menschen überhaupt Paare bilden?*

Auch er zuckte mit den Schultern: *Mir wäre es auch lieber, wenn ich jemand anderen lieben würde. Würde ich mir wirklich wünschen. Aber du kannst mich verletzen, weil ich dich liebe. Ich liebe dich.*

Deshalb sitze ich hier. Vielleicht für immer. Sitze hier wie ein Idiot. Aber das ist in Ordnung. Damit habe ich meinen Frieden gemacht. Ob du mich liebst oder nicht. Ich liebe dich so oder so. Weil ich der einzige Typ bin, der einfach nicht über das Mädchen hinwegkommt, das er auf der Highschool kennenlernte. So ein dummer, hoffnungsvoller Typ bin ich. Und ich habe es versucht, mein Schatz. Und wie ich es versucht habe ... Glaubst du nicht, dass ich jetzt lieber in meinem Zimmer sitzen und Gray's Anatomie *lesen würde? Aber ich muss hier bei dir sein, bei dem besten, dem schlimmsten Mädchen der Welt. Das einzige Mädchen der Welt, was mich betrifft.*

Noch ein wehmütiges Lächeln von Win.

Aber vielleicht bildete ich mir dieses Zwiegespräch auch nur ein.

Da niemand etwas sagte, sprach ich Natty an: »Und was machst du hier? Du müsstest auch in der Uni sein.«

»Ich musste erzählen, was für eine gute Schwester du bist.«

Ich wandte mich an Win: »Hast du sie angerufen?«

»Annie, ich darf anrufen, wen ich will.«

»Trotzdem, ihr solltet beide in der Uni sein.«

»Wir fahren heute Abend zurück«, sagte Win.

Ich brachte sie zum Bahnhof, die Entfernung war für mich zu Fuß zu bewältigen. »Hey, Win«, sagte ich, als Natty Kaugummi kaufen ging. »Kann ich dir irgendwann mal einen Gefallen tun?«

»Zum Beispiel?«

»Na ja, du hast mir schon eine Million Mal geholfen. Das ist so einseitig. Ich möchte mich gerne mal bei dir revanchieren.«

»Hör zu, Annie, ich habe viel Glück gehabt im Leben. Ich hatte so viel Glück, wie du Pech hattest. Für mich lief immer alles glatt.«

»Ich bin wahrscheinlich das größte Pech, das dir je widerfahren ist.«

»Kann wohl sein.« Er nahm seine Mütze ab, beugte sich vor und flüsterte mir ins Ohr: »Wir sehen uns, wenn es so weit ist, ja?«

»Win«, erwiderte ich, »es gibt auch andere Mädchen, weißt du? Mädchen mit weniger Problemen als ich.«

»Was mich angeht, bist du das einzige Mädchen auf der Welt, Annie, und ich glaube, das weißt du auch.«

anyeschka66: *Hey, Win, man bleibt nicht sein ganzes Leben lang mit dem Jungen zusammen, den man von der Schule kennt.*

win-win: *Ja, ich bin gut nach Hause gekommen. Danke der Nachfrage. Der Zug war nicht besonders voll.*

win-win: *Manche aber doch, Annie. Sonst wäre es nicht so ein hartnäckiges Klischee.*

anyeschka66: *Bei mir gibt es kein Happy End.*

win-win: *Aber sicher.*

win-win: ☺

anyeschka66: *Was ist das?*

win-win: *Hat dir deine Nana nichts von Emoticons erzählt?*

anyeschka66: *Das ist gruselig. Ich habe das Gefühl, es guckt mich an.*

win-win: ☺

anyeschka66: *Uh, was macht das Ding denn jetzt?*

win-win: *Es zwinkert.* ☺

anyeschka66: *Wie abartig! Es soll damit aufhören!*

win-win: ☺

anyeschka66: *Wenn mich einer so schief von der Seite anguckt, hole ich meine Machete heraus. Ich bin wirklich krank, Win.*

win-win: *Ich weiß, aber du bist auch robust.*

anyeschka66: *Gute Nacht, Win. Wir sehen uns an Thanksgiving!*

win-win: ☺

Weil das Leben kurios, im besten Falle lang
und voller unerwarteter Wendungen ist, fand
ich mich an einem bitterkalten Januarnachmit-
tag im Rathaus zu einem Mittagessen mit dem
jüngst ins Amt eingeführten Bürgermeister von
New York wieder. Bei meinem Eintreffen teilte
mir seine Assistentin mit, mein ehemaliger Feind
habe höchstens eine halbe Stunde Zeit für den
Termin. »Der Bürgermeister ist ein vielbeschäf-
tigter Mann«, sagte sie, als wüsste ich das nicht
längst.

Beim Essen sprachen der Bürgermeister und ich
eine Weile über meine Firma und von seinen
Plänen, das Rimbaud-Gesetz nachzubessern. Kurz
unterhielten wir uns über seinen Sohn, auch wenn
ich nichts gegen einen etwas genaueren Bericht gehabt hätte, was diesen Menschen anging. Ungefähr fünf Minuten, bevor die halbe Stunde um war,
sah mich mein ehemaliger Kollege mit einem sehr
feierlichen Gesichtsausdruck an.

»Anya«, sagte der Bürgermeister, der für mich

immer Mr Delacroix sein würde, »ich habe dich nicht nur zum Plaudern herbestellt. Ich habe ein Anliegen.«

Ich machte mich auf alles gefasst. Dieser Mann hatte in meinem Leben schon so manch unangenehmes Anliegen gehabt. Was würde er nun von mir verlangen, wo er so viel mächtiger war als je zuvor?

Fest sah er mir in die Augen; er blinzelte nicht. »Ich werde heiraten und würde mich freuen, wenn du meine Trauzeugin wärst.«

»Herzlichen Glückwunsch!« Ich gab ihm über den Tisch hinweg die Hand. »Wer ist denn die Glückliche?« Mr Delacroix war immer sehr zurückhaltend in Bezug auf sein Privatleben gewesen; ich hatte nicht mal gewusst, dass er wieder eine Beziehung hatte.

»Es ist Ms Rothschild. Die ehemalige Mrs Delacroix.«

»Sie heiraten Wins Mutter zum zweiten Mal?«

»Genau. Was hältst du davon?«

»Ich … Ehrlich gesagt, kann ich mir nicht vorstellen, was noch schockierender wäre. Wie kam es denn zu dieser Wende?«

»Als ich letzten Sommer vergeblich versuchte, eine Annäherung zwischen dir und Win in die Wege zu leiten, kamen Jane und ich uns wieder näher.

Hätte ich dich nicht auf den Hof geschickt, hätte ich auch keinen Grund gehabt, dort aufzutauchen, und würde dir jetzt wohl nicht diese Geschichte erzählen. Jane findet, ich sei weniger furchterregend und selbstsüchtig als früher. Sie meint, es könnte an deinem Einfluss liegen, was ich absurd finde, wie ich ihr auch mitgeteilt habe. Ich für meinen Teil habe sie immer geliebt. Ich habe nie damit aufgehört. Ich liebe diese Frau schon mein ganzes Leben lang, seit meinem fünfzehnten Lebensjahr.«

»Und obwohl sie weiß, wie Sie so sind, will sie Sie trotzdem noch mal heiraten?«

»Ich weiß jetzt nicht, ob ich wegen dieser Frage beleidigt sein soll. Aber ja, das will sie. So seltsam das auch aussehen mag. Sie vergibt mir, und sie liebt mich. Obwohl ich so furchtbar bin. Vielleicht denkt sie, das Leben sei besser zu zweit. Anya, du weinst ja.«

»Nein.«

»Doch.« Über den Tisch hinweg putzte er mir die Augen mit dem Ärmel seines Hemds trocken.

»Ich freue mich so für Sie«, sagte ich. Wie sollte man auch nicht glücklich sein, wenn man den Beweis dafür geliefert bekam, dass die Liebe auf vermeintlich unfruchtbarem Boden erblühen konnte? Ich schlang die Arme um Mr Delacroix und küsste ihn auf beide Wangen. Er lächelte jungenhaft, was mich an Win erinnerte.

»Was sagt Win dazu?«, wollte ich wissen.

»Er verdreht in letzter Zeit ziemlich oft die Augen. Er meint, wir wären verrückt – insbesondere seine Mutter. Aber er wird Jane selbstverständlich zum Altar führen. Die Hochzeit ist im März. Es wird nur eine kleine Feier werden, aber du hast immer noch nicht gesagt, ob du mir den Gefallen tun willst.«

»Natürlich mache ich das. Es ist mir eine Ehre, gefragt zu werden. Bin ich wirklich die beste Freundin, die Sie haben?«

»Doch, so ungefähr. Ich habe ein einsames Leben geführt. Jane und ich sind dir aufrichtig dankbar. Auf verquere Art meint sie, du gehörtest zu uns, obwohl ich ihr gesagt habe, dass Anya Balanchine niemandem gehört, nur sich selbst. Auf jeden Fall ist uns niemand anders eingefallen, den wir lieber an unserer Seite hätten, außer unserer eigenen Tochter, wenn sie noch leben würde.« Er drückte mich an sich, und ich bemühte mich, nicht erneut zu weinen. (Wie oft habe ich in diesem Buch – nein, in meinem Leben – versucht, nicht zu weinen? Wenn ich an all die vergebliche Mühe denke!)

Die Assistentin kam ins Büro; die halbe Stunde

war um. Mr Delacroix gab mir die Hand, ich ging nach draußen auf die Straße. Die Januarluft war kalt und klar, mir schien, die Farben der Stadt strahlten mehr als zuvor.

Im Rinnstein schob sich eine gelbe Tulpe durch die Erde, den Dreck und das Eis. Ich entschuldige mich für das Klischee, aber ich muss es so schildern, wie ich es sah. Die Tulpe war wirklich da – es ist nicht meine Aufgabe zu spekulieren, warum oder wie solche Wunder geschehen.

Die Hochzeit war im März, doch an dem Tag war es schon so warm wie im Mai. Wins Eltern waren nicht mehr jung und hatten schon mal geheiratet, daher war es keine besonders große Hochzeit – nur ein Friedensrichter in der Dunkelkammer in Manhattan. Abgesehen von Win und mir waren nur wenige Gäste da, einige Kollegen der beiden und Theo, der Lucy mitgebracht hatte. Es ging das Gerücht, Theo und die Barkeeperin seien verlobt, aber ich sprach mit ihm nicht über solche Dinge. Natty hatte auch kommen wollen, konnte aber nicht von der Uni weg.

Ich trug ein rosafarbenes Kleid, das Ms Rothschild für mich ausgesucht hatte. Ich war zwar anderer Meinung, aber sie fand, Rosa sei meine Farbe, es passe sehr gut zu meinem schwarzen Haar. Win trug wieder seinen grauen Anzug, in dem ich ihn schon mehrmals gesehen hatte – ohne dass es mir langweilig wurde.

Zum ersten Mal seit meinem Krankenhausaufenthalt trug ich Schuhe mit Absätzen, wenn auch flache. Ich hinkte immer noch deutlich, aber ich fühlte mich weiblich, stark und sogar ein klein wenig sexy. Im letzten Jahr hätte ich nie gedacht, dass ich mich je wieder hübsch fühlen würde.

Wins Eltern sprachen ihr Ehegelübde. Ich schielte zu Win hinüber, den ich seit Weihnachten nicht mehr gesehen hatte. Er grinste mir zu, dann beugte er sich vor und flüsterte mir ins Ohr: »Du siehst total süß aus, Annie.«

Um drei Uhr war die Hochzeit vorbei. Als Geschenk hatte Theo eine Torte kreiert – aus Schokolade. Vor kurzem hatte Mr Delacroix eine neue Rechtsverordnung durchgedrückt, die das Rimbaud-Gesetz für New York City so weit modifizierte, dass nun bei vorhandener Lizenz Kakao ausgegeben werden durfte. Daher war es nur folgerichtig, dass es auf seiner Hochzeit eine Schokoladentorte gab. Auch in den anderen New Yorker Clubs brauchte man jetzt kein Rezept mehr. Stattdessen hing ein Zertifikat an der Wand, auf dem stand, die Stadt gestatte im Lokal die Ausgabe von Produkten aller Art auf Kakaobasis.

Draußen war es so warm, dass ich zu Fuß nach Hause gehen wollte, auch wenn es eine etwas längere Strecke war. Ich ließ mir von Theo zwei Stück Torte für den Weg abschneiden, dann fragte ich Win, ob er mich *nach Hause bringen* würde. »Aber nur, wenn du nichts anderes vorhast. Das dauert mit Sicherheit eine Ewigkeit.«

Er sah mich sehr lange an. »Bist du dir sicher, dass du wirklich zu Fuß nach Hause gehen willst?«, fragte er. »Das ist ein langer Weg.«

»Ich bin mir sicher«, sagte ich. »Ich bin jetzt stärker als im Herbst, Win. Ich glaube, ich bin jetzt so weit.« Ich schob ihm den Arm unter. »Ist das in Ordnung?«

»Ja«, sagte er nach einer Weile.

»Halten wir uns gen Westen«, schlug ich vor. »Ich würde gerne bei Trinity vorbeischauen.«

»Das liegt ein bisschen abseits unserer Strecke.«

»Ich glaube, ich bin heute etwas melancholisch.«

»Schon gut, Annie«, sagte Win. »Komm, ich trage die Torte.« Er nahm mir die Schachtel ab, und wir machten uns auf den Weg.

»Hast du Pläne fürs Frühjahr?«, fragte er, als wir den Central Park betraten.

»Ich fliege mit Mouse nach Russland. Wir haben die Balanchiadze angesprochen, ob sie eine

Produktreihe mit Schokoriegeln herstellen wollen.«

»Hast du keine Angst davor, mit denen zu arbeiten?«, fragte Win.

»Nein«, erwiderte ich. »Nicht mehr. Sie sind nun mal in meiner Branche, ob es mir gefällt oder nicht. Ich glaube, die beste Idee ist, sie mit auf unsere Seite zu ziehen.«

»Ganz schön optimistisch für deine Verhältnisse.«

»Ich bin optimistischer geworden, Win. Warum auch nicht? Ich bin jetzt einundzwanzig Jahre alt, ich habe eine harte Zeit hinter mir und ein paar ziemlich zweifelhafte Entscheidungen getroffen, aber ich bin noch am Leben und im Großen und Ganzen ist es doch gut für mich ausgegangen, oder? Sieh dir deinen Vater an! Sieh dir deine Eltern an! Wer hätte jemals gedacht, dass sie noch einmal heiraten würden? Heute kann ich nicht anders, als Hoffnung zu haben.«

»Ich glaube, meine Mutter ist verrückt«, sagte Win. »Ich weiß nicht, ob ich das schon erwähnt habe.«

»Ich weiß, es sind deine Eltern. Aber findest du es denn nicht wenigstens ein bisschen romantisch? Sie kennen sich seit der Highschool.«

Er sah mir tief in die Augen. »Wo ist Anya Balanchine geblieben? Wo ist das Mädchen, das mir gesagt hat, niemand würde mit demjenigen zusammen bleiben, den er auf der Highschool kennengelernt hat?«

»Deine Eltern haben mich eines Besseren belehrt. Ich fühle mich wieder einmal gedemütigt.«

»Ich weiß gar nicht, mit wem ich jetzt gerade unterwegs bin.« Win lächelte mich an, und die Haut um seine Augen legte sich in Fältchen. Ich mochte es, wenn sich sein Gesicht so zusammenzog.

»Wie soll man nicht glücklich sein, wenn bald Frühling ist, wenn die Luft nach Blumen riecht und man durch den Park gehen kann, ohne überfallen zu werden?«

Er legte mir die Hand auf die Stirn. »Frühjahrsgrippe«, befand er. »Eindeutig.« Er lachte mich an. »Ich bringe dich besser nach Hause.«

»Nein, ich will noch nicht heimgehen. Bleiben wir den ganzen Tag draußen. Wir suchen uns eine Bank im Park und essen die Torte draußen. Du musst doch nicht irgendwohin, oder?«

»Nein«, antwortete Win. »Um noch mal auf das zurückzukommen, worüber wir eben gesprochen haben: Es wird doch ein bisschen gefährlich für dich in Russland sein, oder?«

»Vielleicht. Obwohl ich nicht glaube, dass mich momentan jemand tot sehen will.«

»Na, das ist ja eine Erleichterung.« Win verdrehte die Augen. »Du bist mir lebendig auch viel lieber. Aber vielleicht ist dir das jetzt zu direkt.«

»Unglaublich! Dieser gutaussehende Junge muss mich wirklich mögen, wenn er nicht will, dass ich tot bin. Nein, eigentlich freue ich mich richtig auf Russland«, sagte ich. »Ich gehe davon aus, dass ich es überleben werde, und außerdem war ich noch nie da. Die Leute hier halten mich für eine Russin, aber ich weiß wirklich überhaupt nichts über dieses Land.« Ich blieb stehen. »Win, guck mal da!« Wir waren mitten im Central Park. »In dem Teich ist Wasser!«

»Was sagt man dazu!«

»Meinst du, da steckt dein Vater dahinter?« Eine der Reden in Mr Delacroix' Wahlkampf hatte davon gehandelt, dass die wesentlichen Bedürfnisse der Bewohner einer Stadt erfüllt werden müssten. Seiner Meinung nach hatte die Dunkelkammer den Bereich von Midtown so nach oben gebracht, weil der Club die Bürger daran erinnert hatte, dass es im Leben um mehr ging als ums Überleben. Deshalb hatte Mr Delacroix versprochen, Blumen auf Mittelstreifen zu pflanzen, Museen wieder zu eröffnen und, genau, die Teiche wieder mit Wasser zu füllen. Selbst wenn die Kosten dafür exorbitant hoch erschienen, hatte er gesagt, würde es sich lohnen – eine Stadt mit Hoffnung ist eine Stadt mit weniger Kriminalität. Politische Entscheidungen, die nur mit dem Blick auf die Kosten getroffen würden, seien oft kurzsichtig. Es war eine sehr gute Rede. Aber es war bekannt, dass Politiker – mein lieber Kollege eingeschlossen – die hochtrabendsten Versprechen abgaben, so lange sie im Wahlkampf waren. Ich hatte daran gezweifelt, dass Mr Delacroix wirklich die Teiche mit Wasser füllen lassen würde, wenn er gewählt würde. Aber heute – Wunder über Wunder! – schaute ich auf einen See! Ich dachte daran zurück, wie ich vor fünf Jahren mit Natty an so einem trockengelegten Loch vorbeigelaufen war und sie beinahe überfallen worden war.

»Möglich«, sagte Win. »Annie, was würdest du davon halten, wenn ich dich nach Russland begleiten würde?«

»Du würdest aber nicht versuchen, mich zu beschützen, oder? Denn ich bin zäh, musst du wissen.«

»Nein, das weiß ich. Ich wollte bloß immer schon mal nach Russland. Vielleicht hast du es noch nicht gemerkt, aber ich habe eine kleine Schwäche für russische Mädchen.«

Ich überlegte, ob ich ihn küssen sollte, aber tat es nicht. Angst hatte ich nicht davor. Nein, nicht mehr. Ich wusste mit absoluter Sicherheit, dass ich ihn wieder küssen würde. Dass ich ihn vielleicht sogar für den Rest meines Lebens küssen würde, obwohl man das Schicksal besser nicht mit solch ausgefallenen Behauptungen herausforderte. Doch in jenem Moment lag das Versprechen des ersten Kusses zwischen uns in der Luft wie das Versprechen des Frühlings an einem lauen Märztag. Mit sechzehn hatte ich noch nicht gewusst, welche Wonnen das Warten und die Vorfreude bereiten konnten. Wie wunderschön es war, den brachliegenden Boden zu betrachten und zu wissen, dass nun jeden Tag eine Blume ihr Köpfchen herausschieben mochte. Wie wunderschön es war, draußen zu sein, jung zu sein und zu wissen, dass es – oh ja! – bald einen Kuss geben würde. Wie wunderschön es war, aus Erfahrung zu wissen, dass dieser zukünftige Kuss schön werden würde. Ich wusste, wie sich Wins Mund, seine Lippen, seine Zunge anfühlten. Dieser Kuss war wie ein köstliches Geheimnis, das wir beide teilten. Der Tag war so erfüllt von Glück gewesen. Warum sollten wir nicht ein wenig für den nächsten Tag aufheben?

»Möchtest du die Torte jetzt essen?«, fragte Win. Wir waren seit mindestens einer Stunde unterwegs; ich hatte Hunger. Wir setzten uns auf eine

Bank am Teich. Es dämmerte bald, der Abendhimmel deutete sich schon an. Win holte die Torte aus der Schachtel und reichte mir ein Stück.

Ich biss ab. Die Ironie meines Lebens bestand vielleicht darin, dass ich den Geschmack von Schokolade niemals richtig genossen hatte. Sicher, ich hatte ein Unternehmen darauf aufgebaut und erkannte Schokolade von guter Qualität wie die Balanchine Extra Herb. Ich genoss auch einen Kakao, wenn er gut zubereitet war, oder einen Teller mit *Mole* in La Granja. Aber der Geschmack von Schokolade war nie mein Favorit gewesen – Zitrone und Zimt mochte ich viel lieber. Wenn ich Schokolade probierte, neigte ich immer dazu, mich auf das Bittere zu konzentrieren und alle anderen Nuancen auszublenden, ich hatte nie das Gefühl, das zu schmecken, was andere dabei empfanden. Doch als die Schokolade an jenem Vorfrühlingsabend auf meiner Zunge schmolz und dieser herzensgute Mann neben mir saß, begann ich, den Reiz von Schokolade langsam zu verstehen. Sobald ich mich ihm hingab, schmeckte ich nichts anderes mehr als ihre Süße.

Danksagung

Als Leserin halte ich nicht besonders viel von Danksagungen. Als Autorin kann ich mich dieser Notwendigkeit nicht entziehen. Ich bedanke mich bei Ash Nukui für die Beratung in allen Fragen, die Japan betreffen, bei Cari Barsher Hernandez, Stephanie Feldman Gutt und Marie-Ann Geißler für ihre Hilfe bei den Sätzen auf Deutsch und Spanisch. Fehler und dichterische Freiheiten müssen natürlich mir zugeschrieben werden.

Dieses Buch handelt ebenso sehr von Freundschaft wie von Liebe und Schokolade, und dafür möchte ich meiner langjährigen Lektorin Janine O'Malley danken. Sie bewahrte Scarlet vor einem ungewissen Schicksal und schützte Anya mehrmals vor sich selbst und vor den Klauen eines verruchten Herren, der namenlos bleiben soll. Anfangs lautete der Titel des Buches im Original *In the Days of Death and Chocolate*. Dann ersetzte ich »Death« durch »Love«. Die Verwandlung von »Tod« in »Liebe« darf sich ebenfalls Janine O'Malley auf die Fahnen schreiben. Diese Alchemie wäre nicht möglich gewesen ohne die zusätzliche Unterstützung meiner leidenschaftlichen Korrektorin Chandra Wohlleber, ohne Doug Stewart, ein so guter Agent, wie es ihn nur selten gibt, und Hans Canosa, der viele Vorträge von mir über Feminismus und die Grenzen des Bechdel-Tests über sich ergehen lassen musste, und natürlich wäre alles nichts ohne die Geduld und das Wohlwollen meines Verlags.

Ein ganz besonderer Dank geht an Jean Feiwel, Simon Boughton, Joy Peskin, Elizabeth Fithian, Jon Yaged, Lauren Burniac, Katie Fee, Alicia Hudnett, Véronique Sweet, Alison Verost, Kate Lied, Lucy del Priore und Polly Nolan. Aus verschiedenen Gründen bedanke ich mich auch bei Madeleine Clark, Stuart Gelwarg, Rich Green, Carolyn Mackler, Jenn Northington, Shirley Stewart und Richard und AeRan Zevin.

Zum Schluss möchte ich auch meinen Lesern dafür danken, dass sie meine kratzbürstige, fromme, ehrgeizige, argwöhnische, altmodische Heldin ins Herz geschlossen haben. Da mir diese Frage oft gestellt wird, möchte ich gerne darauf hinweisen, dass ich in dieser Trilogie nie eine Antiutopie gesehen habe. Abgesehen von dem einen oder anderen Ausdruck hat Anyas Welt ziemlich viel Ähnlichkeit mit unserer, und ihr Kampf richtet sich nicht gegen die Mächte einer furchteinflößenden, entmenschlichten fiktiven Gesellschaft, sondern findet in ihr statt. Wie verarbeitet man seine eigene Vergangenheit und seine Fehler? Wie findet man Licht, wenn die Welt so düster wirkt? Wie findet man Süße, wenn so vieles bitter scheint? Diese Fragen stelle ich mir selbst. Ich habe keine Antworten darauf, aber eine Beobachtung habe ich gemacht: Egal ob man eine Figur in einem Buch oder ein wirklicher Mensch ist, die Welt ist so dunkel, wie man sie sehen will.

Eine Liebe, die älter ist als die Zeit.
Und ein Kampf, bei dem alles
auf dem Spiel steht.

Was würdest du dir wünschen, wenn du nur eine Perle deiner Kette opfern musst, damit dein Wunsch in Erfüllung geht? Wo würdest du hinreisen, wenn du bloß durch eine Tür gehen musst, um nahezu alle Orte der Welt zu erreichen? Wie würdest du dich fühlen, wenn du den falschen Mann liebst, er aber die Antwort auf alle deine Fragen ist? Karou dachte, sie wüsste, wer sie ist. Doch dann kommt es zu einer Begegnung, die alles verändert ...

Laini Taylor
**Daughter of Smoke and Bone
– Zwischen den Welten**
Roman
Aus dem Amerikanischen
von Anna Julia und
Christine Strüh
ca. 496 Seiten, gebunden